HEYNE BÜCHER

W0397129

Fantasy

Herausgegeben von Wolfgang Jeschke

CONAN-SAGA

Die Bände in chronologischer Reihenfolge*

Conan (Conan) · 06/3202
Conan und der Zauberer (Conan and the Sorcerer) · 06/4006
Conan der Söldner (Conan the Mercenary) · 06/4020
Conan und das Schwert von Skelos (Conan and the Sword of Skelos) · 06/3941
Conan und der Spinnengott (Conan and the Spider God) · 06/4029
Conan von Cimmerien (Conan of Cimmeria) · 06/3206
Conan der Rebell (Conan the Rebel) · 06/4037
Conan der Pirat (Conan the Freebooter) · 06/3210
Conan und die Straße der Könige (Conan, the Road of Kings) · 06/3968
Conan der Wanderer (Conan the Wanderer) · 06/3236
Conan der Abenteurer (Conan the Adventurer) · 06/3245
Conan der Freibeuter (Conan the Buccaneer) · 06/3972
Conan der Krieger (Conan the Warrior) · 06/3258
Conan der Schwertkämpfer (Conan the Swordsman) · 06/3895
Conan der Thronräuber (Conan the Usurper) · 06/3263
Conan der Befreier (Conan the Liberator) · 06/3909
Conan der Eroberer (Conan the Conqueror) · 06/3275
Conan der Rächer (Conan the Avenger) · 06/3283
Conan von Aquilonien (Conan of Aquilonia) · 06/4113
Conan von den Inseln (Conan of the Isles) · 06/3295
Conan der Barbar (Conan the Barbarian) · 06/3889
Conan der Verteidiger (Conan the Defender) · 06/4163
Conan der Unbesiegbare (Conan the Invincible) · 06/4172
Conan der Zerstörer (Conan the Destroyer) · 01/6281
Conan der Unüberwindliche (Conan the Unconquered) · 06/4203
Conan der Siegreiche (Conan the Triumphant) · 06/4232
Conan der Prächtige (Conan the Magnificent) · 06/4344
Conan der Glorreiche (Conan the Victorious) · 06/4345
Conan der Tapfere (Conan the Valorous) · 06/4346
Conan der Furchtlose (Conan the Fearless) · 06/4663
Conan der Renegat (Conan the Renegade) · 06/4664
Conan der Champion (Conan the Champion) · 06/4701 (in Vorb.)

* Die einzelnen Bände der Saga von Conan dem Cimmerier sind nur schwer in eine chronologische Reihenfolge zu bringen, die einigermaßen logisch dem Hintereinander der Abenteuer des Helden gerecht wird, denn gerade die Autoren, die relativ spät ihre Beiträge zu der Saga schrieben, wie Offutt und Anderson, siedeln ihre Stoffe relativ früh im Leben Conans an, indem sie an Abenteuer anknüpfen, die Howard noch selbst schrieb, bzw. Episoden aufgreifen, die Howard nur andeutete. Aus vielerlei Gründen ist es auch uns leider nicht möglich, die Bände in dieser ›chronologisch‹ geordneten Reihenfolge erscheinen zu lassen. Das sollte dem Lesevergnügen aber keinen Abbruch tun, denn jeder Band ist völlig in sich abgeschlossen. Ausführliches Kartenmaterial und verbindende Texte erleichtern jederzeit die Orientierung im Gesamtwerk.

STEVE PERRY

Conan der Furchtlose

30. Roman der Conan-Saga

Ungekürzte und mit Karten versehene
deutsche Erstausgabe

Fantasy

WILHELM HEYNE VERLAG
MÜNCHEN

HEYNE SCIENCE FICTION & FANTASY
Band 06/4663

Titel der amerikanischen Originalausgabe
CONAN THE FEARLESS
Deutsche Übersetzung von Edda Petri
Das Umschlagbild schuf Thomas Thiemeyer
Die Karten zeichnete Erhard Ringer
Die Innenillustrationen sind von Klaus D. Schiemann

Redaktion: Friedel Wahren

Printed in Germany 1990
Umschlaggestaltung: Atelier Ingrid Schütz, München
Satz: Schaber, Wels
Druck und Bindung: Presse-Druck, Augsburg

ISBN 3-453-03930-0

Die Hyborische Welt Conans

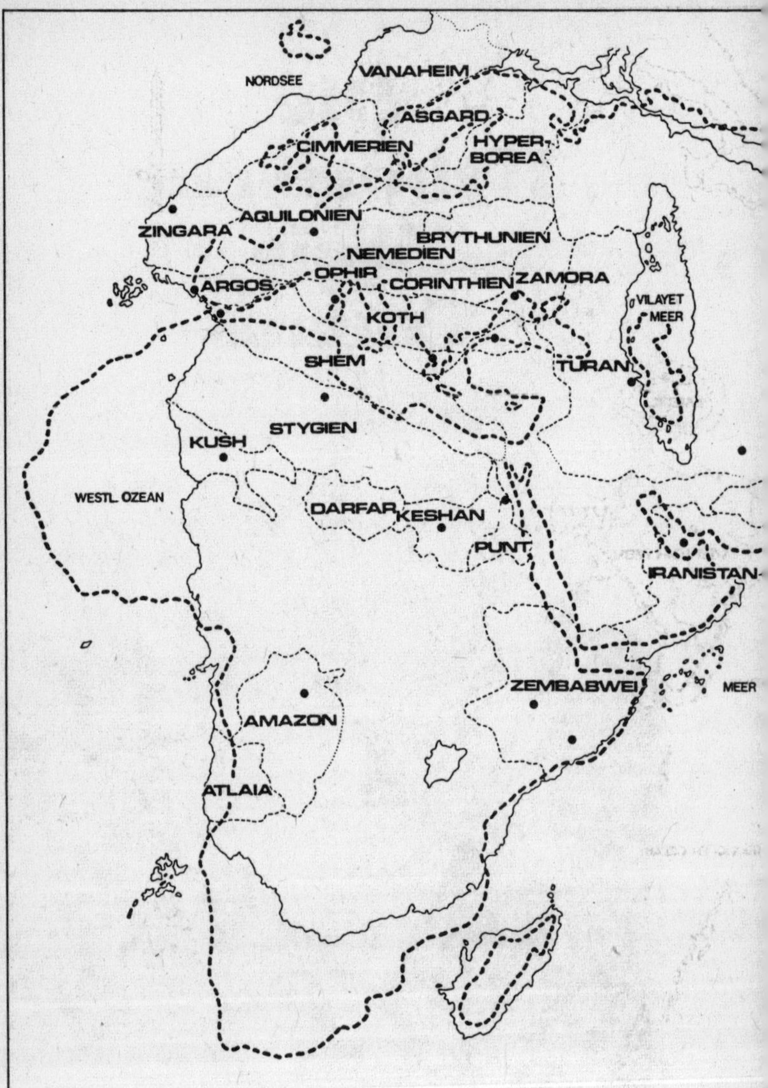
NORDSEE
VANAHEIM
ASGARD
CIMMERIEN
HYPER-
BOREA
ZINGARA
AQUILONIEN
BRYTHUNIEN
NEMEDIEN
OPHIR
ARGOS
CORINTHIEN
ZAMORA
VILAYET
MEER
KOTH
SHEM
TURAN
STYGIEN
KUSH
WESTL. OZEAN
DARFAR
KESHAN
PUNT
IRANISTAN
ZEMBABWEI
MEER
AMAZON
ATLAIA

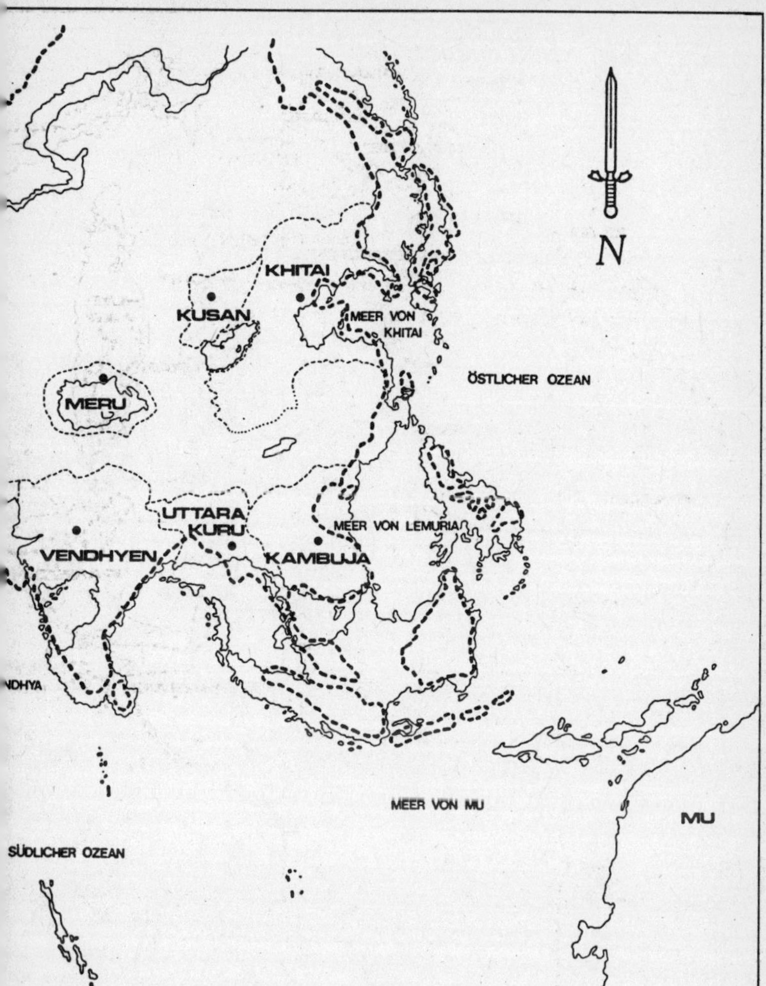

N
KHITAI
KUSAN
MEER VON
KHITAI
ÖSTLICHER OZEAN
MERU
UTTARA
KURU
VENDHYEN
MEER VON LEMURIA
KAMBUJA
NDHYA
MEER VON MU
MU
SÜDLICHER OZEAN

Prolog

Eisige Kälte herrschte in dem Gemach. Eine Kälte, die nicht nur den feuchten, moderbefleckten, grauen Mauern entströmte. Es war eine unnatürliche Kälte, die auch die Seele befiel, nicht nur die Luft, die Frostigkeit uralter Gebeine, begraben im Herzen eines Gletschers, der schon alt war, als Atlantis noch auf dem Meere wogte. Im Zentrum dieser Kälte stand, Grund und Brennpunkt, Sovartus, Magier des Schwarzen Quadrats, und versenkte sich in einen arkanischen Zauberspruch, geformt aus trüben, schmutzigen Extrakten des Bösen.

Der Körper des Zauberers schwankte unter den Kräften, die ihn durchströmten. Mit mächtiger tiefer Stimme sprach er: »Komm hervor, Kind der grauen Länder! Komm hervor, Ausgeburt der Hölle! Komm hervor, weil ich es dir befehle!« Danach stimmte Sovartus die Sieben Worte des Pergamentes von Slicreves an. Er gab sich große Mühe, jedes Wort genau auszusprechen. Jede Nachlässigkeit hätte sofortigen Tod bedeutet: Ein falsch gesprochenes Wort hätte es dem Dämon ermöglicht, sich von dem ihn bannenden Pentagramm zu lösen, das auf die Steinfliesen gezeichnet war.

Aus der Tiefe der Burg erhob sich ein grauenvoller Schrei, der klang, als tauche man ein nicht aus dieser Welt stammendes Tier langsam in siedendes Blei.

Im Zentrum des Pentagramms wallte Rauch auf. Von einem winzigen Punkt ausgehend, entwickelte er sich zu übelverheißenden dunkelroten Wolken mit grellem Gelb vermischt, wie frische Wunden in der Luft des Gemachs. Ein höllischer Lichtblitz blendete die Augen; dann breitete sich der Gestank verbrannten Schwefels aus. Plötzlich stand der Dämon inmitten des Pentagramms. Schwarzer Schleim tropfte von ihm, aus jeder Pore entströmte der Gestank der Gehanna. Er war anderthalbmal so groß wie ein Mensch. Die Haut war von der Farbe frischen Blutes. Nackt und unbehaart stand er da. Nur ein Blinder hätte seine furchteinflößende Männlichkeit nicht gesehen.

»Wer wagt es?« kreischte der Dämon. Er sprang auf Sovartus zu, um die krallengleichen Hände um den Hals des Mannes mit dem pechschwarzen Haar und dem Spitzbart zu legen, der ihn angrinste. Doch der Dämon prallte gegen die Kraftwand, die das Pentagramm einschloß. Riesige Muskeln wölbten sich an den Armen des Ungeheuers, als es mit den Fäusten gegen die unsichtbare Wand schlug. Es schrie auf. Man konnte die Wut der Hölle darin vernehmen. Dabei entblößte der Dämon lange weiße Fänge. »Tausend Tage wirst du mich um deinen Tod anflehen!« Seine Stimme kreischte, als verschöben sich dicke Messingplatten.

Sovartus schüttelte den Kopf. »O nein, Ausgeburt der Hölle. Ich habe dich gerufen, und du wirst meinen Befehlen gehorchen.« Der Magier grinste und lachte laut auf. »Du wirst mir in der Tat dienen, Djavul.«

Der Dämon wich zurück und hielt sich die Klauenhände schützend vors Gesicht, das von Schrecken gezeichnet war. »Ihr kennt meinen Namen?«

»Ja. Und daher wirst du dich meinen Geboten unterwerfen oder in meinem Pentagramm bis ans Ende der Zeit gebannt bleiben.«

Schwarzer Schleim trat aus Djavuls Körper aus und

tropfte zu Boden. Wo die Flüssigkeit auftraf, stiegen Rauchwölkchen von den Steinfliesen auf. Schlammige Pfützen formten sich, wurden aber von den Außenlinien des magischen Pentagramms aufgehalten, das Sovartus gezogen hatte. Djavul starrte den Mann an und fragte: »Seid Ihr ein Zauberer des Schwarzen Kreises?«

»Nicht des Kreises, Kind der Nacht. Ich bin Sovartus vom Schwarzen Quadrat, Adept noch, doch bald Meister der Vier Wege. Ich gebe mich nicht den Täuschungen der scharlachroten Träume des schwarzen Lotus hin, bin auch kein Stümper der gemeinen Nekromantie wie diese unfähigen stygischen Angeber. Nicht der Kreis, sondern das um vieles mächtigere Quadrat bannt und beherrscht dich jetzt, Djavul. Ist das Quadrat im Höllenschlund bekannt?«

Djavul knirschte mit den Zähnen. »Wir kennen es.«

»Aha. Und wirst du tun, was ich dir befehle?«

»Ich werde Euch dienen«, versprach Djavul und bleckte nochmals die Fänge gegen Sovartus. »Doch seid vorsichtig, Mensch, solltet Ihr auch nur den kleinsten Fehler begehen ...«

»Droh mir nicht, Dämon! Ich kann dich an einen Felsen fesseln und ans Vilayet-Meer schaffen lassen, damit du dort den schlammigen Boden betrachtest, wenn ich will.«

Djavuls Augen glühten rot auf; aber er schwieg.

Sovartus wandte sich vom Dämon ab und blickte zur Wand neben ihm. Dort schmachteten drei Kinder, zwei Knaben und ein Mädchen, gefangen wie der Dämon, doch mit irdischen Mitteln: Sie waren an die graue Mauer gekettet. Die Kinder schienen sich nicht zu fürchten. Sie starrten schweigend vor sich hin, als stünden sie unter Drogen. Drei waren es — nur drei.

Sovartus befahl dem Dämon: »Schau dir diese Kinder an!«

Der Dämon warf einen Blick hinüber und nickte. »Ich sehe sie.«

»Kennst du sie?«

»Ich kenne sie«, antwortete Djavul. »Es sind die Drei der Vier. Das Mädchen ist das Wasser, die Knaben sind Erde und Luft.«

»Ausgezeichnet. Dann würdest du die Vierte erkennen, solltest du sie erblicken?«

»Ich würde sie erkennen.«

Sovartus nickte. Er lächelte. Die Zähne schimmerten weiß im schwarzen Bart. »Das habe ich mir gedacht. Und das ist nun deine Aufgabe, Dämon. Im Südosten liegt die Stadt Mornstadinos. In dieser Stadt befindet sich das Kind des Feuers, allerdings verborgen. Spür es auf und bring es zu mir, lebend und wohlbehalten.«

Djavul funkelte den Magier an und fragte: »Und dann?«

»Dann werde ich dich zurückkehren lassen zu den Freuden in der Gehanna.«

»Ich freue mich schon sehr, Euch dort endlich begrüßen zu können, Mensch.«

Sovartus lachte. »Das bezweifle ich nicht. Doch wenn ich in der Hölle eintreffe, werde ich dies wohl als dein Meister tun, Dämon. Und du wirst mir sogar helfen, dieses Ziel zu erreichen. Daher tätest du gut daran, mich in der Zwischenzeit nicht zu erzürnen.«

Djavul knirschte mit den scharfen Zähnen und stieß mit metallschneidender Stimme hervor: »Ich sehe ...« Dann hielt er inne.

Sovartus' Augen blitzten auf im Schein der tropfenden Fackeln an den Mauern. »Ja? Sprich!«

Der Dämon zauderte, nickte aber dann und sagte:

»So wie ich das wahre Wesen dieser drei Kinder sehen konnte, sehe ich auch Euer Wesen, Zauberer. In Euch ist Macht, viel Macht, und das Versprechen größerer Kräfte umhüllt Euch wie ein unheilvoller Schleier.«

Sovartus nickte. »Für einen, der in der Hölle geboren wurde, bist du sehr scharfsichtig. Dann hast du auch erkannt, daß es dir nicht frommen würde, dich mir zu widersetzen, oder?«

»Ja, die Schwarzseelen gestatten viele Dinge bei ihrem Umgang mit Menschen. Ihr könntet Eure Worte verwirklichen. Ich werde Euch dienen, Mensch. Es gelüstet mich nicht, zehntausend Jahre im schwarzen Schlamm des Vilayet-Meeres begraben zu sein.«

»Für einen einfachen Dämon bist du recht weise«, sprach Sovartus. »Wenn ich in einigen tausend Jahren meine Herrschaft in der Hölle antrete — nachdem es mir langweilig geworden ist, hier zu herrschen —, werde ich vielleicht einen weisen Gehilfen wie dich brauchen. Bedenk das, wenn du meine Befehle ausführst. Sei ein guter Diener!« Er strich sich den Bart. »Für jetzt gebiete ich dir, zu gehen. Führ deinen Auftrag aus und kehr schnell zurück.«

Der Dämon nahm sich zusammen und sagte: »Ich habe gehört, o Meister, und ich werde gehorchen.«

Gewaltige Muskelpakete wurden sichtbar, als das Ungeheuer in die Hocke ging, um loszuspringen. Bei seinem Sprung blitzte es wieder auf in dem düsteren Gemach. Dann war Djavul verschwunden. Geblieben waren die Schleimpfützen, wo er gestanden hatte.

Sovartus lachte nochmals und betrachtete die Kinder. Bald würde er das Vierte haben. Bald würde er die Energien zusammenbringen, die in jedem Kind steckten. Ja, und dann würde er alle Vier Elemente beherrschen, nicht nur die Wassergeister und Windteufel, die

Salamander und Flammen, nicht nur die Halbwölfe. Nein, sobald er endlich alle vier hatte, würde er in der Lage sein, das Kraft-Ding zu schaffen und freizusetzen, dessen Wirkung so ungeheuerlich war, daß auch die Schwarzseelen Sets ihn beachten mußten.

Sovartus wirbelte hinweg. Sein schwarzes Seidengewand blähte sich. Er war der mächtigste aller vom Schwarzen Quadrat, und er war es — mit Ausnahme von Hogistum — immer schon gewesen.

Hogistum hatte versucht, ihn von der Macht fernzuhalten, indem er sie verbarg. Der Alte hatte eine Jungfrau behext und dann geschwängert. Vierlinge hatte sie ihm geboren. Jedes Kind trug in sich die Kraftprinzipien eines Elements. Nach der Geburt hatte man sie getrennt und an verschiedenen Orten untergebracht, um Sovartus von ihnen fernzuhalten.

Dreizehn Jahre lang hatte er gesucht. Dreizehn endlose Jahre. Die ganze Zeit des Suchens hatte er mit dem Studium der Geheimlehren von Arkana verbracht, um seine Fähigkeiten zu steigern. Er war an die Enden der Welt gereist, um die Kinder und weiteres Wissen zu suchen. In den fernöstlichen Dschungeln von Khitai hatte er gegen Zauberer mit gefrorenen Gesichtern und gelber Haut gekämpft. In den Tempelruinen von Stygien hatte er die Künste des Schwarzen Kreises erlernt. Mit eigenen Augen hatte der Magier das außerirdische Ungeheuer mit der smaragdgrünen Haut und dem mißgebildeten Elefantenkopf in Yaras Turm in Arenjun gesehen, der Stadt der Diebe in Zamoria. Ja, er hatte sich im Bereich des Bösen eine umfangreiche Bildung angeeignet. Auch ohne die Macht der Vier war Sovartus jemand, den man nicht unterschätzen durfte. In ganz Corinthien gab es keinen zweiten Zauberer wie ihn. Aber auch eine solche

Macht genügte ihm nicht, wenn er die höchste Macht der Welt sein konnte.

Sovartus lächelte, als er das Gemach verließ und den dunklen Gang zur Haupthalle der Burg Slott hinunterging. Ratten flohen quiekend vor ihm, und Spinnen krochen höher ihre Netze hinauf, wenn er vorbeiging.

Hogistum war tot, vergiftet von Sovartus' Hand, und der Plan des ermordeten Magiers war nur noch eine dahinschwindende Erinnerung. Bis auf eines hatte Sovartus die Kinder aufgespürt und in seinen Besitz gebracht. Für die drei hatte er ein Vermögen ausgegeben. Seine Häscher hatten sie in Turan, in Ophir und in Poitain gefunden. War es nicht Ironie des Schicksals, daß das letzte Kind sich in Corinthien befand, praktisch vor seiner Haustür? Drei Kinder waren in seiner Gewalt. Die Leichen der Sterblichen, die ihm dazu verholfen oder davon gewußt hatten, nährten längst die Fische oder andere Wasserungeheuer oder vermoderten an Orten, die nie eines Sterblichen Auge erblicken würde. Sobald sein Dämon das letzte Kind eingesammelt hatte, konnte er triumphieren. Schade, daß der alte Mann tot war und seinen Sieg nicht mehr sehen konnte! Sovartus hätte es genossen. Vielleicht würde er Hogistum wieder zum Leben erwecken? Die Macht hätte er. Ja, das wäre ein herrlicher Spaß! Dem Alten lange genug ein zweites Leben zu verleihen, damit er seine Niederlage und Sovartus' Sieg auskostete! Bei diesem Gedanken lachte er laut auf. Er würde es tun! Bei Set! Schließlich konnte nicht jeder seinen ermordeten Vater aus den grauen Ländern zurückholen.

Tor
NEMEDIEN
Kelbaza
Charnina
BRYTHUNIEN
Lema
Ebenen
Hanumar
Numalla
Pirogla
Potrebla
Stadtstaaten Burg Slott
Yezud
CORINTHIEN
Mornstadinos
Zahmahn
ZAMORA
KEZANKIAN GE
Shadizar
Larsha
Dagoth Hügel
Arenjun
Salzsee
Korveka
Khauran
Khrosha
Yivga
Kherdpu
Khoraja
Akrel Oase
Vezek
Shumir
Khanyria
ZUAGIRS
Shamla Pass
Altaku
Nippr
SHAN - E - SORKH
Akhlat
Kizil - Bezzin
Makan - E - Mordan
Akbitana
Styx
Tamba - Syn
Sabatea
Shushan
Aphaka Oas
Stadt des Set
Kuthchemes
Seyan
NACKTE WÜSTE
Ptelon
Rasht
TAIA
Zamboul
Thuran
Menhire
KHARAMUN
Kassali

Conan der Furchtlose

Eins

Am Fuß eines Passes von Zamora durch die Karpash-Berge nach Corinthien stand in einem namenlosen Dorf eine baufällige, verloren wirkende Herberge. Auf diese Bruchbude zu ritt ein großer, kräftiger junger Mann auf einem prächtigen Roß, das gar nicht zu ihm paßte. Das edle Tier, ein Falbe, trug einen feinen Sattel und exotische Seidendecken. Der Metallzierrat des Zaumzeugs war silbergetrieben in Form von Kranichen und Fröschen. Offensichtlich gehörte das Roß einem reichen Mann.

Der Reiter aber trug ein altes schäbiges Lederwams, keine Rüstung, auch keinen Helm. Die Beinkleider schienen durch Alter und Schweiß geschmeidig geworden zu sein. Sein Umhang war ausgefranst, wenn auch aus feiner Wolle gesponnen. An den Unterarm war eine Lederscheide angeschnallt, aus der ein böse aussehender langer Dolch ragte. Ein großes Breitschwert mit einfach gearbeitetem Knauf steckte in einer noch weniger verzierten Lederscheide. Der Abendwind ließ das lange schwarze Haar des jungen Riesen wie eine widerspenstige Mähne flattern. Die tiefliegenden Augen spiegelten den Glanz der untergehenden Sonne wider, als hätten sie ein eigenes blaues Feuer in sich. Das war Conan aus Cimmerien. Und sollte sich ein Mensch an der Verschiedenheit zwischen Roß und Reiter stoßen, als beide sich der Herberge näherten, würde niemand eine Bemerkung wagen.

Ein etwa zehnjähriger Knabe stand beim Eingang zur Herberge, die sich ebensowenig wie das Dorf mit irgendeinem Namen schmückte, den der Reiter hätte entdecken können. Der Mann schwang sich aus dem Sattel und bemerkte den Jungen.

»He, Junge, habt ihr hier einen Stall?«

»Jawohl.« Er musterte Conans Kleidung. »Für solche, die bezahlen können.«

Die Blicke des Jungen belustigten Conan. Er lachte und holte aus dem Lederbeutel an seinem Gürtel eine kleine Silbermünze, die er dem Jungen zuwarf.

Geschickt fing dieser die Münze in der Luft auf. Er grinste von einem Ohr zum anderen. »Mitra! Dafür könnt Ihr den Stall ja beinahe kaufen!«

»Es reicht, wenn mein Pferd Futter und Wasser bekommt und abgerieben wird«, sagte Conan. »Vielleicht gibt es für dich noch eine Münze, wenn das Fell morgen richtig glänzt.«

»Es wird heller strahlen als die Sonne«, versprach der Junge. Dann sprang er herbei, um den Zaum zu nehmen.

»Warte noch einen Augenblick!« hielt ihn Conan zurück. Er hob zwei schwere Satteltaschen herunter. Dabei sah er sich vor, daß die Goldmünzen darin nicht klimperten. Diese Taschen verbrachten die Nacht ungestörter in seiner Nähe als im Stall. Conan kannte Diebe. Er war selbst einer. Der Junge führte das Pferd weg, und Conan betrat die Schankstube.

Das Innere strafte den Anblick von draußen keineswegs Lügen. Der Raum war schmutzig und voller Rauch, der aus einem flackernden Feuer in einem schwarzen Kamin herausquoll. Fenster gab es nicht. Das einzige Licht kam durch die Spalten des niedrigen Daches und von den wenigen blakenden Öllampen auf den Holztischen.

Ein fetter Mann mit schmutziger Schürze eilte Conan entgegen. Bei seinem breiten Lächeln sah man die schwärzlich verfaulten Zahnstümpfe. »Ah, guten Abend, mein Herr. Womit kann ich dienen?«

Conan sah sich um. Etwa zehn Leute waren im Raum, die alle ebenso verkommen wie der ganze Laden aussahen. Da waren natürlich dunkelhäutige Zamorier und zwei kleine schlitzäugige Männer, vielleicht Hyrkanier. Die beiden Frauen mit zerrissenen Pluderhosen, den traurigen Augen und müden Gesichtern konnten nur das älteste Gewerbe der Welt ausüben. Schließlich hockte auf einem Schemel noch ein kleiner, dicker, grauhaariger Mann, der Conan beäugte wie der Habicht eine Schlange.

Conan fragte den Wirt: »Hast du außer schimmeligem Brot noch etwas anderes, das man in dieser elenden Spelunke essen kann? Und auch Wein, der nicht so sauer wie Essig ist?«

»Selbstverständlich, Herr ...«

»Und eine Schlafkammer?« unterbrach ihn Conan. »Einen Raum mit Tür und Riegel.«

»Mitra hat meine Herberge mit allem gesegnet, das Ihr sucht«, antwortete der fette Wirt und zeigte wieder die schwarzen Zahnstümpfe.

Conan knurrte: »Dann hol mir das Essen. Mal sehen, ob Mitras Segen auch den Koch einschließt. Und Wein, deinen besten!«

Der Mann schien zu überlegen, wie er Conan einstufen sollte. Ehe er etwas sagen konnte, hatte ihm dieser eine Münze zugeworfen. Die Augen des fetten Wirts wurden groß, als er im trüben Schein der Lampen den gelben Schimmer sah. Er fing die kleine Scheibe aus der Luft, schneller als ein Falke seine Beute. Vorsichtig öffnete er die Finger, damit die anderen die Münze nicht sehen konnten. Der Goldglanz war nicht zu leugnen.

»Gold!« flüsterte er habgierig, begeistert und ehrfürchtig zugleich. Gerade wollte er auf die Münze beißen, um die Reinheit des Goldes zu prüfen, als ihm offenbar der Zustand seiner Zähne einfiel. Daher prüfte er das Gewicht mit der Hand. Wie er so dastand, die Finger um die glänzende Scheibe gekrallt, und mißtrauisch seine Gäste beäugte, glich er einer fetten Ratte.

Conan nutzte die Gelegenheit, um den mächtigen Körper zu strecken. Man hörte es in den Gelenken knacken, als er die starken Schultern rollte und die muskulösen Arme streckte. Geräusch und Bewegung rissen den Wirt aus seinem raffgierigen Traum. Er verbeugte sich, murmelte etwas und verschwand. Gleich darauf kehrte er mit einem Weinschlauch und einem Becher zurück. Schmeichlerisch setzte er beides auf dem Tisch neben Conan ab.

»Euer Mahl wird sofort bereitet, Herr.«

Conan grinste, weil das Gesindel in dieser Spelunke ihn anstarrte. Er verschmähte den Becher, hob den Weinschlauch und hielt ihn hoch. Der dünne Rotweinstrahl schmeckte etwas bitter, war aber gut gekühlt. Dreimal füllte Conan den Mund und schluckte, ehe er den Schlauch absetzte, um Luft zu holen. Dann streckte er sich noch einmal. Seine Muskeln tanzten wie gezähmte Raubtiere unter der gebräunten Haut. Dann setzte er sich auf die Bank an den Tisch.

Die anderen Gäste widmeten sich wieder eigenen Geschäften — bis auf den kleinen Fettsack, der den jungen Riesen ständig aus einem Winkel seiner blassen Augen beobachtete.

Der Wirt kehrte kurz darauf mit einer Holzplatte zurück, auf der eine dicke Scheibe dampfenden Rindfleisches lag. Die Scheibe war so dick wie Conans Hand. Blut tropfte heraus. Der Cimmerier fiel trotzdem darüber her. Mit seinem rasierklingenscharfen karpashischen Dolch schnitt er große Stücke ab. Er kaute mit Genuß und spülte das halbrohe Fleisch mit Strömen des dünnen Rotweins hinunter. Es war nicht das beste Fleisch seines Lebens, genügte ihm aber.

Nachdem er das Fleisch aufgegessen und den Großteil des Weines vernichtet hatte, sah er sich suchend nach dem Wirt um. Blitzschnell war der unterwürfige Kerl mit den schwarzen Zähnen neben ihm. »Ja, Herr?«

»Ich bin niemandes Herr«, wies Conan ihn zurecht, der sich von Speis und Trank gesättigt und gestärkt fühlte. »Aber ich bin müde und möchte das Zimmer sehen, das Mitra in dieser... Herberge gesegnet haben soll.«

»Sogleich.«

Der Wirt führte Conan aus der rauchigen Gaststube hinaus, durch einen engen Gang zu einer steilen Holztreppe. Bei jedem Schritt Conans knarzten die Stufen, so daß ihn sein Aufstieg an eine Schar gurrender, flatternder Vögel erinnerte. Er grinste. Gut. Kein Dieb konnte diese Treppe nachts ungehört erklimmen, um jemand zu berauben.

Das Zimmer war auch nicht viel besser als das, was Conan unten gesehen hatte. Es war kahl bis auf einen Haufen sauberes Stroh und eine Wolldecke. In die äußere Wand war ein rundes Loch geschnitten — groß genug als Fenster, um Luft oder Mondschein hereinzulassen, aber zu klein, um einem Menschen Durchschlupf zu gewähren. Die Tür schien solide zu sein. Der gut geölte Messingriegel glitt mühelos an seinen Platz. Das war sonderbar. Der Riegel war das bei weitem bestgepflegte Stück der ganzen Kammer. Conan scheuchte den Wirt mit einer Handbewegung weg, warf seine Satteltaschen mit der Beute in die Ecke neben das Stroh.

Etwas huschte beim dumpfen Aufprall des Golds und Silbers leise quiekend ins Stroh. In der Dunkelheit konnte man nichts sehen. Conan zog seinen Dolch und schlich sich an seine behelfsmäßige Liegestatt heran. Die blauen Augen blitzten. Dann raschelte er an einer Ecke mit dem Stroh.

Eine Ratte rannte heraus und floh; aber sie war zu langsam. Mit erstaunlicher Schnelligkeit stach Conan zu und durchbohrte den braunpelzigen Nager mit dem Dolch.

Conan lächelte. Dies Tier würde heute nacht nicht an ihm knabbern. Er stand auf und schwang den Dolch auf das Fensterloch zu, bis der tote Nager von der Klinge hinaus ins Abenddunkel geschleudert wurde. Dann wischte er die Klinge mit Stroh sauber, steckte den Dolch zurück in die Scheide und legte sich schlafen.

Die Morgendämmerung hatte noch nicht richtig begonnen, als ein schwaches Geräusch hörbar wurde. Für normale Ohren wäre es von dem nächtlichen Ächzen des alternden Hauses übertönt worden; aber Conan war sofort hellwach. Seine Sinne waren geschärft.

Kritsch. Kritsch. Der nächtliche Ruhestörer mußte winzig sein. Trotzdem verhieß er nichts Gutes, da Conan das Geräusch kannte, wenn Metall auf Metall kratzt. Nur ein Mensch verwendet Gegenstände aus Eisen oder Messing, und ein Mensch um diese Stunde bedeutete Gefahr.

Durch das Loch in der Wand drang der schwache Schein des untergehenden Mondes und der Sterne in den Raum. Keine Katze hätte dabei ihren Weg finden können; aber das Sehvermögen des Cimmeriers war ausgeprägter als das anderer Menschen und außerdem durch viele überstandene Gefahren geschult. Conan ließ die Blicke durch den Raum schweifen, bis er den Ursprung des nächtlichen Geräusches entdeckte.

Im fahlen Schein sah er, wie sich ein Draht zwischen der Tür und ihren Angeln bewegte. Das gebogene Kupfer zog am gut geölten Riegel.

Ganz kurz nur kribbelte es Conan aus Angst im Nacken. Kein von einer irdischen Frau geborenes Wesen konnte diese Treppe lautlos heraufsteigen. Darauf ging er jede Wette ein. Er griff nach seinem Schwert.

Plötzlich glitt der Riegel zurück, die Tür sprang auf. Drei Männer stürmten mit gezückten Dolchen herein.

Conan sprang auf, riß sein Breitschwert aus der Scheide und warf sich den Meuchelmördern entgegen. Falls sie gedacht hatten, einen schlafenden Mann zu erstechen, hatten sie sich grausam geirrt; denn der Cimmerier griff an.

Der erste Mann war aufgespießt, ehe er die tödliche Gefahr überhaupt erkannt hatte. Als Conan sein Schwert herauszog, sank der Mann mit Todesröcheln in sich zusammen. Der Cimmerier schwang die schwere Klinge mit einer Kraft, derer nur die Kräftigsten fähig waren. Der zweite Mörder machte eine halbe Drehung, und es gelang ihm, den Dolch zur Verteidigung zu heben. Doch war diese Mühe sinnlos gewesen. Funken sprühten, als das Breitschwert auf die Dolchklinge traf und sie wie eine Feder wegfegte. Conans Klinge drang tief in die Seite des Schurken, durchtrennte Rippen und Organe. Beim Fallen stieß der Mann einen Todesschrei aus. Dann lag er hingestreckt auf dem schmutzigen Holzboden.

Der dritte Mann zog sich mit angstverzerrten Zügen zurück auf den engen Gang.

Die der Tür gegenüberliegende Wand berührte den

Rücken des Möchtegern-Mörders. In Panik schaute er nach rechts und links, schien aber zu erkennen, daß der Berserker ihn sofort erwischen würde, falls er eine der Richtungen zur Flucht einschlüge. Er wechselte den Griff des Dolches und hielt ihn jetzt wie ein Schwert, die Spitze gegen Conan gerichtet.

In diesem Augenblick knarrte die Treppe laut unter schweren Schritten. Gelbe Geisterfinger aus dem Licht der flackernden Kerzen tasteten sich vor ihrem Träger dahin. Conans Aufmerksamkeit blieb dennoch voll auf den Dieb mit dem Dolch gerichtet. Das hatte der Mann offenbar nicht erwartet, denn er warf sich auf Conan, um die Spitze seiner Waffe in die Leiste des Cimmeriers zu bohren. Leichtfüßig sprang Conan beiseite, schnell für einen so kräftigen Mann, holte mit dem Schwert aus und ließ es mit aller Kraft niederdonnern. Die scharfe Klinge spaltete den Schädel des Mannes mittendurch, wie wenn ein Koch eine Melone teilt. Blut spritzte Muster auf die Wände des Ganges, der jetzt heller erleuchtet war von den Kerzen des Wirtes und des Fettsacks, der Conan vorher unten nicht aus den Augen gelassen hatte. Conan richtete die blutige Schwertspitze auf das Herz des Wirts, das unter einem schmutzigen Nachthemd verborgen war.

Der Wirt wurde bleich vor Todesangst und begann furchtbar zu schwitzen. »B-b-bit-tte, Herr, ich habe Familie!«

Conan fixierte den Mann, ohne mit der Wimper zu zucken. Seine Augen glühten wie blaue Feuer. Schließlich blickte er auf die sterblichen Überreste der Männer, die ihn umgebracht hätten, wäre er weniger wachsam gewesen. »Wer sind diese Schurken?« fragte er und deutete mit der Schwertspitze auf die ihm am nächsten liegende Leiche.

»I-i-ich kenne sie nicht, Herr«, stammelte der Wirt. Der Schweiß lief ihm in fettigen Tropfen hinunter auf den Boden neben den bloßen Füßen.

Der Fettsack ergriff das Wort. »Zamorische Taschendiebe, wie es aussieht. Sie sind heute erst in der Schenke angekommen.«

Conan musterte den Mann. »Man nennt mich Conan aus Cimmerien, aber jetzt komme ich aus Shadizar. Und wer seid Ihr?«

»Ich bin Loganaro, mein Freund, ein Kaufmann aus Mornstadinos in Corinthien. Ich kehre von einem Besuch in Koth zurück, wo ich — äh — geschäftlich zu tun hatte.«

Conan nickte und heftete den Blick wieder auf den Wirt. »Wie sind diese Aasgeier zu meinem Zimmer gelangt, Besitzer dieser von Mitra verfluchten Hundehütte? Gewiß nicht über diese Treppe.«

»Schon gut, Herr. Es gibt noch eine Treppe am anderen Ende des Ganges, die fester gebaut ist.«

»Verstehe. Und nun erklär mir den Grund für den geölten Riegel, du Hund!«

»Riegel? Der — der wurde erst vor kurzem eingebaut, Herr. Der Handwerker muß ihn geölt haben.« Der Wirt schluckte und nickte wie eine Marionette an zu lockeren Schnüren. »Ja, Herr, so ist es. Der Handwerker muß es getan haben.«

Conan schüttelte den Kopf. »Das klingt glaubhaft. Trotzdem verspüre ich die Neigung, den Handwerker aufzusuchen und zu befragen.«

Der Wirt wurde aschfahl. »A-a-aber er ist nicht mehr im Dorf. Er — äh — ist nach Turan gegangen.«

Conan spuckte auf den Boden. Er bückte sich und reinigte mit dem schäbigen Umhang des toten Diebes vor ihm die Klinge. Dann suchte er auf dem Stahl nach

Scharten. Keine. Der Dolch des Diebes mußte aus schlechtem Stahl gewesen sein.

Langsam richtete Conan sich auf. Dann blickte er auf den zitternden Wirt hinunter. »Schaff diesen Abschaum aus meinem Zimmer!« befahl er. »Ich möchte noch etwas schlafen — ungestört.«

»Sch-schlafen?« Der Mann schien über diese Absicht entsetzt.

»Was sonst? Kein Hahn hat noch gekräht, und ich bin müde. Beeil dich! Vielleicht vergesse ich dann die Sache mit dem geölten Riegel.«

Conan grinste, als er das Frühstück verzehrte, das der Wirt ihm vorgesetzt hatte. Das Essen war gut zubereitet und heiß. Wenn er rülpste, kam der Besitzer dieser Hundehütte, Herberge genannt, sofort angelaufen, um zu fragen, ob er noch mit etwas dienen könne.

Während Conan noch beim Frühstück saß, kam der kleine fette Kaufmann zu ihm an den Tisch und sprach den Cimmerier an. »Reitet Ihr zufällig nach Westen?«

»Ja. Nach Nemedien.«

»Dann schlagt Ihr die nördliche Gabelung der Corinthischen Straße durch den Geisterpaß ein.«

»Geisterpaß?«

Der Kaufmann lächelte. »Der Name soll zweifellos die Kinder abschrecken. Der Wind singt seltsame Lieder bei seiner Reise über die Felsen. Es gibt dort hohle Stellen, aus denen Klänge widerhallen, die manche Menschen nur schwerlich ertragen können.«

Conan lachte und riß ein großes Stück aus dem dritten Laib Brot, den ihm der Wirt gebracht hatte. Er spülte das Brot mit einem Schluck Wein hinunter. »In dem Land meiner Geburt kennen wir solche Windflöten«, sagte er. »In Cimmerien haben selbst kleine Kinder keine Angst vor solchen Klängen, wieviel weniger ein Mann mit achtzehn Wintern.«

Loganaro hob unter dem dunkelbraunen Gewand die Schultern. »Es gibt dort auch einen verwunschenen See nahe der Paßhöhe, der Spokesjo heißt.«

»Und in diesem verwunschenen See erschrecken die Fische die Reisenden, indem sie unvermittelt Blasen loslassen?« Conan mußte über seinen eigenen Witz lachen.

Das Gesicht des Kaufmanns wurde ernst. »Nein, in diesem See schwimmen keine Fische. Über die Wesen, die es dort gibt, spricht man lieber nicht. Man sollte auch auf alle Fälle den Stellen am Ufer fernbleiben, wo diese Wesen sich aufhalten.«

Conan hob seinerseits die Schultern. »Ich reite durch Corinthien nach Nemedien, und dieser Paß liegt auf meiner Reiseroute, ohne Rücksicht auf Windgeräusche und Altweibermärchen.«

Loganaro lächelte. »Ihr seid ein tapferer Mann. Rein zufällig nehme ich auch diesen Weg zurück in mein Land. Vielleicht ist Euch ein Weggefährte willkommen?«

Conan schüttelte den Kopf. »Nein, Kaufmann. Mir ist es am liebsten, wenn ich allein reite.«

»Wie Ihr wollt«, meinte der Kaufmann achselzukkend. »Ich werde auf alle Fälle vor oder hinter Euch sein. Erschreckt also nicht, wenn Ihr bemerkt, daß ich Eurer Spur folge.«

»Ein einzelner Kaufmann ist nicht genug, um mich zu erschrecken, Loganaro.«

Der Fettwanst nickte und schwieg; aber irgend etwas schien ihn zu belustigen. Das mißfiel Conan. Es war, als verberge er vor dem jungen Cimmerier ein tiefes und dunkles Geheimnis.

Zwei

Der Schnee lag wie eine dicke Krustendecke auf den Felsen zu beiden Seiten des Passes. Der Atem Conans und seines Pferdes bildete dicke Nebelschwaden in der kalten Luft auf dem Pfad zur Paßhöhe. Conan schenkte der Kälte nur so weit Aufmerksamkeit, daß er den Fellumhang etwas fester um sich zog.

Conans Falber setzte auf dem steinigen Weg unbeirrt einen Huf vor den anderen. Der Wind wehte nicht stark. Trotzdem hörte Conan, wie in der Ferne Luft über eine hohle Stelle heulte. Er grinste. Das stetige Klappern der Pferdehufe begleitete die schwachen Geistertöne des Windechos.

Vor sich sah Conan den kleinen See, von dem ihm Loganaro erzählt hatte. Er schüttelte den Kopf. Seine gerade geschnittene schwarze Mähne war von der Kälte ganz steif und bewegte sich kaum. Der See war von einem Ufer zum anderen zugefroren. Conan hätte die Hälfte des Goldes in seinen Satteltaschen gewettet, daß das Eis so dick war wie sein muskelbepackter Schenkel. Es war höchst unwahrscheinlich, daß irgendein böser Geist aus *diesem* See auftauchte.

Der Pfad führte ziemlich dicht am Seeufer entlang. Die stetigen langsamen Schritte des Pferdes lullten Conan ein.

Auf halber Länge des Sees blieb das Pferd plötzlich stehen, wandte den Kopf zur Seite und starrte auf die Eisfläche. Conan schaute, sah aber nichts Auffälliges. Er drückte dem Tier die Fersen in die Seiten. »Beweg dich!«

Das Pferd wieherte und schüttelte den Kopf, als wollte es antworten. Es schnaubte und trat seitwärts weg vom See. »Dummer Hohlkopf!« murmelte Conan und trat dem Pferd kräftiger in die Seiten. »Wenn du dich nicht bewegst, werde ich mich heute abend an Pferdefleisch laben.«

In der Stille wurde ein knackendes Geräusch hörbar. Conan wandte den Blick vom widerspenstigen Pferd zum See hin. Ein langer gezackter Riß erschien auf der Eisoberfläche. Dann trat schnell ein zweiter auf, dann ein dritter. Es war, als würde sich etwas von unten gegen die Eisschicht *stemmen.*

Die Oberfläche barst entzwei. Eisbrocken von der Größe ausgewachsener Schafe flogen durch die Luft, ehe sie wieder herabfielen. Vor Conans Augen kletterten irgendwelche Wesen aus den Spalten auf dem See. Und was für Wesen! Jedes war so groß wie ein Mensch, sah aber aus wie ein Affe. Alle waren schlohweiß, ohne Gesichtszüge — kein Mund, keine Nase, keine Augen — und so glatt wie poliertes Kristall. Ein Dutzend dieser Kreaturen kletterte vom Eis und rannte los. Erst dachte Conan, sie würden verfolgt und hätten an ihm keinerlei Interesse, da sie in Richtungen liefen, die von ihm wegführten. Aber dann wurde ihm klar, was sie taten: Sie schnitten ihm einen Fluchtweg ab!

Conan trieb dem Pferd die Fersen in die Rippen und versetzte ihm einen Schlag, damit es fliehe. Das Pferd aber wurde vom Urinstinkt der Angst beherrscht. Es bäumte sich auf, bockte und versuchte, den Reiter abzuwerfen. Conan preßte die Schenkel gegen das in Panik geratene Tier. Nur dank seiner unmäßigen Kraft blieb er im Sattel. Das Pferd hörte auf zu bocken, blieb aber wie erstarrt vor Angst wie eine Statue in der Kälte stehen.

Mit ausgestreckten Armen schlurften die weißen Ungeheuer auf Conan zu.

Zur Gehanna mit dem Pferd! Conan sprang ab und zog noch in der Luft sein Breitschwert. Kaum hatte er den Boden berührt, warf er sich dem nächsten Ungeheuer entgegen. Sobald es in Reichweite war, schwang er das Schwert mit aller Kraft.

Die Klinge trennte die Hand des Eismonsters vom Arm. Mit dumpfem Laut fiel sie zu Boden. Doch in diesem Eiskörper zirkulierte kein Blut. Statt dessen ergoß sich aus dem Armstumpf ein Strom klarer Flüssigkeit, ein Strom, so klar wie Wasser!

Kalte Finger krallten sich in Conans Schulter. Er wirbelte herum. Vor ihm stand das nächste spiegelglatte Wesen. Sein Schwert sang, als er voll Verzweiflung zuschlug. Glück half ihm bei diesem Schlag. Seine Klinge hieb den Kopf des Wasserungeheuers ab. Es zuckte und löste beim Fallen den Griff von seiner Schulter. Wieder sprudelte kristallklare Flüssigkeit aus dem Körper.

Bei Crom! Die widerlichen Biester starben wenigstens! Aber er hatte noch über zehn gegen sich. Schlechte Aussichten! Und Conan war schließlich kein Narr. Er mußte hindurch. Und diese Bresche mußte er schnell schlagen.

Seine gewaltigen Muskelstränge traten hervor, als er den scharfen Stahl gegen die Seebewohner einsetzte. Dreimal ergriffen Conan kalte Hände, dreimal hackte er sie ab. Er schlug, stach, schnitt, trat. Der Boden war übersät von Teilen gesichtsloser Eisungeheuer. Sie waren zwar in der Überzahl, aber unbeholfen im Vergleich zu dem herumwirbelnden, springenden Mann. Conan wütete gegen sie und zerstörte drei weitere. Die Flüssigkeit aus ihren Körpern dampfte kurz, gefror aber sogleich wieder in der bitteren Kälte, in der Conan weiterhin mit dem todbringenden Stahl wütete.

Es war ein Kampf, der zu seinen Ungunsten ausgehen mußte, falls er blieb und alle umzubringen versuchte. Er war müde. Das Schwert lag ihm schwer in den Händen. Und da waren noch immer acht dieser Ungeheuer, die ihn töten wollten. Zeit zu gehen!

Conan rannte plötzlich in die Richtung zurück, aus der er gekommen war. Die augenlosen Biester folgten ihm im Gänsemarsch. Trotz der Erschöpfung mußte Conan grinsen. Gut! Sie waren nicht nur unbeholfen, sondern auch keine Strategen.

Jäh blieb er stehen, machte kehrt und griff wieder an. Sie waren jetzt zu weit auseinander, um ihn als Rudel anzugreifen. Jetzt hatte er es mit einem einzigen Ungeheuer zu tun, dem größten von allen. Conan wich dem Faustschlag des Eiswesens geschickt aus, hob sein Schwert und schlug zu. Der uralte Stahl biß ins Bein des Ungeheuers und trennte es vom Körper. Stumm und still sank das Wassermonster zu Boden und versperrte Conan den Weg. Jetzt rannte er in die Richtung, die er beim ersten Angriff eingeschlagen hatte. Wenn er doch jetzt nur das verdammte Pferd hätte!

Lautes Wiehern hemmte seinen Lauf. Er sah, wie sein Roß von mehreren weiteren Eisungeheuern zu der Spalte im See gezerrt wurde. Noch mehr dieser widerlichen Biester tauchten aus dem See auf und wollten nach dem Pferd greifen. Jetzt waren es bestimmt schon zwanzig. Die Hälfte bändigte das Pferd, während die anderen auf Conan zukamen.

Das Pferd, der ganze Proviant und das gestohlene Gold und Silber wurden in den Spokesjo-See versenkt! Conan rannte mit hocherhobenem Schwert und vor Wut rot sehend zum See. Aber dann blieb er stehen. Kein Pferd war es wert, dafür zu sterben. Es gab Tausende von Pferden und viele Reiche, deren Gold er stehlen konnte, falls er lebte.

»Crom möge euch alle holen!« brüllte er den kristallklaren blutleeren Ungeheuern zu. Dann drehte er sich um und lief davon.

Auf dem vom Paß hinabführenden Pfad erspähte Conan einen Reiter in der Ferne. Obwohl er vom Schritt in den Trab fiel und schließlich rannte, kam die Figur nicht näher. Er rief einen Gruß, empfing jedoch keine Antwort. Der Reiter hielt nicht an. Konnte es dieser Kaufmann sein, den er in dieser elenden Spelunke getroffen hatte? Wenn ja, warum war dem Mann so daran gelegen, immer dieselbe Entfernung zwischen sich und ihm zu halten? Conan lief weiter und verfluchte dabei die Angreifer aus dem See, die sein Pferd ertränkt hatten.

Nach einem sehr ermüdenden Tagesmarsch erreichte Conan die Stadt Mornstadinos, die erste corinthische Stadt für ihn. Es gab zwar keine so hohen Türme, wie sie Shadizar oder Arenjun zierten, aber die Siedlung konnte auf eine hohe Mauer und viele Gebäude stolz sein, auch wenn diese ihm gedrungener vorkamen als Bauwerke in anderen Städten, die er bisher gesehen hatte. Für seine Zwecke würde die Stadt genügen. Wenn er nach Nemedien weiterziehen wollte, mußte er sich ein neues Pferd sowie Silber oder Gold verschaffen. Der Not gehorchend, war dies der Ort, wo er beides finden würde.

Einen Tag allerdings müßte er mindestens noch weitermarschieren. Das war Conan klar. Von einem Aussichtspunkt auf einem Ausläufer des Gebirges aus sah er auf der anderen Seite der Stadt einen großen Wald.

Dahinter schien eine große Ebene zu liegen. Aus der Stadt kam ihm kein Reisender entgegen. Das war Pech. Ein fetter Kaufmann hätte sicher exotische Speisen und Wertsachen bei sich, von denen Conan Gebrauch machen könnte. Außer dem Schwert, dem karpashischen Dolch und seiner Kleidung hatte der Cimmerier nur noch einen Beutel mit wenigen Kupfermünzen, die vielleicht für eine Mahlzeit und einige Becher schlechten Weins reichten. Welch unangenehme Vorstellung! Aber daran hatte er sich mit der Zeit gewöhnt. Er war nicht zum erstenmal hungrig.

Nun denn! Vor ihm lag die Stadt, und sein Magen würde sich mit Wurzeln und Wasser aus dem Fluß begnügen müssen, bis er die Tore der Stadt erreichte. Unbeirrt marschierte Conan weiter.

Loganaro schätzte, daß der große Barbar etwa eine Stunde hinter ihm sein mußte, da er selbst scharf galoppiert war. Sein Pferd war schaumbedeckt; aber das spielte keine Rolle. Wichtig war, daß Loganaro Zeit hatte, mit einem seiner Schutzherren (in diesem Fall mit einer Schutzherrin) Verbindung aufzunehmen.

Während das Pferd herumlief und Riedgras fraß, begann der Mann mit der Vorbereitung zum Telesprechen, einem keineswegs schwachen Zauber, für den er teuer bezahlt hatte und bei jeder Benutzung dieses Talents noch etwas drauflegen mußte. Loganaro zog einen Dolch mit kurzer breiter Klinge aus dem Gewand und nahm ihn fest in die rechte Hand. Dann streifte er den linken Ärmel hoch. Den Unterarm bedeckten dünne Narben. Manche waren alt und verblaßt, andere noch frisch rot oder rosig. Loganaro suchte eine Stelle zwischen zwei neueren Einschnitten und hielt die Dolchspitze gegen die Haut. Mit zusammengebissenen Zähnen drückte er die wie eine Nadel auslaufende Dolchspitze ins Fleisch.

Blut floß, als er die Klinge nach unten zog und auf der gebräunten Haut eine dünne Linie mit dem roten Lebenssaft zog. Es tat etwas weh, unabdingbar für diesen Zauber. Hauptbestandteil aber war die Flüssigkeit selbst. Der Dolch hatte seine Arbeit getan. Loganaro legte ihn beiseite. Mit der Spitze des Mittelfingers strich er über die blutende Wunde, bis diese von Blut bedeckt war. Dann streckte er den Finger gen Himmel und psalmodierte einen Spruch, den man ihn gelehrt hatte: »*Hematus cephil augmentum sichtus.*«

Gleich nach diesen Worten zeichnete Loganaro mit dem Blut die drei arkanischen Symbole, die den Zauber vollständig machten: das Erhörungszeichen, sein persönliches Siegel und eine Doppelkurve, die seine Schutzherrin darstellte. Dann wartete er.

Fünf Minuten gingen dahin auf ihrem Weg zum Verschmelzen mit den ungezählten Linien der Zeit, die vor ihnen dahinmarschiert waren. Zu Beginn der sechsten Minute drang eine Stimme zu Loganaro — eine Frauenstimme, kaum lauter als ein Flüstern, dennoch große Eindringlichkeit und Kraft enthaltend:

Warum hast du mich gerufen?

Loganaro sprach in die Abendluft hinaus: »Herrin, vielleicht habe ich gefunden, was Ihr sucht.«

Ich suche viele Dinge, insectus minor. Welches Ding genau behauptest du gefunden zu haben?

»Das, welches Eure Beschwörung zur Beseelung Eures Simulacrums aus Ebenholz, des Prinzen der Lanze, vervollständigt.«

Viele haben mir diesen letzten Bestandteil angeboten, Diener. Alle haben sich als nutzlos erwiesen.

»Diesmal nicht, Herrin. Ich sah diesen Mann drei erfahrene Schurken mit so wenig Mühe erschlagen, wie ein anderer aufwendet, um sich Wein von den Lippen zu wischen. Außerdem hat er den Geisterpaß ohne die Hilfe eines Schutz- oder Abwehrzaubers überquert.«

Welch Glück für diesen Mann, daß die Seegeister schliefen!

»O nein, Herrin! Diese Wesen schliefen nicht unter der Eisdecke des verwunschenen Sees. Sie kamen sehr zahlreich und versuchten, diesen Sterblichen in ihre Wasserbehausungen zu zerren. Er tötete viele der Ungeheuer. Sein Pferd haben sie mitgenommen. Einen Augenblick lang dachte ich, er werde sie unter das Eis verfolgen, um sich das Tier wiederzuholen.«

Und das tat er ohne Hilfe?

»In der Tat. Ich hielt es für das beste, unsichtbar zu bleiben.«

Nie hielt ich dich für einen Kandidaten, der mir hilft, meinen Prinzen zu vervollständigen. Doch dieser Mann interessiert mich. Beobachte ihn weiterhin! Ich werde mit dir Verbindung aufnehmen und dir neue Anweisungen geben, wenn es mir nötig erscheint.

»Und meine Belohnung?«

Keine Angst, Wurm! Das Gold, das du so schätzt, wird dir gehören, sollte das Herz dieses Mannes sich als tapfer genug erweisen. Djuvula die Hexe steht zu ihrem Wort.

»Daran habe ich nie gezweifelt, Herrin.«

Trägt dieser Mann einen Namen?

»Er hieß Conan, Herrin. Ein Barbar aus Cimmerien.«

In ihrem Haus in Mornstadinos zertrennte Djuvula die magische Verbindung mit Loganaro und trat zurück von dem blanken Metallspiegel, dem Brennpunkt ihrer mystischen Energien. Sie betrachtete ihr Spiegelbild: eine Frau von dreißig mit feuerrotem Haar, deren Gesicht zehn Jahre jünger wirkte, lächelte ihr zu. Das dünne Gewand aus roher Seide ließ einen wohlgeformten Körper mit üppigen Hüften und Brüsten sehen, erfahren in fleischlichen Genüssen. Das Abbild auf dem Metallspiegel reflektierte das bösartige Lächeln der anmutigen Hexe, als spiegele es auch ihre Gedanken und Gefühle wider. Kein Sohn einer irdischen Frau war Djuvula in den Künsten der Liebe ebenbürtig. Das wußte sie. Viele hatten es versucht, alle hatten versagt.

Als Djuvula erkannte, daß kein sterblicher Mann sie auf Dauer glücklich machen konnte, beschloß sie, sich einen Ersatzmann zu schaffen, ein Simulacrum als ewigen Sklaven, um jede ihrer Launen zu befriedigen. Am Anfang war alles sehr gut gelaufen, da ihre Zauberkunst gerade für solche Sachen sehr machtvoll war. Unglücklicherweise ließen sich einige Bausteine zu diesem Abbild nur schwer beschaffen. So lag nun ihr Prinz von der Lanze mit ebenholzfarbener Haut in ihrem Schlafgemach, aber noch nicht fähig, seine Dienste anzutreten, da der letzte wesentliche Bestandteil des Zaubers fehlte: das frische Herz eines wirklich tapferen Mannes. Mit Dutzenden von Organen hatte sie es schon versucht. Alle hatten es nicht geschafft, ihren Liebhaber zu beseelen. Diese angeblich so tapferen Herzen hatten überhaupt nichts bewirkt. Djuvula war zutiefst verärgert.

Trotz seiner Unterwürfigkeit war Loganaro im allgemeinen recht zuverlässig. Vielleicht hatte er doch endlich gefunden, was sie brauchte. Dieser Gedanke war das Lächeln wert, das Djuvula mit dem Spiegel teilte. Für alle Fälle wollte sie ihre Zaubertränke bereiten.

Neben einem weitgehend verkohlten Baumstamm, der an einer Granitmauer lehnte, stand ein hochgewachsener Mann. Dieser Ort war eine abgelegene Ecke des Besitzes von Lemparius, der in der Dreifachen Peitsche des Senats den zentralen Strang bildete und Besitzer dieses riesigen Landgutes war. Seine Hände mit den langen schmalen Fingern hielten einen Gegenstand aus Gold und Messing, der wie ein Ball innerhalb eines Würfels geformt war; aber so seltsam verdreht, daß man es zwar sehen, aber nur schwer beschreiben konnte. Aus diesem Gerät drang eine Stimme. Es war die Stimme Loganaros, des freien Unterhändlers, der mit der Hexe Djuvula sprach. Die Unterhaltung war nicht für Lemparius' Ohren bestimmt; aber der Senator hatte nie Bedenken, ein Privatgespräch zu belauschen. Er hörte mit, wenn ihm der Sinn danach stand. Dazu verwendete er die *Storora,* das ›magische Ohr‹, das ein namenloser stygischer Künstler geschaffen hatte, der schon hundert Jahre tot war.

»... heißt Conan, Herrin. Ein Barbar aus Cimmerien.«

Lemparius lachte. Es klang eher wie ein Bellen. Dann veränderte er etwas an dem Mechanismus des Gerätes. Die Stimmen des fetten Unterhändlers und der Hexe wurden leiser, dann verstummten sie. Der Senator beugte sich hinunter und versteckte das Gerät sorgfältig in dem Winkel, den der mannsdicke Baumstamm mit der Mauer bildete. Dort gab es eine besondere Höhlung, die eigens für die Aufbewahrung der *Storora* aus dem Stein gehauen war. Der Senator wollte nicht, das seinem magischen stygischen Kästchen etwas zustieß. Es war überaus nützlich und seines Wissens einzigartig.

Nachdem der Senator beruhigt sein konnte, daß das Gerät sicher verstaut war, drehte er sich um. Ein warmer Wind spielte in den langen blonden Haaren und verlieh dem Kopf einen lohfarbenen Schein. Die Sonne glitzerte ihm in den Augen. Dieser Glanz ließ die seltsam geformten Pupillen eher denen eines Geschöpfes gleichen, das auf seine Beute aus hoher Luft herabstößt, als menschlichen Augen. Ganz systematisch legte Lemparius seine Kleidung ab. Zuerst die Tunika und die seidene Unterhose, dann die Sandalen, bis er nackt auf dem sandigen Boden stand, der von der Mauer eingeschlossen wurde, die so hoch wie drei Männer war. Er war allein in dieser weiten Lichtung. Niemand war Zeuge seiner Nacktheit.

Niemand sah, was jetzt geschah.

Lemparius begann sich zu verändern. Seine Gesichtszüge wechselten, Haut und Muskeln verformten sich wie weicher Töpferton. Knochen knackten, Knorpel zerrissen. Das blonde Haar des Mannes verdichtete sich und wurde zum lohfarbenen Fell eines Tiers. Das Haar wuchs so schnell wie Unkraut in irgendeinem Höllengarten. Lemparius' Gesicht sank ein, die Nase wurde flacher und um die Nasenlöcher breiter. Der Mund dehnte sich. Die Zähne verschmolzen und wuchsen, bis die Eckzähne zu Fängen geworden waren.

Stöhnend ging das, was einmal ein Mann gewesen war, auf allen vieren. Krallen nahmen den Platz der Nägel ein, Finger und Zehen verwandelten sich in Klauen. An einigen Stellen schrumpfte der Mann, um sich an anderen zu dehnen. Als schließlich die Metamorphose vollendet war, wies die kraftvolle Gestalt keinerlei Ähnlichkeit mit der menschlichen Art auf.

Was dort auf dem Besitz von Lemparius, einem Teil der Dreifachen Peitsche des Senats, herumstrich, entstammte der Gattung der Katzen: Es war Lemparius, der Panther, ein Werwolf.

Und das Katzentier war hungrig.

Drei

Die Sonne hatte erst eine kleine Strecke ihres Weges auf dem Morgenhimmel zurückgelegt, als Conan die Stadt Mornstadinos betrat. Aus der Entfernung hatte der Cimmerier die engen gewundenen Straßen nicht deutlich erkennen können. Jetzt schritt er durch das Gewirr von Sackgassen, Durchgängen und Straßen mit Kopfsteinpflaster, die nur ein Betrunkener, Blinder oder Irrer angelegt haben konnte. Wenn es einen Plan zu diesem Irrgarten gab, konnte Conan ihn jedenfalls nicht erkennen. Da stand ein Pferdestall, nach Mist stinkend, daneben ein Tempel, bis zum letzten Platz besetzt mit Brüdern in Kapuzengewändern. Gleich hinter diesem Gebäude wurden auf einem offenen Markt Obst und Backwaren feilgeboten.

Der Bauch des Barbaren knurrte und meldete vernehmlich seinen Hunger. Als Conan auf dem Markt herumging, zog seine muskulöse Gestalt viele Blicke auf sich. Er holte sich aus einem gewobenen Korb einen Laib harten Schwarzbrotes. Nachdem er ihn mit dem Finger geprüft hatte, hielt er ihn einer alten Frau unter die Nase. »Wieviel?« fragte er.

Die Frau nannte den Betrag: »Vier Kupfer.«

Conan schüttelte den Kopf. »O nein, Alte. Ich möchte nicht dein Haus und deine Enkel kaufen, nur dieses altbackene Brot.«

Die alte Frau erwiderte: »Da Ihr offensichtlich ein Fremder seid, mache ich Euch einen Sonderpreis. Drei Kupfer.«

»Noch mal: Mir steht der Sinn nicht nach dem ganzen Korb voller Steine, die du als Brot verhökern willst, nur nach einem Laib.« Conan schwenkte das Brot und blickte finster drein.

»O weh! Ihr wollt eine alte Frau um ihren kargen Lohn für die schwere Arbeit bringen! Aber gut. Ich nehme zwei Kupfer und trage den Verlust, damit Ihr uns hier im Juwel von Corinthien für gastfreundlich haltet.«

»Wo ist dein Dolch, Alte? Ein Beutelschneider, der mein Geld stehlen will, braucht eine Klinge. Allerdings sind deine Zunge und dein Verstand scharf genug.«

Die Frau kicherte. »Ihr seid ein so hübscher Junge. Ihr erinnert mich an meinen Sohn. Ich kann nicht sehen, wie Ihr verhungert, weil Euch ein Kupfer fehlt. Eine Münze, und Ihr kauft das beste Brot der ganzen Straße.«

»Gemacht, Großmutter.«

Conan holte eine seiner wenigen Münzen aus dem Beutel und reichte sie der alten Frau. Die nickte und lächelte.

»Eine Frage noch«, sagte Conan. »Mit Recht hast du mich einen Fremden genannt. Wo könnte ein Mann hier eine Schenke finden mit Wein, um das beste Brot der Straße hinunterzuspülen?«

»Ein wohlhabender Mann hat viele Möglichkeiten. Aber einer, der mit einer alten Frau wegen einiger lumpiger Kupfermünzen feilscht, hat weniger Auswahl. Mal sehen. Die Straßen hinunter, zweimal rechts und einmal links. Da würde ein solcher Mann die Schenke zur ›Wolfsmilch‹ finden. Und falls dieser Mann aus fremden Landen stammt, der zivilisierte Schrift nicht zu lesen vermag, sollte er nach dem Bild eines Wolfes *salient* über der Tür suchen.«

»Was für ein Wolf?«

»Ein Wolf auf den Hinterbeinen, sprungbereit«, erklärte die Alte und kicherte wieder.

»Habt Dank, Frau Bäckerin! Und lebt wohl!«

Conan fand mühelos die Schenke zur ›Wolfsmilch‹. Mit dem Laib Brot unter dem Arm trat er ein. Die frühe Stunde hatte die recht zahlreichen Leute offensichtlich nicht ferngehalten, die an langen Holztischen saßen oder standen. Die meisten waren wohl Einheimische, wie es dem Aussehen und der Kleidung nach schien. Mehrere Frauen schleppten dampfende Schüsseln herbei, andere versprachen Freuden, die mit Essen und Trinken nichts zu tun hatten. Conan hatte schon öfter solche Schenken besucht, sie waren meist recht leidlich und billig.

Der Cimmerier fand an einem Tischende einen Platz und setzte sich. Er sah sich im Raum um und musterte die Gäste. Die meisten Männer waren wohl arm, aber redlich: Küfer, Schmiede, Händler und dergleichen. Links von Conan saß eine Gruppe, die weniger sympathisch aussah. Wahrscheinlich Taschendiebe oder Räuber. Der größte der vier war mittelgroß, aber breit und muskelbepackt, mit dunklen Augen und blauschwarzem Haar. Außerdem hatte er eine gewaltige Hakennase, die einem Raubvogelschnabel ähnelte. Conan hatte schon ähnliche Männer gesehen. In ihnen hatte sich shemitisches und stygisches Blut vermischt. Diese Hakennase sah gefährlich aus. Einem solchen Mann wandte man besser nicht den Rücken zu.

Neben den vier Galgenvögeln saß ein merkwürdiges Paar. Ein alter Mann mit weißem Haar, der bestimmt schon sechzig oder siebzig Winter auf dem gekrümmten Buckel hatte, und ein Mädchen von zwölf oder dreizehn. Der alte Mann trug ein langes Gewand mit weiten Ärmeln. Das Mädchen mit dem kastanienbraunen Haar war mit einer blauen Hose, Stiefeln und einem kurzen Wams aus geschmeidigem Leder bekleidet. Außerdem steckte in dem breiten Gürtel noch ein Kurzschwert im turanischen Stil.

»Was beliebt dem Herrn?«

Conan blickte auf. Eine fette Schlampe in einem fleckenübersäten weiten Gewand stand vor ihm. Der Barbar holte eine seiner drei letzten Kupfermünzen heraus und hielt sie hoch. »Bekomme ich dafür einen Becher anständigen Wein?«

»Damit könnt Ihr einen Becher Wein kaufen. Wie anständig der Trank ist, bleibt Eurem Urteil überlassen.«

»So schlimm? Nun, ich kann es mir nicht leisten, wählerisch zu sein. Ich werde das Risiko dieses Jahrgangs auf mich nehmen.«

Die Frau nahm Conans Münze und verschwand. Der Cimmerier wandte sich etwas zur Seite, um den alten Mann und das braunhaarige Mädchen sehen zu können.

Er merkte schnell, daß er nicht der einzige war, der das Paar betrachtete. Die vier, die Conan für Galgenvögel hielt, zeigten ebenfalls ein ungewöhnliches Interesse. Das versprach nach Conans Meinung nichts Gutes. Aber ihn ging es nichts an. Er blickte wieder auf das Schankmädchen, das einen irdenen Krug brachte, der bis zum Rand mit einer roten Flüssigkeit gefüllt war. Etwas Wein schwappte über, als es ihn auf den Tisch setzte. Ohne etwas zu sagen, ging es wieder zu den anderen Gästen.

Conan probierte den Wein. Eigentlich gar nicht so übel. Sicherlich, er hatte schon besseren getrunken, aber auch schlechteren. Damit wollte er das Brot hinunterspülen und aufs erste den Magen füllen. Später konnte er sich über die nächste Mahlzeit Sorgen machen. Er brach ein Stück Brot ab und biß mit den starken Zähnen hinein. Auch das Brot war ganz ordentlich. Er kaute langsam und genoß den Geschmack.

Neben ihm deutete Hakennase mit einer schnellen Kopfbewegung auf den alten Mann und das Mädchen. Zwei seiner Kumpane standen auf und schoben sich auf das Paar zu. Einer der Männer spielte mit seinem Dolch, der andere kratzte sich nur am spärlichen Bart.

Unter gefurchten Brauen sah Conan interessiert zu. Er nahm noch einen Bissen Brot.

Als die beiden Männer nur noch wenige Schritte von dem alten Mann entfernt waren, hörte man von den Leuten, die in der Nähe der Tür saßen oder standen, erstauntes Murmeln. Conan schaute zur Tür. Die Menschen beeilten sich, den Weg freizumachen. Den Grund dieser Unruhe konnte er nicht erkennen, aber es war, als bahne sich der Wind eine Schneise durch hochstehendes Getreide. Als sich die Menge geteilt hatte, wurde der Grund sichtbar.

Über den mit Sägespänen bestreuten Boden kroch eine Spinne. Noch nie hatte der Cimmerier ein solches Geschöpf gesehen. Die Spinne war so groß wie seine Faust und von feinen Haaren bedeckt. Sie glühte wie eine mit Rubinen besetzte Laterne. Das Ding *pulsierte* wie ein Herz, das schlug.

Ohne Zaudern lief die Spinne zu dem Tisch des alten Mannes. Im Nu war sie das Tischbein hinaufgekrochen. Mit einem eleganten Satz sprang der glühende Vertreter der Arachniden auf den Weinkrug, den der Alte in der knorrigen Hand hielt. Mit lauten Zischen entwich der Wein. Man hörte einen Knall. Dann schwebte eine kleine blutrote Dampfwolke über dem Krug.

Alle Augen hingen wie gebannt an dem Alten. Doch dieser lächelte, hob ruhig den Krug an die Lippen und trank.

Hakennases Kumpanen fiel plötzlich ein, daß sie ganz dringende Geschäfte woanders zu erledigen hatten, daß sie schon spät dran waren und jede weitere Verspätung katastrophale Folgen hätte. Zumindest gaben sie Conan diesen Eindruck, als sie Hals über Kopf aus der Tür stürzten.

Hinter Conan fluchte jemand und murmelte: »Zauberei!«

In diesem Augenblick sprang das Mädchen neben dem Alten auf und warf eine verschimmelte Sonnenfrucht in die Luft. Conan ahnte, was kommen würde. Einen Herzschlag später hatte das Mädchen ihr Schwert gezogen und hieb auf die fallende Frucht ein. Zuerst meinte man, sie habe nicht getroffen; aber Conans scharfen Augen entging die Wahrheit nicht. Er grinste, als die Frucht weiter nach unten fiel — allerdings in vier Teilen.

Der Cimmerier kaute weiter auf seinem Brot. Laut und deutlich war die Nachricht an alle, die an diesem Morgen in der ›Wolfsmilch‹-Schenke frühstückten: Der alte Mann und das Mädchen waren keineswegs so hilflos, wie es den Anschein hatte. Es war wohl besser, sich woanders nach Opfern umzusehen.

Hakennase fand das gar nicht lustig. Er funkelte den Alten wütend an und umklammerte seinen Becher so krampfhaft, daß die Knöchel seiner dunklen Hände weiß hervortraten.

Wieder hörte man lautes Staunen an der Tür. Eine zweite Spinne erschien. Diesmal marschierte sie auf

Hakennases Tisch zu. Ohne Vorspiel kroch das haarige Biest auf den rohen Holztisch und hüpfte in den Wein des Mannes.

Conan lachte. Eine Herausforderung! Würde er es wagen zu trinken?

Stumm vor namenloser Wut sprang Hakennase auf und schleuderte den Becher fort. Gefäß und Inhalt flogen direkt auf Conans Gesicht zu.

Conan wußte, daß ihm keine Gefahr drohte. Er hob einen starken Arm, um den Becher wegzuschlagen. Unglücklicherweise hatte er die Hand gewählt, die das Brot hielt, von dem der größte Teil noch unverzehrt war. Als er den Becher traf, durchweichte der Wein das Brot, so daß Conans Frühstück auf dem schmutzigen Boden landete. Conan sah zu, wie das Brot eine dreifache Rolle beschrieb und jedesmal eine Schmutzschicht mehr aufnahm.

In besseren Zeiten hätte er so etwas für komisch gehalten, besonders wenn es einem anderen passiert wäre; aber jetzt konnte Conan nichts Lustiges dabei finden. Zuerst hatte er sein Pferd und sein Gold verloren und jetzt noch sein Essen. Der Cimmerier atmete tief durch. Die Luft schürte seinen Jähzorn wie Wind ein loderndes Feuer.

Hakennase hatte die eigene Klinge gezogen und ging auf seine mutmaßlichen Opfer zu. Das Mädchen schützte tapfer mit seinem kurzen Schwert den weißhaarigen Mann, der sie zurück in Sicherheit ziehen wollte. Conans Breitschwert zischte, als es aus der Lederscheide glitt. Mit beiden Händen hielt er das Schwert hoch über den Kopf.

»Du — du *Abschaum!*« brüllte Conan.

Überrascht drehte der Mann sich um. Der Anblick alarmierte ihn. Er wirbelte herum und versuchte sein

Schwert in Position zu bringen, um den Schlag abwehren zu können. Gleichzeitig wollte er einen Schritt nach hinten tun. Beides gelang ihm nicht. Conans Schwert erwischte Hakennase mitten im Brustbein, und eine Handspanne scharfen Stahls sauste nach unten und schlitzte den Mann von der Brust bis zum Schritt wie bei einer Vivisektion auf. Der Schock verzerrte das Gesicht des Mannes, als die Eingeweide durch den großen Spalt im Bauch herausquollen. Er fiel nach hinten. Sein Geist war schon auf dem Weg zu seinen Vorfahren.

Conans Wut war aber nur zum Teil verraucht. Er hielt nach dem vierten Mitglied der Bande Ausschau. Von dem war aber nichts zu sehen. Conan funkelte die Gäste an, die alle vor dem jungen Riesen mit dem blutigen Schwert zurückgewichen waren. Alle Gäste bis auf einen.

Das junge Mädchen trat lächelnd auf Conan zu. Es hatte das Schwert wieder in die Scheide gesteckt. Als sie näher kam, reichte sie ihm kaum bis in Brusthöhe. Sehr zaudernd senkte er sein Schwert und blickte das Mädchen an. »Nun?«

»Habt Dank, Herr, daß Ihr uns gerettet habt.« Die Stimme klang warm. Ja, die Luft schien wärmer zu werden, als es dastand und zu dem großen Cimmerier aufschaute.

»Mir brauchst du nicht zu danken«, sagte Conan, mit immer noch rauher und wütender Stimme. »Der Dreckskerl hat mein Frühstück vernichtet. Ich wünschte, er hätte sich besser geschlagen. Dann hätte ich ihn dafür richtig leiden lassen können.«

Der Mund des Mädchens formte bei diesen Worten Conans ein O. Das Gesicht zeigte Schreck und Verwirrung.

In der Schenke setzte wieder Unterhaltung ein.

»... den Schlag gesehen? Solche Kraft!«

»... aufgeschlitzt wie ein Hühnchen!«

»... Fremder aus der hintersten Provinz.«

Ein dünner Mann mit einer Narbe, die Oberlippe und linkes Nasenloch näher zusammenführte, ließ die blanke Klinge des Cimmeriers nicht aus den Augen. Er trug eine fleckige Schürze, die vormals vielleicht weiß gewesen war, jetzt aber vom vielen vergossenen Wein und darübergeschütteten Essensresten eher grau wirkte. Wahrscheinlich der Besitzer der Schenke, mutmaßte Conan.

Der Wirt warf einen Blick auf den toten Mann. Sein ständiges Grinsen schien sich noch zu verstärken. »Da hat also Arsheva aus Khemi sich endlich mal ein falsches Opfer ausgesucht.« Der Mann schaute Conan an. »Wenige Männer verdienen das Scheiden aus dem Leben so wie dieser. Ihn wird niemand vermissen. Das steht fest.« Dann zog er aus der Schürzentasche einen Lappen und reichte ihn Conan. »Hier, wischt Eure Klinge ab, Herr, damit nicht Arshevas dreckiges Blut den Stahl mit Rost besudelt.«

Conan nahm den schmutzigen Lappen und reinigte gewissenhaft sein Schwert.

»Aber trotzdem wird die Stadtwache des Senats auftauchen, um wegen Arshevas Dahinscheiden Nachforschungen anzustellen«, sagte der Wirt. »Ich nehme doch an, Herr, daß Ihr auch einen ausreichenden Grund hattet, ihn in die nächste Welt zu senden.«

Conan schob das Schwert zurück in sein ledernes Heim. »Allerdings«, fing er an, »ich hatte berechtigten Grund. Dieser Schurke ...«

»... wollte mich und meine Gehilfin angreifen«, unterbrach ihn der alte Mann. »Dieser Mann ist unser Leibwächter. Er erfüllte lediglich seine Aufgabe und beschützte uns.«

Conan sah ihn überrascht an. Was sollte das? Er setzte zum Sprechen an; aber der Alte ließ ihn nicht zu Wort kommen. »Während wir auf die Soldaten warten, wollen wir unser Frühstück beenden. Wenn Ihr so gut sein wolltet, meinem Freund einen Ersatz für sein verlorenes Essen und einen Krug besseren Weines zu bringen, wäre ich sehr dankbar.« Der Alte hob die runzlige Hand. Ein Silberstück blitzte auf. »Und das ist für Eure Mühe.«

Das Narbengesicht nahm die Münze und nickte. »Gewiß. Ein so wohlhabender Edelmann, wie Ihr es offensichtlich seid, wird kaum Mühe haben, den Soldaten des Senats Euren Standpunkt klarzumachen.« Er schob Conan am Tisch des alten Mannes einen Stuhl zurecht. »Ich werde mich sofort um Euer Mahl kümmern, Herr.«

Conan saß nun bei dem Alten und dem Mädchen und wartete auf Antworten zu seinen ungestellten Fragen. Zuvor hatte er geschwiegen, weil er glaubte, der Alte habe sicher einen Grund, ihm zu helfen. Vielleicht wollte er ihm nur danken, weil er den Schurken aufgeschlitzt hatte, der auf das Mädchen losgegangen wäre. Sicher, wenn auch unabsichtlich, hatte Conan ihm einen Dienst erwiesen. Aber jetzt vermutete der Barbar, daß mehr dahintersteckte und er mehr als Dankesworte hören werde.

Der alte Mann wartete, bis die Aufmerksamkeit der Gäste nicht mehr ihrem Tisch galt, ehe er sprach. »Ich bin Vitarius und dies«, — er zeigte mit dem Arm in dem weiten Ärmel auf das Mädchen —, »ist Eldia, meine Gehilfin. Ich bin ein kleiner Zauberkünstler, ohne großes Talent, eine Art Unterhaltungskünstler. Wir wollen Euch für Eure Hilfe danken.«

Conan nickte und wartete.

»Ich hatte das Gefühl, Ihr wolltet schon den wahren Grund für Euren Schlag gegen den Beinahe-Meuchelmörder nennen, — daß er Euer Brot vernichtete. Deshalb unterbrach ich Euch.«

Wieder nickte Conan. Der Alte verfügte durchaus über einen scharfen Verstand und eine gute Beobachtungsgabe.

»Die Soldaten, die mit uns reden werden, sind meist bestechlich. Ein paar Silberlinge werden zweifellos die Entscheidung schnell zu unseren Gunsten ausfallen lassen. Dennoch dürfte das Aufschlitzen eines Mannes wegen eines zu Boden gefallenen Brotlaibs in den Augen des Senats von Mornstadinos kaum als gerechte Strafe gelten. Dagegen ist ein hinreichend triftiger Grund, den Stahl zu ziehen, wenn man seinen Herrn vor einem räuberischen Angriff schützt.«

Der junge Riese nickte. »Ich bin Conan aus Cimmerien. Ich habe Euch einen Gefallen erwiesen und Ihr mir. Damit ist alles wieder ausgeglichen.«

»So sei es«, sagte Vitarius. »Zumindest bis nach dem Frühstück.«

»Gewiß, das nehme ich noch an.«

Ein Schankmädchen brachte ein Brett mit Brötchen, Obst und einer Scheibe fetten Schweinefleischs, dazu noch Wein, der einem besseren Jahrgang entstammte als der, von dem Conan vorher gekostet hatte. Er aß mit Appetit und trank genüßlich.

Vitarius beobachtete Conan mit großem Interesse. Als der Cimmerier sein Mahl beendet hatte, sagte der Zauberer: »Wir sind nun quitt. Dennoch möchte ich Euch einen Vorschlag machen, der Euch vielleicht behagt. Eldia und ich führen unsere einfachen Tricks auf Märkten und Straßenfesten vor. Wir könnten einen Mann wie Euch gut gebrauchen.«

Conan schüttelte den Kopf. »Mit Zauberei will ich nichts zu tun haben.«

»Zauberei? Aber Ihr werdet doch meine Blendwerke nicht als Zauberei ansehen! O nein, ich verwende nur die einfachste Kunst, nicht mehr! Wäre ich an einem solchen Ort wie diesem, wenn ich ein *echter* Zauberer wäre?«

Conan überlegte. Da hatte der Mann nicht unrecht.

»Aber wie könnte ich einem Zauberkünstler nützlich sein?«

Vitarius warf Eldia einen Blick zu, dann wandte er sich wieder an Conan. »Euer Schwert zum einen. Eure Kraft zum zweiten. Eldia und ich sind wohl kaum in der Lage, uns vor solchem Gesindel zu schützen, wie Ihr es gerade erschlagen habt. Sie kann zwar mit ihrem Schwert erstaunliche Kunststücke vorführen, was Schnelligkeit und Geschick anbelangt, ist aber kaum eine vollwertige Gegnerin in einem Duell mit einem ausgewachsenen Mann. Meine Tricks jagen den Abergläubischen Angst ein, schrecken aber keinen entschlossenen Meuchelmörder ab, wie Ihr gerade gesehen habt.«

Conan kaute auf der Unterlippe. »Ich bin auf dem Weg nach Nemedien.«

»Sicherlich wäre eine so lange Reise leichter, wärt Ihr beritten und mit Vorräten gut ausgestattet.«

»Wie kommt Ihr auf den Gedanken, daß mir diese Dinge fehlen?«

Vitarius sah sich in der Schenke um. Dann wandte er sich wieder an Conan. »Hielte ein wohlhabender Mann sich in solcher Umgebung auf?«

Das war einleuchtend. Conan verfolgte diesen Gedanken noch einen Schritt weiter. »Und warum seid *Ihr*, guter Zauberkünstler, an einem solchen Ort?«

Vitarius lachte und schlug sich auf die Schenkel. »Vergebt mir, Conan aus Cimmerien, daß ich Euch unterschätzt habe! Wenn ein Mann ein Barbar ist, heißt das noch lange nicht, daß es ihm an Verstand fehlt. Nein, wir gehen sparsam mit unserem Geld um, weil wir eine Ausrüstung kaufen wollen. Auch wir werden diese schöne Stadt verlassen, um nach Westen zu ziehen. Wir machen zuerst noch einen Abstecher nach Süden, in Richtung Argos. Wir möchten — hm — mit gewissem Stil reisen — mit einer bewaffneten Karawane — und dadurch Zusammenstöße mit Banditen auf der Ophirstraße vermeiden.«

»Verstehe.« Conan betrachtete Vitarius und Eldia. Er war zwar ein Dieb, hatte aber gegen ehrliche Arbeit nichts einzuwenden, wenn sie nicht zu lange dauerte. Außerdem hatte er es nicht besonders eilig, nach Nemedien zu gelangen. Auf alle Fälle wäre die Reise viel leichter auf einem guten Pferd als zu Fuß.

»Einen Silberling pro Tag«, sagte Vitarius. »Meiner Schätzung nach müßten wir innerhalb eines Monats abreisen, und der kleine Abstecher dürfte Euch auch nicht allzuviel ausmachen, oder?«

Conan dachte an den traurigen Zustand seines Geldbeutels. Ein gutes Pferd und Ausrüstung konnte man sicherlich für zwanzig oder dreißig Silberlinge bekommen. Und die Aufgabe, den Zauberer und seine Gehilfin einen oder zwei Monate vor hinterlistigen Dieben zu schützen, war wohl auch nicht übermäßig anstrengend.

Conan lächelte Vitarius zu. »Meister der glühenden Spinnen, Ihr habt einen Leibwächter angeworben.«

Unter der Priesterrobe mit Kapuze verbarg sich Loganaro und beobachtete, wie der Cimmerier mit dem alten Mann und dem Mädchen sprach. Djuvulas Unterhändler lächelte zufrieden. Das blitzschnelle und furchtlose Vorgehen des Barbaren gegen den Meuchelmörder war eindrucksvoll gewesen. Loganaro war überzeugt, daß er den Mann gefunden hatte, der dem Zauber der Hexe noch fehlte. Hier war mit Sicherheit ein tapferer Mann. Visionen von Gold tauchten in Loganaros Gedanken auf, als er sich an die Wand zurücklehnte und an seinem Wein nippte. Schon bald würde das Herz dieses barbarischen Riesen mit den feurigblauen Augen das Simulacrum der Hexe für ihre fleischlichen Genüsse beleben.

Vier

Der junge Cimmerier und die Gehilfin des Zauberkünstlers folgten Vitarius durch die buntgekleidete Menschenmenge, die das Volljährigkeitsfest der Tochter eines hiesigen Winzers mitfeiern wollte. Als Conan beobachtete, wie der Alte sich durch die Menge schlängelte, merkte er, daß der Mann mehr war, als er zu sein vorgab. Conan hatte schon oft gesehen, wie alte Männer junge in den Schatten stellten, hielt daher keinen alten Mann für hilflos. Wenn es einem Mann an Muskelstärke fehlte, glich er das oftmals durch Weisheit aus.

»Wir wollen uns einen Platz in der Nähe des Winzers suchen«, erklärte Eldia Conan. »Dort kommen die reicheren Freunde der Winzertochter zusammen, und unsere Vorstellung wird großzügiger belohnt.«

Conan schwieg. Er sah, wie ein kräftiger junger Mann drei Pferde am Zügel führte, von denen eines dem Pferd sehr ähnelte, das er vor wenigen Tagen an die Seegeister verloren hatte. Bei diesem Anblick loderte Wut in seinen Augen auf.

In diesem Augenblick drehte Vitarius sich um und schaute Conan an. »Euch scheint etwas zu bedrücken, Conan«, sagte er.

»Nur eine schlimme Erinnerung, Vitarius. Ich hatte ein Pferd, das genauso aussah wie das, an dem wir soeben vorüberkamen. Man hat es mir weggenommen.«

»Es fällt mir schwer, das zu glauben. Ich jedenfalls möchte nicht der Mann sein, der so dumm ist und versucht, Euch um einen Teil Eurer Habe zu erleichtern, ganz zu schweigen von einem Pferd aus guter Zucht.«

Conan lächelte wehmütig. »Das war auch kein Mann. Ich ritt über einen schneebedeckten Paß östlich von hier. Dort wurde ich von irgendwelchen Wasserungeheuern angegriffen, wie ich sie noch nie gesehen hatte. Sie waren weiß, ohne Gesichter. Ihr Blut war so klar wie Wasser.«

»Undinen!« Vitarius' Stimme klang überrascht und etwas verängstigt.

»Ihr kennt diese Ungeheuer?«

»Gewiß. Es sind Wassergeister.« Vitarius wechselte einen bedeutsamen Blick mit Eldia. Dann heftete der alte Zauberer den Blick wieder auf Conan und versuchte zu ergründen, wie der Cimmerier sie einschätzte. Die besondere Wärme, die Conan schon vorher aufgefallen war, schien von Eldia auszustrahlen, als sie neben ihm stand. Die Luft schien zu glühen. Die Sonne stand hoch und brachte mit ihren Strahlen die meisten in der Menge zum Schwitzen; aber diese neue Wärme war heißer.

Schließlich sagte Vitarius: »Man sagt, die Undinen würden jetzt von Sovartus beherrscht, dem Magier des Schwarzen Quadrates. Er ist ein böser Zauberer, der — laut Gerüchten — in der Stadt Mornstadinos nach etwas oder jemandem sucht. Außer den Undinen hält dieser Schurke noch andere unirdische Wesen in den Klauen, um ihm bei der Suche zu helfen.«

»Sovartus, hm?« Conan ließ den Namen auf der Zunge zergehen und dachte angestrengt nach. »Nun denn, wenn dieser Magier wirklich die Biester beherrscht, die mein Pferd gestohlen haben, schuldet er mir Ersatz.«

»Es wäre unklug, sich diesen zu holen, Conan. Sovartus ist ein Mann ohne Gewissen und verfügt über sehr große Zaubermacht. Er tötet ohne Bedenken und Reue.«

»Und dennoch! Ich vergesse nie eine Schuld, ganz gleich, ob meine eigene oder die eines anderen.«

»Manche Dinge sollte man lieber vergessen«, sagte Vitarius leise, als er sich wieder einen Weg durch die Menge bahnte.

Loganaro war gar nicht so wohl, als er vor dem hohen Podium und Sessel des Senators Lemparius stand, dem mächtigsten Politiker in Mornstadinos, vielleicht sogar in Corinthien. Es trug auch nicht zum Wohlbefinden des kleinen Mannes bei, daß er zwischen zwei Ordnungshütern des Senats stand, deren Dolchspitzen auf seine Kehle gerichtet waren.

»Das muß ein Irrtum sein, Ehrenwerter Senator. Ich habe mich nicht gegen die Gesetze im Juwel von Corinthien vergangen und ...«

Lemparius lachte, so daß seine strahlend weißen Zähne sichtbar wurden. »Du hättest Hofnarr werden sollen, Loganaro. Wären deine Verbrechen auf die Bewohner der Stadt verteilt, würden unsere Gefängnisse platzen. Allein wegen der Dinge, die ich weiß, müßtest du hundertfach verdammt werden und dreimal hundertfach, wenn auch nur die Hälfte der Dinge bewiesen würde, derer ich dich im Verdacht habe.«

Loganaro schluckte. Er sah sich schon am Galgen baumeln. Bei dieser Vorstellung wurden ihm die Knie weich. Diese Begegnung hatte er nicht erwartet. Es sah auch nicht so aus, als würde er sie überleben. Was hatte er getan, um die Peitsche des Senats gegen sich aufzubringen? Und noch wichtiger war die Frage: Wie war man ihm auf die Schliche gekommen?

Lemparius winkte gleichgültig mit der linken Hand. »Laßt uns allein!«

Die beiden Bewaffneten verbeugten sich und steckten die Dolche zurück in die Scheiden. Dann machten sie auf dem Ballen kehrt und verließen im Gleichschritt den Raum. Loganaro fühlte, wie ihm kalte Schweißperlen über den Rücken liefen, versuchte aber, ruhig zu erscheinen.

»Ich könnte dich auspeitschen lassen und in kochendes Salzwasser tauchen. Aber das ist nicht meine Absicht — jedenfalls im Augenblick nicht.« Anmutig erhob Lemparius sich von seinem Sitz. Er spielte mit dem Griff eines Messers, das ihm an der rechten Hüfte in einer Scheide steckte.

Loganaro starrte auf die schlanken langen Finger des Senators, als dieser die Waffe liebkoste. Der kleine fette Mann fühlte sich wie von einem Zauber gebannt. Er konnte die Augen von diesen beinahe sinnlich streichelnden Händen nicht abwenden.

Wieder lachte Lemparius. »Du bewunderst meinen stählernen Zahn, was?« Der große blonde Mann zog das Messer aus der Lederhülle und hob es auf Brusthöhe. Die Waffe war vom Griff zur Spitze hin wie ein Bogen gekrümmt. Sie beschwor unschöne Bilder herauf: Fangzähne oder Klauen, bereit zum Reißen der Beute. Der Griff bestand aus schwarzem Holz, das wie Ebenholz aussah, mit feiner Maserung und auf Hochglanz poliert. Loganaro sah die Messingzapfen, mit denen die Stahlklinge ins Holz eingefügt war. Wo die Klinge begann, saß eine Messinghaube, die weniger eine Schutzfunktion hatte, vielmehr als farblicher Übergang diente zwischen dem Schwarz des Griffes und dem Silber der Klinge. Die Klinge war eigentlich kurz, etwa zweimal so lang wie der kleine Finger eines

Mannes, lief aber in eine nadelartige böse Spitze aus. Die äußere Seite der Klinge war dick und auf einem Viertel der Länge gezackt. Die innere Rundung war scharf.

»Hast du schon mal eine große Säbelzahnkatze gesehen?« fragte Lemparius. »Nein? Wie bedauerlich! Das sind ganz herrliche Tiere. Leider nimmt ihre Zahl ab. Jede dieser Großkatzen besitzt zwei Stoßzähne. Diese Hauer sind so geformt«, — der Senator bewegte das Messer hin und her —, »daß sie fast alles, was geht oder kriecht, reißen können. Ich habe eines dieser Elfenbeinwunder als Modell für meinen Stahlzahn benutzt. Dadurch fühle ich mich irgendwie — verwandt mit den Großkatzen.«

Loganaro nickte dümmlich.

»Aber sicher möchtest du, daß ich dir das Messer vorführe, oder?«

»Überaus ehrenwerter Senator, es ist nicht nötig ...«

»Aber ganz sicher *ist* es nötig, Loganaro. Folge mir!«

Lemparius führte den Mann einen engen Gang mit flackernden Kerzen hinunter, dann stieg er eine Steintreppe hinab in einen Raum, das Vorzimmer des Verlieses. Schweigend bat Loganaro alle Götter, die ihm einfielen, um sein Leben.

In einer schmutzigen Zelle, kaum größer als ein Sarg, lag ein Mann unbestimmbaren Alters. Sein Haar war verfilzt, der Bart ungepflegt, Wahnsinn leuchtete ihm aus den wilden Augen.

Vor dieser Zelle blieb Lemparius stehen und wandte sich lächelnd an Loganaro. »Du hast einen Dolch. Gib ihn mir!«

Schnell gehorchte Loganaro und gab dem Senator seine breitklingige Waffe. Die Peitsche des Senats stieß den Dolch durch die rostigen Eisenstäbe in die Zelle.

Blitzschnell griff der Mann nach dem Dolch und stieß damit durch das Gitter auf die beiden vor der Zelle, so weit er reichte. Aber seine Bemühungen waren fruchtlos. Loganaro war bei dem Angriff erschrocken zurückgesprungen; aber Lemparius hatte nicht mit der Wimper gezuckt.

»Dieser Mann ist zum Tode verurteilt«, erklärte der Senator. »Es wäre zu ermüdend, seine gesamten Schandtaten aufzuzählen. Seine Verabredung mit dem Henker ist morgen. Aber ich habe das Gefühl, daß er möglicherweise das Rendezvous nicht einhalten kann.«

Dann berührte Lemparius mit der Messerspitze das Handgelenk des Gefangenen. Die Bewegung wirkte verblüffend leicht — auf Loganaro zumindest —, war aber so schnell ausgeführt worden, daß dem Unglücklichen in der Zelle keine Zeit blieb, den Arm vor dem Stoß zurückzuziehen. Als er ihn hinter die Gitterstäbe in Sicherheit brachte, floß schon das Blut aus einer daumenlangen Schnittwunde am Handgelenk. Der Mann heulte laut auf.

Lemparius stieß den Riegel zur Zelle zurück und riß die Tür weit auf. Dann ging er zwei Schritte nach hinten auf Loganaro zu. Dieser trat schnell doppelt so viele Schritte zurück. War der Senator verrückt? Der Todeskandidat hatte nichts zu verlieren, wenn er sie beide angriff und tötete.

Der Gefangene sprang vor. Er grinste wie ein lebendes Skelett. Er hielt kurz inne und saugte das Blut von der Wunde, dann spuckte er alles auf die schmutzigen Steinplatten unter den bloßen Füßen. Wieder heulte er auf und warf sich Lemparius entgegen. Den Kurzdolch hielt er gesenkt, um dem Senator den Bauch aufzuschlitzen.

Auf allen seinen Fahrten hatte Loganaro noch nie jemanden gesehen, der sich so schnell wie der Senator bewegte. Mit übernatürlicher Schnelligkeit sprang er den Gefangenen wie eine Katze an. In der Rechten hielt Lemparius wie eine Sichel den stählernen Säbelzahn. Das Messer verschwamm, so schnell traf es den Verdammten an einer Seite des Halses. Ehe der Mann reagieren konnte, wurde das einem Raubtierzahn nachempfundene Messer zurückgezogen und erneut geschwungen. Diesmal schnitt es auf der anderen Seite in den schwer verwundeten Hals. Lemparius sprang von seinem Opfer weg.

Loganaro hatte Erfahrung mit tödlichen Wunden, hatte selbst auch schon einige ausgeteilt. Aber so etwas hatte er noch nie gesehen. Die großen Blutgefäße waren sauber durchtrennt. Leuchtend rote Fontänen schossen bei jedem Herzschlag des Mannes aus den Arterien. Einen Augenblick lang stand der sterbende Mann da, als habe er Wurzeln geschlagen, unfähig, sich zu bewegen. Dann stürzte er jäh zu Boden. In wenigen Sekunden war er ausgeblutet und lag bleich wie ein Gespenst da. Tot.

Lemparius wischte mit Daumen und Zeigefinger der linken Hand das Blut von der Klinge. Er lächelte Loganaro zu. »Noch etwas. Wenn ich den Griff an meinem Prachtstück so wechsele«, — er warf das Messer hoch; es drehte sich in der Luft; er fing es wieder auf und hielt die Waffe so, daß der Griff zur Decke zeigte, die Spitze aber nach unten —, »kann ich einen Mann zwischen den Beinen so wie diesen hier am Hals verwunden. Ein solcher Schnitt ist nicht tödlich. Der Mann ist danach nur etwas weniger — männlich.«

Loganaro schluckte, als sei sein Hals plötzlich mit Wüstensand gefüllt.

»Du bist so still, Unterhändler. Hast du die Sprache verloren?«

Loganaro biß sich auf die Lippen, die so trocken wie ausgebleichte Knochen waren. »Was soll ich für Euch tun, Ehrenwerter Senator?«

Lemparius steckte das Messer zurück in die Scheide und legte den Arm um den Mann. »Du bist im Dienste der Hexe Djuvula. Wußtest du, daß sie einen Bruder hat, der Dämon ist? Nein? Macht nichts! Du beschattest zur Zeit einen Barbaren, der Conan heißt. Ja, so lautet der Name. Unsere Hexe möchte das Herz dieses Mannes, um das Abbild zu beleben, das sie fertigte.«

»W-w-w-oher wißt Ihr das alles?«

»Ich habe da so meine Methoden. Hauptsache ist, *daß* ich es weiß. Auch ich habe Interesse an diesem Barbaren. Wenn die Zeit reif ist, werde ich deine Hilfe zu schätzen wissen, diesen Mann für mich einzufangen.« Lemparius lächelte verschlagen.

»Ich — ich kann nicht.« Loganaros Stimme war kaum hörbar.

»Verzeih, Freund Loganaro, daß ich so schlecht höre. Einen Augenblick lang dachte ich, du hättest gesagt, du könntest mir in dieser Angelegenheit nicht helfen.«

»Ehrenwerter Senator, Djuvula würde meinen Kopf auf eine Stange in der Sickergrube ihrer Latrine aufspießen!«

»Hör mal, Kleiner, du bätest mich auf Knien um dieses Schicksal, wenn ich mit dir Ernst mache, falls du meine kleine Bitte ablehnst. Ich werde dich vor Djuvulas Rache schützen. Darauf kannst du dich verlassen.«

Loganaro schluckte wieder. »Darf ich erfahren, warum Ihr diesen Wunsch habt?«

»Jetzt, da du in meinen Diensten stehst, habe ich

keine Bedenken, es dir zu sagen. Wie du weißt, nimmt sich Djuvula keine menschlichen Geliebten mehr. Ich möchte aber, daß sie noch einen nimmt, ehe sie ihr Simulacrum belebt.«

»Ihr, Ehrenwerter Senator? Aber — aber ich dachte ...« Loganaro brach ab, als ihm klar wurde, was er gerade hatte sagen wollen.

Lemparius lachte. Offensichtlich nicht beleidigt, führte er Loganaros Gedanken weiter aus. »Du dachtest, daß ich bereits wie die vielen anderen diese zweifelhafte Ehre genossen hätte und für nicht gut genug befunden worden sei, was?«

»Verzeiht mir, Senator ...«

»Deine Annahme wäre vollkommen richtig. Es war so. Allerdings ist das schon geraume Zeit her. Seitdem habe ich mir gewisse Stärken angeeignet, sagen wir eine Art animalischer Kraft. Mit dieser neuen Energie, da bin ich sicher, würde meine Darbietung in der Arena, in der Djuvula zu Recht die Meisterschaft beansprucht, ungemein besser ausfallen.«

»Aber wenn das so ist, warum teilt Ihr es ihr nicht einfach mit?«

»Anscheinend hast du von Frauen nur sehr wenig Ahnung. Sie hat es sich in den Kopf gesetzt und wird davon nur mit größter Mühe abzubringen sein. Wenn ich ihr vorher kein Vertrauen einflößen kann, brauche ich etwas als Pfand zum Verhandeln. Habe ich diesen Barbaren, könnte ich für ihn einen Preis verlangen. Sollten meine Dienstleistungen nicht befriedigend ausfallen, soll Djuvula ihr Abbild haben. Ich muß gestehen, daß ich das für sehr unwahrscheinlich halte. Aber dieser Handel müßte ihr gefallen. Schließlich hat sie dabei in keinem Fall etwas zu verlieren.«

»Verstehe. Und dann werdet Ihr eine Stellung einnehmen, in der Ihr Eure Unterhändler beschützen könnt, die Djuvula in dieser Angelegenheit erzürnten?«

»Selbstverständlich.«

Loganaro dachte über seine Chancen nach. Er hatte keine andere Wahl, als sich den Wünschen des Senators zu fügen. Würde Lemparius' Plan irgendwie mißlingen, war klar, daß Djuvula sich an dem Mann rächen würde, der sie verriet. Andererseits war er so gut wie tot, wenn er sich jetzt dem Senator widersetzte. Besser eine ungesunde Zukunft zu riskieren als die ungesunde Gegenwart.

»Nachdem Ihr mir jetzt Eure Gründe dargelegt habt, biete ich Euch, Ehrenwerter Senator, selbstverständlich meine Dienste an.«

»Ich dachte mir, daß du es so sehen würdest, Loganaro. Meine Befehle sind einfach: Beschatte den Barbaren weiterhin. Bewahre Djuvula gegenüber striktes Stillschweigen über diese Sache, bleib aber mit ihr in Verbindung. Wenn sie dir befiehlt, diesen Conan festzunehmen, wirst du mich benachrichtigen und meine weiteren Anweisungen erhalten.«

»Euer Wunsch ist mir Befehl, Ehrenwerter Senator.«

»Ab jetzt kannst du mich Lemparius nennen, Unterhändler. Schließlich bist du jetzt mein ordentlicher Angestellter, der für seine Dienste gut bezahlt wird.«

Nachdem Loganaro gegangen war, kehrte Lemparius zur Leiche des Gefangenen zurück und betrachtete sie nachdenklich. Er lächelte. Djuvula würde ihm sicher vergeben, wenn er der Prahlerei mit seiner neuen Manneskraft Taten folgen ließ. Unwahrscheinlich war, daß sie Loganaro je seine Schurkerei verzeihen würde, die Seiten gewechselt zu haben. Schade! Das kleine

Wiesel war beim Ausspionieren und anderen kriminellen Aktivitäten recht geschickt. Er konnte nützlich sein, wenn er nicht sterben mußte, um die Wut der Hexe zu besänftigen. Lieber er als ich, dachte Lemparius.

Der Senator starrte auf die Leiche auf dem Boden und verspürte ein Knurren im Bauch. Nun denn! Es wäre doch unsinnig, das schöne frische Fleisch verderben zu lassen.

Niemand sah, in welches Wesen sich Senator Lemparius verwandelte oder was er tat. Die Wachen mußten lediglich weniger auf den Abfallhaufen werfen, als die Hand des Henkers übriggelassen hätte. Und heute nacht würde der Panther mit vollem Bauch schlafen.

Die Abendschatten fielen schon auf die sich zerstreuende Menge, als Conan den Kunststückchen Vitarius' auf dem Fest des Winzers zuschaute. Der alte Mann war gut, fand Conan. Er holte aus einem Damengewand lebende Vögel, verwandelte ein Glas Wein zu Essig und ließ aus einer leeren Flasche bunte Seidenbänder hervorquellen. Eldia lief umher und sammelte beim lachenden Publikum Münzen ein. Ab und zu führte sie einen Trick mit ihrem Schwert vor, schlug einen Knopf von einer Tunika, teilte einen Brotlaib in kunstvolle Stücke und sprang sogar über die eigene Klinge, die sie vor sich hielt. Es war eine gute Vorführung, und die Kupfermünzen vermehrten sich schnell in dem Becher, mit dem Eldia klapperte.

Conan konnte beruhigt zuschauen. Er hatte nicht viel zu tun. Keine Beutelschneider pirschten sich an das Duo heran, obwohl mehrere Taschendiebe durch die Menge schlichen. Solange sie seine Schützlinge in Ruhe ließen, hegte Conan keinen Groll gegen sie. Selbst ein Dieb, war er tolerant in solchen Dingen.

Schließlich mußte der Mensch essen, und die Leute hier würden ein paar entwendete Münzen nicht vermissen.

Wie die meisten fahrenden Zauberkünstler schien Vitarius seine besten Tricks für den Schluß aufzuheben. Er soll sich lieber beeilen, dachte Conan, ehe alle heimgehen und ihr Geld mitnehmen.

Die Zuschauer wurden still, als Vitarius sich aufrichtete, um seinen letzten Trick vorzuführen. Einige Menschen nickten und lächelten. Conan hörte eine Frau in seiner Nähe sagen: »Sein letzter Trick ist der beste. Warte, bis du den siehst!«

Der alte Mann gestikulierte und murmelte Zaubersprüche. Er hüpfte in einer Art Tanz von einem Bein aufs andere. Die Zuschauer lachten. Auch Conan mußte lächeln.

Endlich war Vitarius bereit. Er bedeutete den Leuten um ihn, zurückzutreten. Mit dramatischer Armbewegung rief er: »Jetzt!«

Ein Lichtblitz. Dann füllte eine dichte weiße Rauchwolke den Platz. Als sich der Rauch lichtete, sah Conan eine verschleierte Gestalt darinnen. Ein großer dunkler Schemen ragte drohend auf.

Die Menge schrie gleichzeitig auf, als der Rauch verschwand — und ein Dämon sichtbar wurde! Das Ding war anderthalbmal so groß wie ein Mann und brachte Conans Schätzung nach, wäre es echt gewesen, gut und gern das Doppelte seines eigenen nicht unbeträchtlichen Gewichts auf die Waage. Der Dämon war leuchtend rot, beeindruckend männlich. Seine Zähne mußten aus einem Alptraum stammen. Conan lief es kalt über den Rücken. Vitarius' andere Trugbilder waren nichts im Vergleich zu diesem. Der Cimmerier war stark beeindruckt. Als er zu Eldia hinblickte, die eine

Armeslänge von ihm entfernt stand, trafen ihn ihre Worte wie ein Schlag. Sie wandte ihre Blicke vom Dämon ab und sagte zu Conan leise, aber deutlich: »Den hat er nicht gebracht, Conan. Der ist *echt!*«

Der Dämon tat einen Schritt auf Vitarius zu. Dann sagte er mit einer Stimme, die wie kratzendes Metall klang: »Wo ist sie, Weißkopf?«

Als Vitarius nicht antwortete, ließ der Dämon die Augen, die von innen heraus mit höllischem Feuer leuchteten, über die Menge schweifen. Als sein Blick auf Eldia fiel, grinste er breit. Schleimtriefend wandte sich der Dämon vom Zauberer ab und schritt auf das Mädchen zu.

Eldia zog ihr Schwert und sah dem Ungeheuer entgegen.

Die Zuschauer spürten, daß bei dieser Beschwörung etwas schiefgelaufen war, und zerstoben wie dürres Laub im Sturm.

»Halt!« rief Conan.

Der Dämon schaute auf Conan herab. »Sprichst du mit mir, du Mücke?«

»Allerdings, Dämon. Es ist aber eher eine Wespe mit Stachel als eine Mücke.« Conan zückte sein Breitschwert und hielt es mit beiden Händen auf den Bauch des Dämons gerichtet.

»Mit dir habe ich keinen Streit, Wespe«, grollte der Dämon. »Mein Geschäft betrifft nur dieses weibliche Menschenkind und geht dich nichts an.«

»Irrtum, Höllengeburt! Sie steht unter meinem Schutz. Du begibst dich in Gefahr, wenn du ihr drohst.«

»Gefahr? Daß ich nicht lache, Wespe! Aber jetzt bin ich deiner Scherze überdrüssig. Flieg weg, sonst zerquetsche ich dich.«

Conan hob das Breitschwert und zielte mit der Schneide auf das bösartige Gesicht des Dämons. »Conan der Cimmerier flieht nicht vor jemandem wie dir, du Untier.«

»Dann bete zu deinen Göttern, Insekt, denn deine Zeit ist abgelaufen.«

Der Dämon streckte die schwarzen Klauenhände nach Conan aus, ging in die Hocke und sprang.

Fünf

So schnell der Dämon auch war, Conan war schneller. Der Cimmerier sprang gleichzeitig mit dem Höllensohn, aber zur Seite. Die Macht des Sprunges trug den Dämon an ihm vorbei. Wie Stricke traten die Adern an Conans kräftigen Armen hervor, als er das Schwert schwang. Er zielte auf den Hals des Dämons. Conans mächtiger Schlag teilte die Luft. Er kam so schnell, daß die Klinge einen Laut zwischen Stöhnen und Pfeifen von sich gab.

Aber der Dämon stand nicht untätig da und wartete auf seine Enthauptung. Statt dessen sprang er hoch in die Luft und rollte den mächtigen Körper zu einem Ball zusammen. Sein Salto war jedes Akrobaten würdig. Ehe Conan die Klinge erneut in Position für den zweiten Schlag bringen konnte, stand der Dämon schon wieder auf den Beinen und tanzte leichtfüßig hin und her.

»Wo ist denn dein Stachel, Wespe?« höhnte er lachend.

Conan antwortete nicht, sondern stürzte vorwärts, das Schwert zum nächsten Schlag gezückt.

Schnell trat der Dämon zurück und stieß dabei die Holzbude eines Obstverkäufers aus dem Weg, als sei sie aus Spinnweben gebaut. Lachend wich er blitzschnell dem kalten Stahl Conans aus.

Aus dem Augenwinkel sah Conan, wie Eldia mit geschwungener Klinge vorpreschte, aber von Vitarius aufgehalten wurde. »Nicht diesen Weg!« rief der alte Zauberer.

Jetzt durfte seine Aufmerksamkeit nicht erlahmen. Das wußte Conan. Der Dämon fürchtete sich vielleicht vor dem Stahl; aber er war groß, stark und verteufelt schnell. Mit seinen Krallen konnte er einen Menschen ebensoleicht wie mit einer Handvoll Dolchen aufschlitzen. Conan hatte nicht die Absicht, der nichtmenschlichen Kreatur zu gestatten, ihm die Krallen in die Haut zu schlagen. Der Cimmerier schwang sein Schwert wie einen Fächer vor sich hin und her, der nach dem blutroten Ungetüm suchte. Das Biest bewegte sich rückwärts durch die zerstörte Obstbude. Conan folgte ihm, voll auf den Feind konzentriert.

Diese Konzentration war ein Fehler. Conan trat auf eine zertretene matschige Frucht. Der Standfuß glitt ihm weg. Er verlor das Gleichgewicht und fiel beinahe hin. Nur seine Schnelligkeit rettete ihn; denn der Dämon reagierte schneller als die meisten Menschen und warf sich mit der ausgestreckten rechten Krallenhand auf Conan, um sie ihm um den Hals zu legen.

Selbst als Conan auf ein Knie fiel, beschrieb seine Klinge einen Bogen nach oben. Er hatte das Schwert nur in einer Hand, da er mit der anderen sein Gleichgewicht zurückgewinnen mußte. Von Menschen hergestellter Stahl traf auf nichtmenschliches Fleisch und schwarzes Gebein. Und — das uralte Breitschwert schnitt durch das Handgelenk des Dämons. Eine höllische rechte Hand fiel zu Boden. Rauch stieg auf, und Säure tropfte wie eitrige Wundjauche auf den Boden. Die Finger des abgetrennten Körperteils zuckten noch mehrmals krampfhaft, als seien sie immer noch mit den dämonischen Muskeln verbunden, die sie vorher kontrolliert hatten.

Der Dämon brüllte. Der schreckliche Lärm ließ alle Weinflaschen in der Nähe platzen und dröhnte Conan in den Ohren, bis er nichts anderes hören konnte. Während Conan sich bemühte, wieder festen Stand zu bekommen, schien das vor Wut rasende Ungeheuer zu explodieren. Mit dem handlosen Arm schlug es Conan das hocherhobene Schwert aus den Händen. Blut spritzte aus dem Stumpf. Dem Barbaren gelang es, sich außer Reichweite des Dämons zu rollen. Dann sprang er auf, um mit kräftigen Armen den einarmigen Angreifer zu packen. Conan spürte den fauligen Gestank seines nahen Endes im Gesicht. Er wußte, daß er es mit bloßen Händen nicht mit dem Dämon aufnehmen konnte. Aber er gab sich nicht geschlagen. Bei Crom! Er würde sein Ende im Kampf mit hocherhobenem Kopf finden.

Der Dämon sammelte sich für den Endschlag gegen Conan. Da floß ihm plötzlich ein blauer Feuerstrom über den Hals und die Schultern, wodurch die rote Haut sich purpurn färbte. Das Kind der Hölle brüllte noch einmal; aber der übernatürliche Schein um ihn verstärkte sich. Einzelne Rauchfahnen stiegen von der versengten Haut gen Himmel. Conan drehte sich, um den Ursprung des blauen Feuers zu entdecken. Er sah Vitarius. Die eine Hand hielt er dem Dämon entgegengestreckt, die andere ruhte auf Eldias Haupt, die ebenfalls von einem blauen Flammenmantel eingehüllt war.

»Nein!« schrie das gepeinigte Ungeheuer. Es kam ein blendendgreller gelber Lichtblitz, dann ein dunkelroter, und der Dämon war so jäh verschwunden, wie er gekommen war.

Zurück blieb seine rechte Hand. Sie zuckte immer noch krampfhaft auf dem Kopfsteinpflaster neben Conan, als versuche sie immer noch, den zu packen, der für ihre Zerstörung verantwortlich war.

Vitarius trat neben Conan und betrachtete die Hand des Dämons. Für eine Weile schwiegen beide. Schließlich war es Conan, der das Schweigen brach. »Ich glaube, Eure Erklärung, nur ein einfacher Zauberkünstler zu sein, weist ein paar Schwachstellen auf, Vitarius. Kein kleiner Zauberspruch rief dieses Ding herbei, und kein *Trugbild* vertrieb es.«

»Das ist wahr«, antwortete der alte Mann. Er sah müde aus. »Ich schulde Euch eine Erklärung. Die sollt Ihr haben. Wenn Ihr nicht gewesen wärt, hätte Sovartus' Diener jetzt Eldia in den Klauen. Die Folgen sind nicht auszudenken.«

»Ich warte auf Eure Geschichte.«

»Gewiß doch. Wie Ihr schon vermutet, sind Eldia und ich nicht ganz das, was wir zu sein vorgeben, als wir uns in der ›Wolfsmilch‹-Schenke trafen. Ich ...« Der Alte brach ab und schaute über die Schulter nach hinten. Abgesehen von Conan und ihm waren Straße und Buden leer. »Eldia! Sie ist weg!«

Conan drehte sich um und hielt nach dem Mädchen Ausschau. Es war nirgends zu sehen. »Der Dämon ...«, setzte er an.

»Nein! Er ist allein verschwunden! Wir müssen sie finden, Conan! Wenn man sie zu Sovartus bringt, ist ihr Schicksal und das vieler anderer besiegelt. Ich gebe Euch mein Wort, daß ich Euch alles erklären werde; aber zuerst müssen wir das Mädchen wiederfinden. Ihr müßt mir vertrauen.«

Conan überlegte nicht lange, sondern nickte. Er hatte zwar keinen Grund, Vitarius zu glauben, da der Mann ihn vorher ganz klar belogen hatte; aber Conan war ein Mann der Tat und traute dem Instinkt mehr als dem Verstand. Kein böser Gestank umgab Vitarius oder Eldia, und der Dämon hätte ihn zweifellos getötet, wenn sie ihm nicht geholfen hätten. Conan nahm sein Schwert auf und deutete die Straße hinunter. »Ich werde diese Richtung nehmen. Ihr die andere.«

Vitarius nickte, und Conan lief los. Bei einem Blick zurück sah er, wie der alte Mann noch schnell die Hand des Dämons aufhob und in einen Beutel steckte.

Das Schlafgemach der Hexe Djuvula füllte sich plötzlich mit gelbem und purpurrotem Rauch. Mittendrin stand Djavul und umklammerte den Armstumpf mit der linken Hand. Die Tür zum Gemach öffnete sich. Die Hexe stürzte herein, um den Grund für die unerwartete Störung ihres Heiligtums festzustellen. »Dämon-Bruder! Was ist geschehen?«

Djavul fluchte. Sein gesamter höllischer Wortschatz floß ihm über die Lippen. Das unbeseelte dunkle Abbild auf dem Bett der Hexe drehte sich unter der Macht dieser Flüche. Dann keuchte der verwundete Dämon: »Meine Hand!«

Djuvula schien sich etwas zu beruhigen. »Aber Brüderlein, mach dir doch deshalb keine Sorgen. Eine neue wird wachsen und den Platz einnehmen und ...«

»Du Närrin! Es geht nicht um die Hand, sondern die Art, wie ich sie verlor! Ich bin an Sovartus gekettet, einen Magier des Schwarzen Quadrates.«

Überrascht holte Djuvula tief Luft.

»Aha, du kennst ihn«, sagte Djavul und schaute seine Schwester finster an.

»Allerdings. Er ist ein Mann mit großer Macht.«

»Da ich in seiner Gewalt bin, weiß ich das auch, du Fleisch meines verdammten Vaters. Und ich habe bei dem Versuch versagt, seinen Befehl auszuführen. Was ich suchte, wurde von einem Mann mit übernatürlichen Fähigkeiten bewacht. Statt daß ich ihm seinen Schützling wegnahm, raubte er mir die Hand!«

»Wie kann ich dir helfen, lieber Bruder?«

»Ich muß zurück und meine — Schwierigkeiten Sovartus vortragen. Er wird nicht erfreut sein. Es würde mir sehr nützen, wenn ich sagen könnte, daß ich Aussicht auf etwas Unterstützung hätte, vielleicht sogar einen neuen Plan, um das zu gewinnen, was er sucht.«

»Uns verbinden Blutsbande«, erklärte Djuvula. »Natürlich werde ich dir mit allen Kräften helfen.«

»Gut. Sovartus möchte ein kleines Mädchen haben, das unter dem Namen Eldia bekannt ist — es ist eines der Vier, wie du erkennen kannst, wenn du es siehst. Die anderen Drei hat er schon. Diese Eldia reist in der Gesellschaft eines Zauberers der Weißen Magie, möglicherweise eines vom Weißen Kreis, aber da bin ich nicht sicher. Und außerdem ist noch ein Riese dabei, dessen Herkunft mir unbekannt ist. Ihm habe ich dies zu verdanken.« Djavul schwenkte den Armstumpf. Die Wunde hatte sich bereits geschlossen und war von einer glatten, glasähnlichen schwarzen Haut bedeckt.

Djuvula nickte. Die Folgen aus den Worten, die ihr Dämon-Bruder gerade gesprochen hatte, waren ihr nicht verborgen. Sollte es Sovartus gelingen, alle vier Kinder, in denen die Kräfte der Vier Wege steckten, in seine Gewalt zu bekommen, würde ihn das zur überragenden Macht in der Magie der Erde machen. Wenn sie nun irgendwie mit Sovartus einen Handel wegen des restlichen Teils seiner Magie — das Mädchen Eldia — erreichte, würde vielleicht ein Teil seiner dadurch errungenen Macht auch an sie weitergegeben. Und der Mann, der Djavul von seiner Hand getrennt hatte, sah ganz danach aus, als wäre er ein Kandidat für ihren eigenen Zauber. Sie betrachtete die schlafende Gestalt ihres Simulacrums, ihren Prinz von der Lanze.

Einige Herzschläge lang dachte sie über alles das nach. Dann lächelte sie Djavul an. »Ich werde dir helfen, dieses Kind einzufangen«, sagte sie. »Sag mir, wo du es verlassen hast.«

Loganaro hockte unter einer herabgefallenen Plane und beobachtete, wie der starke Barbar die fast leere Straße hinunterlief. Der Unterhändler war gerade noch rechtzeitig eingetroffen, um den Schluß von Vitarius' Vorstellung zu sehen. Mehr als je zuvor war Loganaro überzeugt, daß Conan der richtige Mann war, um Djuvulas Traumliebhaber zu beseelen. Mit Sicherheit war es dieser Barbar aus Cimmerien wert, in das Bett der Hexe gelassen zu werden, wenn der Senator Lemparius ihn besaß. Doch mochte es keineswegs leicht werden, ihn zu fangen. Das kann teuer zu stehen kommen, dachte Loganaro. Und so manche dafür nötige Münze würde auch in seinem Beutel landen.

Der Barbar war zu schnell, als daß er ihm hätte folgen können, besonders ohne Deckung, die ihn bei einem Blick nach hinten geschützt hätte. Loganaro beschloß, sich statt dessen an die Fersen des alten Zauberers zu heften. Er war sicher, daß Conan über kurz oder lang wieder zum weißhaarigen Alten zurückkehren würde.

Der Klang von Conans Stiefeln hallte auf dem groben Kopfsteinpflaster der Straße. Es wurde immer dunkler, als der Abend sich näherte und sein nächtliches Netz über alles legte. Conans scharfe blaue Augen drangen beim Vorbeilaufen in alle dunklen Nebengassen und erfaßten mit einem Blick alles von oben bis unten. Eldia war nicht zu sehen.

Wieder rannte er an einer der engen Gassen vorbei, in denen sich der Abfall der Stadt häufte. Ein schneller Blick, und Conan blieb stehen. Aufmerksam schaute er in einen Hinterhof. Nichts bewegte sich in diesem dunklen Rechteck. Da war er sicher. Dort lag ein Berg mit Abfällen: Lumpen, Fetzen von Tierhäuten, zerbrochene Töpferwaren — und ein Stoß Holz. Dieser Hof glich Dutzenden, an denen er vorbeigekommen war, und doch war hier etwas anders. Seine Sinne erfaßten eine Kleinigkeit, eigentlich nicht faßbar, aber vorhanden. Irgend etwas *stimmte nicht.*

Da! Vor dem dunklen Hintergrund des Holzstoßes leuchtete ein winziger weißer Fleck! Conan erkannte augenblicklich, daß es sich um ein menschliches Auge handelte, auf das der schwache Schein des aufgegangenen Mondes gefallen war. Mit gezogenem Schwert betrat er den Hof. Die Spitze war auf die Augen des Menschen gerichtet, den die Dunkelheit verbarg.

Als sich die scharfen Augen des Barbaren auf die Dunkelheit eingestellt hatten, erkannte er eine kauernde Gestalt vor dem gespaltenen Feuerholz. Die Gestalt erhob sich. Im fahlen Mondlicht schimmerte der Stahl einer Klinge, deren Spitze auf Conan gerichtet war.

»Warte!« rief eine Mädchenstimme. Eldia! »Das ist Conan, ein Freund.«

Jetzt wurde die Gestalt deutlicher: eine Frau, die mit ihrem Körper Eldia dahinter beinahe verdeckte. Die Frau hielt dem Näherkommenden einen Dolch mit welliger Klinge entgegen.

»Eldia, komm ins Licht!« rief Conan.

»Nein«, antwortete eine Frauenstimme. Sie klang wie Honig auf Stahl, weich und dennoch hart.

Conan blieb reglos stehen, fand aber, daß ihm keine Gefahr drohe. Er steckte das Schwert zurück in die

Scheide und streckte die Hände aus, um zu zeigen, daß sie leer waren.

Die Frau trat einen Schritt vor. Das fahle Mondlicht liebkoste sie. Conans Schätzung nach war sie ungefähr achtzehn. Rabenschwarzes Haar hing ihr offen bis zur Taille. Sie trug eine seidene Bluse und dünne lederne Beinkleider. Die Füße steckten in fein gearbeiteten Riemchensandalen. Aber noch feiner als die Sandalen war ihr Körper. Schlanke Beine und üppige Hüften, und die Brüste unter der dünnen blauen Seide der Bluse waren schwer und voll. Die Züge waren makellos und Conan irgendwie vertraut. Er war sicher, daß er eine so wunderschöne Frau nie vergessen könnte, wenn er sie schon einmal gesehen hätte. Aber dennoch kannte er dieses Gesicht. Da gab es keinen Zweifel ...

Eldia trat in sein Blickfeld. Da wußte Conan, wo er die rabenschwarze Schönheit schon gesehen hatte: Es war Eldia als vollerblühte Frau. Die andere Frau war aber zu jung, um Eldias Mutter zu sein, also mußte sie ihre ...

»Du bist ihre Schwester.« Conan sprach den Gedanken laut aus, der ihm gerade gekommen war.

»Stimmt«, antwortete die junge Frau. »Und ich bin gekommen, sie von den Schurken zurückzuholen, die sie aus unserem Heim raubten.«

Conan hob die mächtigen Schultern und amüsierte sich im stillen über die Frau. »Ich habe niemanden verschleppt«, sagte er. »Und meiner Meinung nach reist Eldia freiwillig mit Vitarius.«

Die Frau warf einen Blick auf den Eingang zum Hof, dann schaute sie wieder Conan an. Sie hielt den Dolch etwas höher. Conan sah, wie sich die Knöchel weiß färbten, weil sie ihn so fest umklammerte. »Sie schrie, als man sie in die Nacht hinauszerrte. Mein Vater wurde erschlagen und meine Mutter ebenso. Ehe meine

Mutter starb, vertraute sie mir noch an, daß Eldia etwas Besonderes sei, daß sie Brüder habe und eine Schwester — meine Halbbrüder und Halbschwester —, von denen sie uns nie etwas erzählt habe. Sie forderte mich auf, Eldia unter allen Umständen zu finden und sie vor denen zu verbergen, die sich ihrer für ihre eigenen bösen Ziele bedienen wollen.«

Conan schaute Eldia an, die anscheinend froh war, daß ihre Schwester sprach. »Gehört Vitarius auch zu diesen Schurken?«

Eldia schüttelte den Kopf. »Nein, aber ...«

»Schon gut, Eldia«, unterbrach sie ihre Schwester. »Du mußt diesem — diesem Barbaren nichts erklären.«

»Irgend jemand wird mir aber einiges erklären müssen«, sagte Conan ruhig. »Ich habe es satt, mich zum Narren machen zu lassen in den Spielchen, die du und Vitarius euch ausgedacht habt. Wir werden gemeinsam zu diesem ›Zauberkünstler‹ gehen und uns die Geschichte in voller Länge und mit Einzelheiten erzählen lassen.«

»Nein!« sagte die Frau. »Wir gehen nach Hause.«

»Aber erst nachdem ich befriedigende Erklärungen bekommen habe, warum mich auf einem öffentlichen Platz ein Dämon angriff«, sagte Conan. Der aufsteigende Ärger war nicht zu überhören.

»Nein!« wiederholte Eldias Schwester und stieß den Dolch in Conans Richtung. »Verschwinde, oder ich spieße dich auf und überlasse den Ratten deinen Kadaver.«

Wortlos sprang Conan die Frau an. Er packte ihr Handgelenk, ehe sie ihm die Kehle durchbohren konnte, und drehte ihr den Arm so hart nach hinten, daß sie mit einem Schmerzensschrei den Dolch fallen ließ.

Plötzlich schien der Hof lebendig zu werden. Kleine Körper flitzten über Abfälle und Holzstöße. Das

Scharren Hunderter kleiner Füße und das Rascheln winziger Tiere wurden hörbar. Conan sah, wie sich Boden und Wände wie Wellen bewegten.

»Crom!« Er ließ die Frau frei und trat einen Schritt zurück. Geübt und schnell zog er sein Schwert. Aber er konnte keinen Feind ausmachen. Etwas berührte Conans Stiefel. Mit feurigen blauen Augen starrte er auf das Ding da unten.

Es war ein Salamander. Das Tierchen war nicht größer als sein Mittelfinger, kletterte ihm aber mit unglaublicher Entschlossenheit am Schuhwerk hinauf. Conan konnte es kaum glauben. Für gewöhnlich liefen diese Eidechsen beim Anblick eines Menschen sofort weg; aber den Geräuschen nach mußten hier in diesem Hinterhof Hunderte sein. Wie waren sie hergekommen? Warum stürzten sie sich auf ihn?

»Halt!« befahl Eldia. Augenblicklich hörte das Scharren der winzigen Füße auf. Der Salamander auf Conans Stiefel erstarrte, als sei er in eine steinerne Statue verwandelt worden.

Eldia schaute ihre Schwester an. »Zweimal hat er mir das Leben gerettet«, erklärte sie. »Und Vitarius will mir nur helfen. Wir müssen ihm gestatten, seine Erklärung zu erhalten.« Sie nickte Conan zu. »Und du mußt dir anhören, Schwester, was Vitarius zu sagen hat, ehe wir heimkehren können. Hätte der Dämon mir nicht solche Angst eingejagt, hätte ich dich gleich gebeten zu bleiben.«

Eldia sah auf den Salamander auf Conans Stiefel und befahl: »Hinweg!«

Gehorsam machte das Tier kehrt und verschwand. In der Nachtluft hörte man das Scharren der anderen. Dann herrschte wieder Stille.

Conan starrte Eldia an.

»Gehen wir?« fragte sie.

Conan und Eldias Schwester sahen einander an und nickten. Aber Conan gefiel das alles nicht. Ganz und gar nicht.

»Tölpel!« schrie Sovartus. »Sich von einem gewöhnlichen Menschen aus dem Feld schlagen zu lassen!«

Djavul stand hochaufgerichtet innerhalb der Grenzen des Pentagramms vor dem Magier. »O nein, menschlicher Magier, das war kein gewöhnlicher Mann! In tausend Jahren habe ich schon Hunderten von Männern im Kampf auf Leben und Tod gegenübergestanden. Ihre Gebeine vermodern in Gräbern, die über die gesamte Welt verstreut sind. Niemals habe ich einen solchen Kampf gegen einen Mann verloren. Dieser Mann war anders als die meisten. Außerdem hatte er Hilfe durch Magie, ansonsten hätte ich trotz seiner Stärke und seiner Geschicklichkeit über ihn triumphiert. Ihr habt es mit einem der Weißen zu tun, Sovartus.«

»Vitarius!« Sovartus' Stimme war haßerfüllt.

»Seinen Namen kenne ich nicht; aber er sandte die gebündelte Kraft des Feuers auf mich, und dieser Hitze konnte ich nicht standhalten.«

»Sei verdammt!«

»Zu spät, Zauberer! Aber noch ist nicht alles verloren. Ich bin der Bruder einer menschlichen Hexe, die nicht geringen Einfluß in der Stadt hat, in der sich Euer gesuchtes Wild verbirgt. Ihr werdet Euer Kind bekommen. Und ich den Mann, der mir dies angetan hat.« Djavul hob den rechten Arm und starrte auf den Stumpf, an dem einst die Hand angewachsen war.

In den Tiefen der Slott-Burg schrie etwas aus grauenvoller Erwartung auf.

Sechs

Die Gäste in der ›Wolfsmilch‹-Schenke ließen den vier Leuten an dem Tisch neben dem Kamin viel Platz. Conan vermutete, daß einige, wenn auch nicht alle, die so krampfhaft überall nur nicht zu ihm und seinen Gefährten schauten, vorher bei der Zaubervorstellung gewesen waren. Der Cimmerier verargte ihnen die Nervosität nicht. Er selbst fühlte sich auch nicht besonders behaglich in der Gesellschaft von Menschen, die sich mit Zauberei befaßten. Die tödliche Flamme in Conans Augen brannte niedrig, war aber keineswegs erloschen, als er Vitarius' Geschichte zuhörte.

»... Eldia war eines von vier Kindern. Ihre Mutter, auch deine Mutter«, Vitarius deutete mit der Nase auf die junge Frau, die Conan gegenübersaß, »war von einem mächtigen Magier verzaubert, als er sie schwängerte.«

»Willst du damit sagen, daß ich noch einen anderen Vater habe als den, den ich mein Leben lang kannte?« Eldias Blick war schärfer und härter als bei einem Kind ihres Alters üblich.

»Ja. Bei deiner Geburt durfte deine Mutter nur ein einziges Kind aus den vieren behalten. Dein Vater war Hogistum vom Grauen Kreis. Er nahm die anderen und verteilte sie auf der ganzen Welt.«

»Warum?« Conan, Eldia und die junge Frau — sie nannte sich Kinna — fragten gleichzeitig.

Vitarius seufzte und schüttelte den Kopf. »Das ist nur sehr schwer zu verstehen. Hogistum entdeckte einen uralten Zauber, verwitterte Runen, die aus grauer

Vorzeit stammten. Es gelang ihm, diese Schriftzeichen zu entziffern und lernte daraus, wie man die vier Elemente mit lebenden Seelen verbinden konnte. Hogistum war kein schlechter Mensch, nur neugierig. Da er zu den Grauen gehörte, konnte er sowohl für schwarze als auch für weiße Zwecke seine Magie einsetzen. Für gewöhnlich aber diente er der Weißen Magie. Der Bindezauber war weder gut noch böse. Es hing davon ab, wie man ihn benutzte, nachdem man ihn beschworen hatte. Hogistum hatte nicht die Absicht, sich seiner zu bedienen. Er wollte nur sehen, ob er ihn zustande bringen konnte. Zumindest behauptete er das.«

»Woher wißt Ihr das?« Kinnas Stimme klang nicht weniger seidig wie zuvor, als sie Conan aufgefallen war.

Der alte Mann zauderte einen Augenblick lang und benäßte die Lippen mit dem Wein, der in einem Becher vor ihm auf dem Tisch stand. »Hogistum hatte zwei Schüler«, fuhr er fort. »Der eine war sein natürlicher Sohn, der andere zeigte zwar große magische Begabung, stammte aber aus einer niederen Kaste.« Vitarius schaute nacheinander in alle drei Gesichter. »Ich war der Schüler aus der niederen Kaste.«

Conan nickte. Das kam nicht überraschend. Damit erklärte sich Vitarius' Angriff auf den Dämon.

Vitarius fuhr fort. »Da seine eigene Frau gestorben war, erwählte Hogistum eine junge Frau aus seinem Haushalt, die Tochter eines alten Gefolgsmannes, als seine neue Braut. Auf dieses Mädchen übte Hogistum seinen Zauber aus, als sie im Brautbett lagen.«

»Wie — schändlich!« murmelte Kinna.

»Ich kann verstehen, daß du das so siehst«, sagte Vitarius. »Nach Ablauf der gebührenden Zeit wurden vier Kinder geboren. Alle waren von besonderen Kräften erfüllt.«

»Es fällt mir schwer, das alles zu glauben«, unterbrach Kinna ihn.

Der alte Magier blickte die junge Frau aus halbgeschlossenen Augen wie eine alte weise Eule an. »Ach, wirklich? Sind dir im Zusammenleben mit deiner Schwester nicht gewisse — Fähigkeiten von ihr aufgefallen? Friert irgend jemand jemals in ihrer Gegenwart? Ist ihr Bett nicht stets warm, selbst in den kältesten Winternächten? Und dann sind da natürlich noch die Salamander.«

Das Feuer in Conans Augen loderte bei den letzten Worten etwas auf. Wahrlich, das Mädchen hatte wirklich eine besondere Art, mit diesen Geschöpfen umzugehen. Conan sah Kinna an. Sie nickte, obwohl sie sich sträubte zu glauben, was sie hörte.

»Eldia ist eine des Quadrats«, erklärte Vitarius. »Sie ist das Kind des Feuers, Flammenweberin und Herrin der dazu gehörenden Tiere, der Salamander. Ihre Schwester Atena ist das Kind des Wassers, durch sie sind die Undinen untertan. Ihre Brüder sind Luft, das Kind der Luft und der Windteufel, und Jord, das Kind der Erde, Herr der Werwölfe und Trolle. Ich habe das nicht so eingerichtet, sondern sage nur, wie es ist.«

Etwas nagte wie eine Ratte im Innern Conans. Es war etwas, das Vitarius vorher erwähnt hatte. Endlich fragte er: »Ihr habt noch von einem zweiten Schüler gesprochen, dem natürlichen Sohn Hogistums. Wo ist er? Was ist mit ihm geschehen?«

Vitarius nickte, als habe er die Frage erwartet. »Wir sprechen da von jemandem, mit dem Ihr schon Kontakt hattet, wenn auch indirekt. Er schuldet Euch ein Pferd.«

»Sovartus?«

»Ja. Er vergiftete seinen eigenen Vater und verbrachte danach seine Zeit damit, die Kinder, die Hogistum so sorgfältig versteckte, zu suchen und in seine Gewalt zu bringen. Jetzt hat er alle mit Ausnahme von Eldia.«

»Hogistum war nicht sehr vorsichtig, wie es mir scheint«, meinte Conan und drehte den Weinbecher in der Hand. »Er ist tot, und sein Sohn hat sein Ziel fast erreicht.«

»Stimmt. Mir gelang es nur, Eldia den Häschern zu entreißen, ehe sie ihm ausgeliefert wurde. Bei den anderen kam ich zu spät. Durch sie beeinflußt er drei Ekken des Quadrats: Erde, Luft und Wasser. Sollte er das Quadrat voll machen können, wäre ihm ein Ding untertan, das größer ist als die Summe der Teile einer synergistischen Kraft, die Hogistum das Kraft-Ding genannt hat. Dieses Ereignis wäre so ungeheuer, daß selbst die Götter sich davon abwenden würden.«

Conan rutschte auf der Bank hin und her. Plötzlich wurde ihm ungemütlich. Bei Gesprächen über Zauberei erging es ihm immer so. An solche Dinge sollten Menschen nicht rühren.

Kinna beugte sich über den Tisch. Dabei streifte ihre üppige Brust Conans Handrücken. »Und was habt Ihr jetzt vor, Vitarius?«

Der alte Zauberer seufzte wieder. »Ich muß Eldia schützen, sie Sovartus' Klauen fernhalten. Ferner muß ich einen Weg finden, die drei Kinder aus seiner Gewalt zu befreien.«

»Wirst du es schaffen?« erkundigte sich Eldia ruhig. »Kannst du meine Geschwister vor meinem — meinem Halbbruder retten?«

Vitarius schüttelte den Kopf. »Ich weiß es nicht. Er gehört zu den Schwarzen und verfügt über Kräfte, die mir fehlen. Außerdem herrscht er über drei Ecken des

Quadrats, ich habe nur eine. Ich fürchte, er ist stärker als ich. Sovartus soll sogar einfache Nekromantie in seiner Magie praktizieren und Legionen von Toten für gewisse Zaubereien herbeirufen. Ich kann es nur versuchen. Mehr kann ich nicht tun, aber auch nicht weniger.«

Kinna lehnte sich zurück und nickte. »Gut denn! Ich werde dir so gut wie möglich helfen. Solange Sovartus lebt, ist Eldia in Gefahr. Wir müssen ihn vernichten.« Kinna schaute Conan an. »Was ist mit dir?«

Der Cimmerier verschränkte die kräftigen Arme über der Brust und betrachtete die Frau. Sie war wunderschön, aber er wollte mit der ganzen Sache nichts zu tun haben.

»Ich reise nach Nemedien«, sagte er. »Ich habe nur eine Pause eingelegt, um mir ein bequemeres Reisen zu verdienen. Man hat mich betrogen. Ich kann Lügner nicht ausstehen, besonders nicht solche, die meinen Kopf aufs Spiel setzen, ohne mich vorher zu warnen. Und noch weniger mag ich jene, die Zauberei ausüben. Ich wünsche euch für eure Unternehmung Glück; aber hier trennen sich unsere Wege.«

Kinna funkelte Conan wütend an; aber Eldia nickte, ebenso Vitarius. Der Magier sagte: »Ich kann Euch keinen Vorwurf machen, Conan. Ihr wart sehr tapfer, und wir haben es euch mit Falschheit vergolten. Wir danken Euch für Eure Hilfe und wünschen Euch alles Gute für Eure weitere Reise.«

Conan nickte und wollte aufstehen.

»Bleibt noch einen Augenblick!« Vitarius hielt ihn zurück. »Wir schulden Euch etwas für Eure Mühe. Hier ist das Silber für das heutige Tagewerk und darüber hinaus noch einige Münzen, die Ihr wohl verdient habt. Und da ich für heute nacht zwei Zimmer gemietet habe, steht Euch eines davon zur Verfügung, als weiteren Beweis unserer Dankbarkeit.«

Conan steckte die Münzen in seinen Beutel. »Gut, ich werde ein Zimmer heute nacht nehmen. Verdient habe ich's.«

Der junge Cimmerier stand auf und ging zum Gang, der zur Treppe und den oberen Kammern der Schenke führte. Es war ein langer Tag gewesen, und er war müde.

Der Raum war zwar ein bißchen besser ausgestattet als der letzte, in dem Conan geschlafen hatte, aber auch hier lag nur ein Strohsack auf einem verschlissenen Teppich. Die Fensterläden konnten von innen geöffnet werden, so daß der Bewohner des Zimmers einen Blick auf das Gewirr der Gassen drei Stock tiefer hatte. In einer Ecke des Raumes flackerte ein Kerzenstumpf und schickte seine Rauchfahnen zur dunklen Decke; erhellte aber den übrigen Raum nur spärlich. Wenigstens hatten sich keine Ratten im Bett eingenistet, wie Conan feststellte. Er drückte den Docht der Kerze aus und löschte damit das Licht. Dann streckte er sich auf dem Strohlager aus, das Schwert an der Seite. Schlaf senkte sich auf ihn wie ein Mantel.

Als risse man Conan diesen Mantel fort, wich der Schlaf kaum zwei Stunden später. Die blitzenden blauen Augen überflogen den dunklen Raum. Aber nichts war zu sehen. Die Schwärze war selbst für die scharfen Augen des Cimmeriers undurchdringlich. Er hielt den Atem an, damit das Gehör um so besser arbeitete; aber er hörte nur eine Brise, die um die Fensterläden strich, und das Knarzen des alternden Holzes der Schenke. Und sein eigener Herzschlag dröhnte ihm in den Ohren. Offensichtlich keine Gefahr; doch Conan vertraute seinem Instinkt zu sehr, um ein Erwachen um diese Stunde zu mißachten. Er griff nach dem Schwert. Sobald er den Ledergriff in der Hand spürte, fühlte er sich besser.

Vielleicht war es doch nur der Wind gewesen, dachte er, als er so dalag. Nachdem sich lange Zeit nichts rührte, schlief Conan wieder ein, die Hand fest am Schwertgriff.

In der Burg Slott war es dunkel, bis auf ein verschwommenes gelbes Licht von einer Lampe in einem Raum. Ihr düsterer Schein fiel auf Sovartus. Seine schmalen Finger krallten sich grausam in die Schulter eines der drei Kinder, die an die feuchte schimmelige Wand gekettet waren. Die Körper des Zauberers und seines Gefangenen leuchteten schwach. Nach geraumer Zeit aber wurde dieses blaßgelbe Licht heller als die Lampe an der Wand. Kurz darauf ging von dem Knaben und dem Zauberer eine Lichtquelle aus, die man kaum blinzelnd ertragen konnte. Als Sovartus spürte, wie die Energien des Knaben auf ihn überströmten, lachte er laut. Ja!

In die Dunkelheit außerhalb der Schenke zur Wolfsmilch gehüllt, stand die Hexe Djuvula. Der Wind blähte ihr sanft den schwarzen Seidenschleier. Sie wußte mit Bestimmtheit, daß das gesuchte Mädchen dort drinnen war, zusammen mit ihrem Beschützer vom Weißen Quadrat. Für dieses Wissen hatte sie nur Geld aufwenden müssen. Ein paar verteilte Silberlinge bewirkten oft mehr Wunder unter den Menschen als Zauberei. Neben dem Mädchen suchte Djuvula auch nach dem Barbaren, der ihren Dämon-Bruder verwundet hatte. Ein solcher Mann war mit Sicherheit auch sehr temperamentvoll und besaß ein starkes Herz.

Der Wind umsäuselte auch die plumpe Gestalt Loganaros, der sich hinter einer Latrine in der Nähe der Schenke verkrochen hatte, in der Conan der Cimmerier schlief. Ungeduldig erwartete Loganaro des Eintreffen von sechs Halsabschneidern, die er angeheuert hatte mit dem Gold aus der reichen Börse des Senators Lemparius. Sechs Männer müßten den jungen Riesen doch überwältigen können. Wenn ein paar von ihnen dabei draufgehen sollten, war das auch egal. Das hatte Lemparius gemeint, als Loganaro ihm gemeldet hatte, daß Conan sich wohl von dem alten Mann, dem Mädchen und der neu dazugekommenen Frau trennen wollte. Alles war in Eile arrangiert worden. Loganaro hätte lieber mehr Zeit gehabt, eine Mannschaft auszuwählen; aber so mußte man sich damit behelfen, was zur Verfügung stand. Ihm bereitete es nicht die größte Sorge, Conan zu fangen, sondern Djuvulas Wut, wenn sie herausfand, daß er die Seiten gewechselt hatte. Daß er keine Wahl gehabt hatte, spielte da auch keine Rolle. Diese furchtbare Angst lastete auf ihm, und er überlegte, wo Djuvula wohl in diesem Augenblick sein mochte. Und wo diese verblödeten Halsabschneider ihre Zeit vertändelten.

Auf einer dunklen Straße, von dem Wirrwarr der Häuser gesäumt, ungeküßt vom Licht des Mondes oder eines Menschen, schlich ein lohfarbener Schatten. Hunde bellten verängstigt, wenn die Gestalt an ihnen vorbeikam. Vielleicht überraschte sie die Witterung des Geschöpfes, das viel zu groß für eine Hauskatze war, obwohl es mit Sicherheit zur Familie der Katzen gehörte. Im Kopf des Werpanthers entstand Gelächter, doch als es dem Maul zwischen den scharfen Fängen entfloh, hatte es mit Gelächter keinerlei Ähnlichkeit mehr. Die Hunde von Mornstadinos verstummten bei diesem Klang, als befürchteten sie, die Aufmerksamkeit dieses Biestes durch jeden weiteren Laut auf sich zu ziehen.

Die Hunde hätten sich nicht zu ängstigen brauchen. Das Raubkatzen-Mensch-Geschöpf war hinter anderer Beute her als Hunden. Er hatte an zweibeinigen Tieren Geschmack gewonnen. Davon war die Stadt voll. Sechs dieser Art gingen gerade in der Dunkelheit an der großen Katze vorbei, ohne ihre Anwesenheit zu bemerken. Der Werpanther ließ die sechs unbelästigt vorbeimarschieren, denn in seinem Katzengehirn wußte der Mensch, daß sie in seinem Interesse unterwegs waren. Und das Geschäft würde ihm eine ganz andere Freude bereiten als Fressen.

Der normalerweise friedliche Schlaf Conans des Cimmeriers war in dieser Nacht unruhig. Der kräftige Körper wälzte sich ruhelos auf dem Strohlager. Wieder wachte er auf; aber wieder konnte er nichts ausmachen, was ihm hätte gefährlich werden können. Ein Traum hat meinen Schlaf gestört, dachte er. Als er zum zweitenmal in dieser Nacht wieder einschlief, drang ihm nur das Geräusch des Windes an die Ohren. Es klang, als erhöbe sich draußen ein Sturm.

Sieben

Der Wind heulte durch die Straßen Mornstadinos und ließ keine Höhlung aus, mit der er sein Kommen ankündigen konnte. Abfall und andere lose Gegenstände wurden von den Böen gepackt und durch die Luft gewirbelt. Dicke Regentropfen prasselten auf das Kopfsteinpflaster und durchnäßten jeden, der sich dem Sturm ungeschützt aussetzte. Taghelle Blitze teilten die nächtliche Dunkelheit. Der Donner klang wie das dumpfe Grollen eines erzürnten Gottes. Der Sturm, den keine Schmerzen in den Knochen der Wetterpropheten angekündigt hatten, öffnete seine Schleusen über der Stadt und tobte mit tropischer Gewalt, wie es in dieser Gegend nur selten geschah.

»Mitra verfluche diesen Regen!« sagte einer der Schurken, die unter einem vorspringenden Dach gegenüber der ›Wolfsmilch‹-Schenke Zuflucht gesucht hatten. Drei oder vier seiner Kumpane äußerten ebenfalls diese Meinung, ehe Loganaro sie mit einem wütenden Blick zum Schweigen brachte.

»Seid ihr etwa Gewürzkuchen, die sich bei ein bißchen Regen auflösen?« fragte er.

»Nein«, antwortete der Anführer, »aber das ist kein leichter Schauer, Herr über den Beutel des Geldes. Heute nacht ersaufen sogar die Ratten.«

»Ihr sollt euch auch nicht um die Ratten kümmern«, knurrte Loganaro unwirsch. »Dafür werdet ihr nicht bezahlt, sondern um mir den Mann herbeizuschaffen, der da drüben schläft.« Loganaro deutete auf die Schenke.

Der Halsabschneider nickte. Er trug eine lederne

Augenklappe, und seine dunkle Hautfarbe zeigte, daß er zamorianischer Abstammung war. »Stimmt«, sagte Augenklappe, »aber meine Kumpel und ich möchten mit Euch ein paar Worte wechseln wegen unserer — Vereinbarung.« Der Mann sprach mit schwerem ausländischen Akzent und ließ auch Brocken der internationalen Gaunersprache einfließen.

Loganaro betrachtete den Mann. »Reden? Wozu?«

»Wir haben gehört, daß der Mann, den wir umlegen sollen, jener ist, der heute auf dem Platz bei der Sause vom Winzer mit'm Schwert auf das rote Monster losgegangen ist.«

»Na und? Habt ihr zu sechst Schiß vor einem einzelnen Mann?«

»Nee, Angst nicht, aber Respekt. Er soll so schnell sein wie ein Deubel und stark wie'n Bär. Wenn das stimmt, finde ich — und meine Kumpels auch —, daß der nich leicht zu fangen ist. Da sollte doch noch besser geschmiert werden.«

Loganaro biß die Zähne zusammen. »Und wieviel mehr?«

Augenklappe grinste und zeigte dabei schiefe gelbe Zähne. »Na, ein Goldstück pro Mann wär nich unflott.«

»Sicher nicht! Wir haben uns auf zwölf Solons für diese Sache geeinigt.«

»Das war vorher. Jetzt woll'n wir achtzehn.«

»Unmöglich. Vielleicht noch zwei Silberlinge zusätzlich für jeden.«

Augenklappe hob die Schultern. »Der Regen ist saukalt. Da verziehen wir uns lieber ins Trockne.« Er drehte sich um.

»Zwei zusätzliche Goldmünzen«, sagte Loganaro wütend.

»Fünf.« Augenklappe drehte sich wieder um.

Loganaro dachte an den Mann, den er erschlagen im Verließ des Senats gesehen hatte, und schluckte. Eine starke Windbö blies ihm in den Rücken, kalter Regen lief ihm in den Kragen. Sollte er weiterfeilschen mit diesem Lumpen? Er haßte den Gedanken, von seinem Anteil noch mehr zu verlieren, ließ es aber gut sein. Das gesamte Gold Corinthiens wäre wertlos, wenn er es nicht mehr sehen konnte. Er holte tief Atem. »Gemacht! Fünf Solons drauf. Nach Lieferung des Barbaren.«

Augenklappe zeigte wieder die schiefen Zähne. »Top.«

Die Gewalt des Sturmes flaute für einen Augenblick ab. Loganaro deutete auf die Schenke. »Dann los! Jetzt.«

Die sechs Männer rannten auf die Schenke zu, so daß die Pfützen hoch aufspritzten. Sie waren schon kleine Teiche.

Den Regen verfluchend, eilte Djuvula ihrer Behausung entgegen. Nur äußerst ungern hatte sie die Beobachtung der Schenke abgebrochen; aber sie konnte den Regen nicht ertragen. Außerdem würden der alte Mann und das Mädchen heute nacht nirgends mehr hingehen. Sie konnte morgen zurückkehren.

Der Panther knurrte; aber der Laut ging im Donnergrollen unter. Sein Fell war vom Regen verklebt. Er fühlte sich nicht sehr wohl. Bei solchem Wetter blieb seine Beute im Hause und gut geschützt gegen Raubzüge. Wer sich Herbergen oder Häuser nicht leisten konnte, war auch nicht leicht aufzuspüren, da die Regengüsse alle Duftspuren wegspülten. Im strömenden Regen herumzustreichen, war ein schmutziges und nicht sehr erfreuliches Geschäft.

Der Panther gab die Jagd auf und lief zu einem der vielen Orte, die eigens für seine nächtlichen Beutezüge ausgestattet waren. Eigentlich war dieser nur eine Hütte zur Lagerung von Wolle; aber er hatte dort Kleidung versteckt, die eines Senators würdig war, wenn dieser inkognito bleiben wollte.

In der Verborgenheit der Hütte reckte und streckte das Pantherwesen unnatürlich die Gelenke und Sehnen und verwandelte sich von einem Raubtier auf vier Beinen zu einem der Wesen, das noch wenige Augenblicke zuvor seine Beute gewesen war.

Conan hatte vor Gewittern keine Angst, griff aber doch sofort zum Schwert, nachdem er aufgewacht war. Trotz des Sturms, der um die Schenke tobte, hörte er draußen auf dem Gang ein Geräusch. Jemand war auf ein loses Brett getreten.

Geschmeidig sprang der Barbar auf und lief schnell zur Tür. Er schob den einfachen Riegel zurück und riß die Tür auf. Mit einem Satz war er mit gezücktem Schwert auf dem Gang.

Vor ihm stand eine in eine dünne Decke gewickelte Gestalt. Kinna.

Conan ließ das Schwert sinken und sah die junge Frau an. Die Decke verhüllte das meiste von ihr, nur die langen Beine waren der Nachtluft ausgesetzt. Gut geformte Beine, wie Conan sah. Diese Muskelstränge fand er sehr attraktiv.

Kinna spürte Conans Interesse und versuchte, die Decke über die Beine zu ziehen. Dadurch kam aber ihr Oberteil mehr in den Genuß eines Luftbades. Die vollen Brüste wurden kurz sichtbar, ehe sie sie schnell wieder bedeckte.

Conan grinste. »Was treibst du denn hier um diese Zeit?«

»Ich — ich habe an meinem Fenster etwas gehört. Ein seltsames Geräusch.«

»Wir sind drei Stockwerke hoch«, sagte Conan. »Es ist höchst unwahrscheinlich, daß sich jemand an deinem Fenster zu schaffen macht. Bestimmt nur der Wind.«

Kinna nickte. Wellenförmig floß ihr schwarzes Haar dahin. »Das glaube ich auch. Aber ich konnte nicht wieder einschlafen. Deshalb kam ich hierher, um ...« Sie brach ab und blickte verlegen drein.

»Um was zu tun?« fragte Conan neugierig.

Kinna warf einen Blick den Gang hinunter zu ihrer Schlafkammer, wurde rot, antwortete aber nicht.

Conan folgte ihrem Blick und begriff. Ach ja, Frauen! Wie jemand ein nächtlicher Besuch in einer Schlafkammer peinlich sein konnte, würde er nie verstehen! Alle hatten die gleichen natürlichen Bedürfnisse. Warum sollte man sich daran stoßen?

Das Schweigen wurde länger und allmählich peinlich. Conan verspürte keine Neigung, es durch Worte zu füllen. Hellwach stand er da. »Hat der Larm deine Schwester oder Vitarius aufgestört?«

»Nein. Eldia schläft den Schlaf der Unschuldigen und so tief, als würde sie für die ewige Ruhe probeliegen.«

»Nun, da ich schon mal wach bin, könnte ich dein Fenster nach der Quelle des Geräusches absuchen, wenn dir das recht ist.«

Conan sah die Erleichterung in ihren Augen, die jedoch schnell von zynischem Funkeln abgelöst wurde.

»O nein! Wegen uns braucht Ihr nicht solche Strapazen auf Euch zu nehmen. Auf keinen Fall möchte ich Eure Reise nach Nemedien verzögern«, sagte sie spitz.

Conan hob die Schultern. »Wie du meinst.« Dann tat er einen Schritt zurück zu seinem Raum.

»Wartet!« sagte Kinna und berührte ihn an der Schulter. Ihre Hand fühlte sich warm auf der Haut an. »Verzeiht mir! Ich war grob zu Euch, dabei verdient Ihr das nicht. Eldia hat mir erzählt, wie Ihr sie hier heute vor einem Meuchelmörder schütztet, und ich selbst sah Euch zwischen ihr und dem Dämon stehen. Ich kann es Euch wirklich nicht verargen, wenn Ihr Euer Leben nicht mehr für uns riskieren wollt, sondern Euren eigenen Weg geht.«

Conan sah sie an. Sie war eine äußerst anziehende Frau. Außerdem hatte sie ihre Hand auf seinem Arm liegen gelassen.

»Es wäre mir doch lieb, wenn Ihr Euch mein Fenster ansehen würdet.« Sie lächelte ihm zu. »Und vielleicht könnten wir danach auch das in — Eurem Zimmer prüfen.«

Im ersten Moment kapierte Conan nicht. Beinahe wäre er herausgeplatzt, daß mit seinen Fensterläden alles in Ordnung sei. Dann sah er Kinnas Lächeln und verstand. Er lächelte zurück. »Gern«, sagte er.

Leichtfüßig stieg Conan über die schlafende Eldia und Vitarius. Kinna leuchtete mit einer Kerze. Dann prüfte er das mit Läden verschlossene Fenster. Alles in Ordnung. Er freute sich schon, mit Kinna zu seiner Kammer zu gehen. »Halt die Hand vor die Flamme!« flüsterte er ihr zu. Dann öffnete er die Fensterläden und schaute hinaus in die regnerische Nacht.

Zwei Blitze kamen in kurzem Abstand, so daß der

Barbar die Mauern und niedrigen Dächer in der Umgebung deutlich sah. Bis auf den Sturm war alles leer, soweit er erkennen konnte.

Er wollte gerade die hölzernen Läden heranziehen, als es auf die Schenke niederprasselte, als schleuderte eine Schar Jungen Kieselsteine mit aller Kraft dagegen. Conans Hände und Arme wurden getroffen. Er fluchte leise.

Überrascht fragte Kinna: »Was ist das?«

»Hagel!« antwortete Conan. »So groß wie Weintrauben.«

Das Prasseln wurde lauter. Ein plötzlicher eisiger Windstoß riß Conan die Läden aus den Händen. »Bels Augen!« Conan beugte sich hinaus, um die frei schwingenden Läden zu greifen. Die Hagelschlossen trafen ihn unbarmherzig. Es gelang ihm, einen Laden zu packen, und gerade griff er nach dem zweiten, als sich der Sturm legte und der Hagel aufhörte. Nur dichter Regen fiel auf die Stadt. Dann hörte er ein Geräusch, das in der relativen Ruhe nach dem Hagel um so lauter wirkte. Zuerst hielt er es erneut für Donner; aber das konnte nicht sein. Der Lärm dauerte an.

Kinna trat neben Conan ans Fenster. »Was ist das?«

Conan schüttelte den Kopf. »Ich weiß es nicht«, murmelte er. Dann kam ein Blitz und enthüllte den Ursprung des Lärmes: Ein Tornado wand sich durch die Stadt und zerstörte alles, was ihm im Wege stand. Der rasende Trichter schien direkt auf die Schenke zuzukommen.

Im Raum bewegte sich etwas. Vitarius' Stimme übertönte Wind und Regen. »Was seht ihr da draußen?«

Wortlos deutete Conan hinaus. Es blitzte nicht

mehr; aber das war auch nicht nötig, denn vom Innern des Wirbelsturmtrichters gingen fast pausenlos Entladungen aus, deren bläulichgelber Schein so unheimlich war, wie Conan es noch nie erlebt hatte. »Crom!« rief er leise aus. »Ein Teufelswind!«

Vitarius schaute hinaus. »Da habt ihr sicher recht; aber das ist kein natürlicher Tornado. Seht, wie er sich auf schnurgerader Linie vorwärtsbewegt! Kein gewöhnlicher Wirbelsturm verhält sich so. Was ihr da seht, hat Sovartus bewirkt. Er entfesselt die Kräfte der Luft gegen uns. Feuer kann da nichts ausrichten. Wir müssen fliehen, denn sonst werden wir unweigerlich mitgerissen.«

Kinna weckte schnell Eldia, während Vitarius seine Sachen mit den magischen Utensilien packte. Conan ließ den Tornado nicht aus den Augen, der pfeilgerade auf die Schenke zukam.

»Wir brauchen einen Keller oder eine Kloake«, sagte er.

»Nicht bei diesem Sturm«, entgegnete Vitarius und schulterte sein Bündel. »Er wird einfach anhalten und uns wie Maulwürfe ausgraben. Unsere einzige Hoffnung liegt darin, hinter ihn zu gelangen. Auch wenn Sovartus die Luft beherrscht, kann er die Richtung des Sturmes nicht so schnell umkehren. Wir müssen Haken schlagen und dann in den Tornado hineingelangen, ehe er wenden kann.«

Die vier stiegen die dunklen Treppen hinunter zur Gaststube. Zwei flackernde Öllampen warfen genug Licht in den schmuddeligen Raum, damit Conan den Ausgang sehen konnte. »Hier entlang!« befahl er.

In diesem Augenblick öffnete sich die Tür und ein halbes Dutzend Männer stürzte herein. Alle waren mit Schwert oder Dolch bewaffnet. Einige der Schurken hatten auch Stricke dabei. Der Anführer trug eine Augenklappe, konnte aber mit dem anderen Auge offenbar gut sehen; denn er blieb jäh stehen und zeigte auf Conan: »Das ist er, Jungs! Will uns wohl die Treppen ersparen, schätze ich.«

Im düsteren Lampenschein blitzten Klingen auf, als die sechs Männer sich trennten und Conan einkreisten. Der Cimmerier überlegte nicht lange, was sie gegen ihn haben mochten, sondern zog sein Breitschwert und stellte sich ihnen.

»Los, Conan, wir haben keine Zeit!« drängte Vitarius.

Der Hüne lächelte grimmig, ließ aber kein Auge von den Gegnern. »Ich erledige das so schnell wie möglich.«

Zwei Männer versperrten den Ausgang. Der Rest hatte Conan eingekreist. Der Barbar lächelte. Das war ein Kampf nach seinem Herzen! Stahl und Muskeln, keine Zauberei! Er suchte sich ein Ziel: einen wolfsgesichtigen Mann mit Kurzschwert. Conan zauderte keine Sekunde lang, sondern sprang dem Kerl wildentschlossen entgegen. Mit beiden Händen schwang er elegant sein Breitschwert und holte aus. Das Wolfsgesicht hob die Klinge, aber zu langsam. Conans Schlag öffnete am Hals des Mannes eine Furche, durch die man das Rückgrat des Schurken sehen konnte, als er röchelnd nach hinten zu Boden fiel.

Ein zweiter Mann griff Conan von hinten an. Er hob sein Schwert so hoch, daß der Schlag den Gegner in der Mitte auseinanderspalten mußte. Conan drehte sich um und parierte den Schlag. Seine Armmuskeln waren zum Zerreißen gespannt. Stahl küßte Stahl. Die beiden Klingen sangen im Duett. Conan hielt den Arm still. Der Mann verlor das Gleichgewicht. Conan glitt vorwärts und rammte ihm die Schwertspitze direkt unters Brustbein. Dann hob er einen Fuß und stieß den Körper des Schufts mit dem Stiefel von der Klinge. Dann wirbelte er herum, da ihn jetzt zwei zugleich angriffen. Conan machte sich sprungbereit. Es war besser, zuerst anzugreifen, ehe sie sich abgestimmt hatten — vier waren die schlimmste Zahl, die man als Gegner haben konnte.

Die Schenke erbebte, als habe eine riesige Hand sie geschüttelt.

»Conan! Der Teufelswind!« rief Kinna.

»Au, ich bin verletzt!« schrie einer der Männer, die die Tür bewachten. Worauf sich die Aufmerksamkeit der beiden, die Conan angreifen wollten, ihm zuwandte.

Auch der Cimmerier schaute dahin, wo Eldia mit ihrer kurzen Waffe auf den Mann einschlug. Ihre Geschwindigkeit war atemberaubend. Der Mann versuchte vergeblich, die Beine mit seinem langen Dolch zu schützen. Vor Conans Augen schoß das Mädchen vor und fügte ihm wieder eine Schnittwunde zu.

»Verdammte Göre!« brüllte der Mann, wich aber von der Tür. Beinahe wäre er über seinen Kumpan gestolpert.

Vitarius versuchte es mit irgendeinem Zauberspruch. Er murmelte vor sich hin und schwenkte die Arme. Bisher ohne Erfolg. Jedenfalls konnte der starke Cimmerier keinen erkennen. Er wandte sich wieder den beiden ihm gegenüber zu und ging auf sie los, um sie mit seiner rasiermesserscharfen Schneide zu zeichnen.

Der Mann mit der Augenklappe versuchte außerhalb Conans Reichweite zu bleiben, doch vergeblich. Der andere war zu fett und daher langsam. Der Fette keuchte beim Versuch, Conan mit dem Schwert in der Seite zu erwischen.

Wieder erbebte die Schänke. In das Geräusch des Windes und des Kampflärms mischten sich Stimmen von oben. Mit Freudengeschrei stürzte sich Conan mit geschwungenem Schwert auf Augenklappe.

Loganaro stand wie erstarrt und beobachtet das Herannahen der Vernichtung. Noch nie hatte er auf seinen vielen Reisen einen solchen Sturm gesehen. Ihm war sogleich klar, daß dieser keinen natürlichen Ursprung haben konnte. Wer aber hatte diesen schrecklichen Wirbelwind geschickt und warum? Diese Fragen schossen ihm durch den Kopf, wurden aber sofort von der Angst vor herumfliegendem Abfall und Hagelschlossen weggewischt. Seine Mörderbande sollte selbst sehen, wie sie überlebte. Der Barbar war jetzt nicht so wichtig wie sich in Sicherheit zu bringen, damit er noch ein wenig leben konnte. Loganaro rannte vor dem nahenden Untergang so schnell wie möglich davon. Später konnte er sich immer noch Sorgen machen, was er Lemparius erzählen würde.

Djuvula war schon beinahe zu Hause, als sie das durch Zauberei geschaffene Ungeheuer erblickte, das wie ein Frettchen auf der Jagd nach einer bestimmten Ratte durch das Labyrinth von Mornstadinos raste. Ihr okkultes Auge erkannte sofort, was dieser Sturm in Wirklichkeit war und von wem er ausgeschickt worden war. Geschwind machte die Hexe kehrt und lief im strömenden Regen und durch aufspritzende Pfützen zurück zur Schenke. Wenn der von Sovartus beherrschte Wirbelsturm das Mädchen erwischte, vertat Djuvula die Gelegenheit, ihre Macht zu vergrößern.

Außerdem dachte sie auch noch an den Barbaren mit dem tapferen Herzen. Natürlich war der weniger wichtig. Loganaro hatte noch einen Kandidaten für sie; aber sie traute seinem Urteil nicht so ganz. Ein Mann, der einem Dämon die Hand abschlagen konnte und das überlebte, mußte außergewöhnlich sein. Aber Djuvulas Hauptinteresse galt dem Mädchen.

Im Kielwasser der Verwüstung stapfte ein Riese. Menschlichen Augen war er verborgen. Die Gestalt war rot und besaß nur eine Hand. Beim Dahinschreiten murmelte sie vor sich hin. Die Stimme vermengte sich mit dem Donner. »Du irrst dich, Zauberer, wenn du meinst, mich um meine Rache betrügen zu können, indem du andere Mittel für deine bösen Ziele einsetzt. Ich *werde* diesen Mann bekommen!«

Die Wände der ›Wolfsmilch‹-Schenke ächzten und stöhnten, als ahnten sie ihren Untergang. Die Tür nach draußen wurde mit solcher Gewalt aufgerissen, daß die von Schmutz überkrusteten Messingangeln sie kaum halten konnten. Das Namensschild wurde herabgeschleudert und rollte durch die offene Tür. Der Wolf *salient* war endlich gesprungen. Das Schild landete auf einem Tisch.

Conan hatte Augenklappe in eine Ecke abgedrängt. Der Mann kämpfte um sein Leben. Eldia hatte mit ihrem kleinen, aber tödlichen Schwert die beiden Wachen vor der Tür vertrieben, wobei ihr ihre Schwester mit ihrem Dolch geholfen hatte. Vitarius' Zauberspruch wirkte auch endlich, denn plötzlich schrie der fette Mördergeselle auf, glühte rot auf und schwebte eine halbe Spanne über dem Boden.

Vitarius schrie, um den lauten Donner des Tornados zu übertönen, der sie beinahe schon erreicht hatte.

»Conan! Wir müssen weg! Sofort!«

Der Cimmerier antwortete nicht, warf sich statt dessen auf Augenklappe. Der Mann konnte den Schlag abwehren, gab aber dabei den Kopf schutzlos preis. Conan ballte die Rechte zur Faust und schlug sie dem Mann gegen das Kinn. Der Knochen knackte, als der Mann nach hinten gegen die Wand geschleudert wurde. Bewußtlos glitt er zu Boden. Conan drehte sich um. »Los! Raus!«

Vitarius gehorchte und ließ den Fetten glühend und schreiend weiterschweben. Eldia und Kinna wandten sich von ihren beiden Gegnern ab, die keine Anstalten trafen, sie zu verfolgen, als sie vor Conan aus der Tür rannten. Er folgte mit bluttriefendem Schwert.

Draußen packte der Sturm sie mit solcher Gewalt, daß sie keinen Schritt vorwärtskamen. Nur Conan stand aufrecht und hielt der Gewalt stand. Aber auch seine übermäßige Körperkraft reichte nicht aus, um den alten Mann und die beiden Mädchen gegen den Sturm hinterherzuziehen.

Vitarius gestikulierte wild. Seine Worte gingen im Sturm unter. Conan verstand, was er wollte. Sie mußten sich im Schutz der Gebäude vorwärtsbewegen.

Wie Fliegen klebten die vier an der Wand; aber es gelang ihnen, bis zur Ecke zu kriechen. Dort führte sie Conan herum, indem er Kinna einhakte. Sie hielt ihre Schwester fest, und diese umklammerte Vitarius' knochiges Gelenk. Der Sturm trieb die menschliche Kette wie dürres Laub vor sich die Straße hinunter. Sie rannten so schnell, daß Conan beinahe gestolpert wäre. Er erinnerte sich daran, was Vitarius vorher gesagt hatte. Sie mußten gegen den Wind Haken schlagen und hinter das Zentrum gelangen. Conan sprang in den Windschatten eines Tempels. Seine drei Gefährten zog er nach. Hier holten sie erst einmal Atem.

Weiter unten wurde ein Teil eines Gebäudes weggerissen und flog vorbei. Conan deutete darauf und rief: »Dorthin!«

Sie nahmen ihre ganze Kraft zusammen und liefen weiter gegen den Wind, immer wieder den Schutz von Gebäuden oder Zäunen ausnutzend.

Hinter ihnen wechselte der Teufelswind die Richtung, so daß er die ›Wolfsmilch‹-Schenke nur streifte. Conan starrte auf das wütende schwarze Ungeheuer, das immer noch geisterhaft leuchtete. Er sah die Körper der gedungenen Mordgesellen durch die Luft fliegen und im Rachen des Tornados verschwinden. Da war der, den er erschlagen hatte, und dort der Fettsack. Den Mann mit der Augenklappe konnte er nicht entdecken. Wohl aber sah er, daß der Sturm sie jetzt verfolgen wollte. Er verdoppelte seine Anstrengung. Angst hatte Conan dabei nicht. Ihn trieb viel mehr die Herausforderung, den Sturm zu schlagen. Bei Crom! Kein Sturm war so wendig wie ein Cimmerier!

Der Wind wollte umkehren, aber die schweren Regenwolken konnten sich nicht so schnell umstellen. Langsam nur kam der Sturm auf sie zu. Als Conan meinte, weit genug gelaufen zu sein, machte er wieder kehrt und hielt mehr auf den Wind zu. Trümmer trafen ihn; aber er hielt die Frau hinter sich ganz fest und stemmte die Stiefel in den Schlamm auf der Straße. Einmal rutschte Vitarius aus. Der Sturm war so stark, daß er wie eine Fahne an Eldias Hand waagrecht in der Luft hing. Zu seinem Glück hielt das Mädchen ihn fest, sonst wäre er weggeblasen worden.

Der Tornado raste dahin, verwüstete Häuser, Ställe

und Tempel. Balken knickten wie Strohhalme und flogen wie Speere dahin, alles aufspießend, was ihnen in den Weg kam. Ein Pfahl durchbohrte einen dicken Zaun, als sei er aus Stahl und der Zaun aus Butter. Der Wirbelwind schien sich zu strecken, um seine Opfer zu erreichen. Was dabei Widerstand leistete, wurde wie Krümel von einem Tisch gefegt. Solche Gewalt schien unaufhaltbar. In der Tat, nichts von Menschenhand Geschaffenes konnte widerstehen. Nach einer Zeit, die Conan wie mehrere Ewigkeiten vorkam, war er mit dem Windteufel auf gleicher Höhe. Wenige Ewigkeiten danach war er vorbei — und hinter ihm.

Der Tornado hielt inne und wollte seinen Weg zurückverfolgen. Atemlos sah Conan zu. Nach einer unendlich langen Sekunde setzte sich der Wirbeltrichter wieder in Bewegung, weg vom jungen Cimmerier und den anderen.

Der Sturm war besiegt worden. Ganz plötzlich zogen die herumwirbelnden Wolken die Vernichtung bringenden Schwänze ein, und der Spuk war vorüber.

Acht

Conan sah den Dämon als erster. Der Wind legte sich langsam, nachdem die Wolken die Mäuler himmelwärts eingezogen hatten. Der Tornado war zwar verschwunden, nicht aber Regen und normaler Sturmwind. Conan führte Vitarius, Eldia und Kinna den Pfad entlang, den das Windungeheuer sich wie eine Schneise im Wald gebahnt hatte. Auf den Spuren des Wirbelsturms folgte der rote Dämon. Er sah den Mann im selben Augenblick, als dieser ihn entdeckte. Trotz des strömenden Regens erkannte der Cimmerier, wie sich die Züge des Dämons vor Haß verzerrten. Conan zückte sein Schwert, als das Monster auf ihn zulief.

»Vitarius!« rief Eldia und deutete auf den näher kommenden Teufel.

Der alte Zauberer schaute sich um. Schnell legte er eine Hand auf den Kopf des Mädchens. Die andere streckte er hoch und zeigte auf den Dämon.

Dieser bremste seinen Lauf und blieb zwanzig Schritt weit entfernt stehen. »O nein!« sagte er laut. »Verbrenn mich nicht wieder mit deinen Feuerzungen!«

Vitarius zauderte. Er schaute Conan an.

Der Cimmerier schüttelte den Kopf. »Nein«, sagte er. »Ich glaube, er wird sprechen. Gestattet es ihm!«

Der Dämon richtete sich zu seiner vollen eindrucksvollen Größe auf. »Ihr könnt meinen Namen ruhig erfahren«, sprach er. »Da Ihr zu den Weißen gehört, könnt Ihr ihn nicht gegen mich einsetzen, selbst wenn ich nicht einem anderen untertan wäre. Ich bin Djavul.«

Conan ließ das Schwert um keine Spanne sinken. »Warum sollte uns das kümmern, Dämon?« Kleine Bäche liefen die Klinge herab auf seine Hände.

»Ich bin gegen dich eingesetzt, Wespe; aber selbst wenn ich nicht durch Zauber beauftragt wäre — *dein* Leben ist in jedem Fall verwirkt. Du schuldest mir etwas dafür.« Djavul hob den Armstumpf. »Du hast mich verwundet wie bisher noch kein Mensch. Daher sollst du den Namen dessen erfahren, der dich in die Grauen Lande schicken wird. Aber diese Reise wirst du ganz, ganz langsam machen, Wespe.«

Vitarius hob die Hand wieder und zielte auf den Dämon. Aber Conan schüttelte den Kopf. »Nein, Magier. Ich habe meine Klinge. Euren Schutz benötige ich nicht. Laßt ihn kommen!« Der junge Riese stellte sich breitbeinig auf und packte den Ledergriff seines Breitschwerts fester. »Du bist schon einmal gestochen worden, Djavul, Sohn der Hölle. Komm her, damit ich dich noch mal stechen kann!« Conan schüttelte sich den Regen aus den Augen.

Djavul schaute von Conan zu Vitarius und Eldia, dann wieder auf den Cimmerier. »Ich glaube es nicht, Wespe.«

»Der Magier hält sich heraus«, sagte Conan und schob sich ein wenig nach vorn. Der Schlamm unter seinen Stiefeln schmatzte.

Djavul lachte. »Schon so manches Kind der Nacht wurde ins Verderben geführt, wenn es den Worten der Menschen traute. Jetzt ist nicht die richtige Zeit, auch nicht der richtige Ort. Aber wir sehen uns wieder, Wespe.« Djavul warf noch einen Blick aus rotglühenden Augen auf Vitarius. »Auch dich sehe ich wieder, Weißer.«

Mit einem Knall, der dem Donnern des Sturmes Konkurrenz machte, verschwand Djavul.

Immer noch regnete es. Conan wandte sich an Vitarius. »Wie es scheint, habe ich mir einen Feind gemacht.«

»Es ist meine Schuld«, sagte Vitarius.

»Mir scheint, du hast dir mehr als nur einen Feind geschaffen, Conan«, meinte Kinna, die immer noch auf den Punkt schaute, wo Djavul verschwunden war.

Der Cimmerier blickte sie an. »Wieso!«

»Die Männer, die uns in der Schenke angriffen, als wir gehen wollten. Sie kamen deinetwegen. Erinnere dich, was der Kerl mit der Augenklappe sagte.«

Conan rief sich die Worte in die Erinnerung zurück: *Das ist er, Jungs. Will uns wohl die Treppen ersparen, schätze ich.* Kinna hatte recht. Aber — warum waren sie aufgetaucht, um ihn zu holen? Er hatte hier mit Ausnahme von Djavul, der Höllengeburt, keine Feinde. Der Dämon wollte ihn, das war sicher; aber es war unwahrscheinlich, daß er dazu menschliche Mörder anheuerte. Wer hatte diese Männer geschickt? Es war ein Rätsel, ein Geheimnis, und so etwas mißfiel Conan sehr.

»Vielleicht wäre es besser für uns, aus dem Regen zu gehen«, schlug Vitarius vor. »Wir können im Trocknen ebensogut Rat halten wie in der Nässe.«

»Gut«, stimmte Conan ihm zu. Aber seine Mißstimmung blieb.

Djuvula sah, wie ihr Bruder gegen den bildschönen Mann mit dem Schwert wütete. Sie lächelte. O ja, dieser war gewiß der, den sie suchte. Trotz des Regens betrachtete sie liebevoll den Barbaren. Welch starke geschmeidige Muskeln er hatte! Und welch herrliche Wut in den blitzenden blauen Augen loderte, als er Djavul mit dem Schwert gegenüberstand. Sein

Herz würde ihren Prinzen beleben wie kein anderes. Ja!

Djavul verschwand in die Gehanna. Djuvula glitt zurück in den Schutz der durchweichten Heuballen, die hoch aufgetürmt waren. Es wäre nicht günstig, wenn sie sich jetzt schon sehen ließ. Einen Augenblick lang kämpfte Djuvula mit sich: Alles war zum Greifen nahe! Das Mädchen, die Verkörperung des Feuers, glühte wie ein Leuchtfeuer für Schiffe im Nebel — zumindest für den, der solche Dinge sehen konnte, was bei einer mächtigen Hexe der Fall war. Und da war auch der Barbar mit dem wunderschönen Körper! Oh, wie sie ihn haben wollte!

Sie lächelte. Vielleicht würde sie diesem Manne gestatten, was sie bei anderen Sterblichen aufgegeben hatte, ehe sie sein starkes Herz herausschnitt. Wer weiß? Ein Barbar verfügte vielleicht über grenzenlose Vitalität. Sie könnte ihn — eine Zeitlang einsetzen, ehe sie ihren Prinzen beseelte. Auf alle Fälle sah er fähig aus …

Djuvula schüttelte den Kopf, als könnte sie damit auch ihre Phantasie abschütteln. Zuerst sollte sie an das Mädchen denken. Dann lachte sie leise. Warum nicht zwei Fliegen mit einer Klappe schlagen? Wenn sie vorsichtig war, bekam sie Mann und Mädchen zusammen. Leicht würde es nicht sein. Der Weiße Magier hatte seine Macht bereits bei Djavul bewiesen, und die Hexe hatte die Furcht in den Augen ihres Bruders gesehen, als er dem alten Mann wieder gegenüberstand. Nein, sie mußte ganz vorsichtig vorgehen und List statt Gewalt einsetzen. In Djuvulas Kopf formte sich bereits ein Plan. Ein Plan, bei dem sie ihre ganz speziellen Fähigkeiten nutzen würde …

Senator Lemparius entledigte sich der nassen Kleidung und stieg sogleich ins heiße Bad, das jederzeit zu seinem Vergnügen bereitgehalten wurde. Als er ins Wasser glitt, stiegen warme Dämpfe auf und umspielten seinen Kopf. Der Duft gestoßener Minze drang ihm in die Nase. Aahh ...

Einer seiner Kriegsknechte kam herein und verbeugte sich. »Mein Herr und Senator, ein schrecklicher Sturm hat in der Stadt großen Schaden angerichtet und Dutzende von Bürgern getötet.«

Lemparius hob in der angenehmen warmen Umgebung die Schultern. »Na und? Was geschehen ist, ist geschehen. Warum störst du mich deswegen beim Bade?«

Den Mann schien die Herzlosigkeit des Senators nicht sehr zu stören. »Der Mann, der die Nachricht brachte, wartet draußen, um Euch in einer Angelegenheit zu sprechen, die mit der Katastrophe zusammenhängt.«

»Schick ihn weg!« Lemparius winkte gelangweilt ab. Von seiner Haut stieg Dampf in der kühleren Luft des Badegemachs auf.

»Ganz wie Ihr befehlt, Herr. Der Mann wollte aber, daß ich Euch seinen Namen melde. Er heißt Loganaro.«

Senator Lemparius lächelte. »Ah, das ist etwas anderes. Führ ihn herein!«

Nachdem der Soldat gegangen war, ließ Lemparius sich bis zur Nasenspitze ins parfümierte Wasser sinken. Wie schade, daß Katzen Wasser so verabscheuten!

Loganaro betrat das Gemach. Er war durchnäßt und schlammbespritzt. Sein Gesicht zeigte eine Mischung von rattengleicher Verschlagenheit und Furcht.

Der Senator schob sich etwas hoch, bis sein Mund über dem Wasser war. »Wo hast du meinen Barbaren abgestellt? Du hast ihn doch inzwischen eingefangen, oder?«

»Ehrenwerter Senator, es gab da eine Schwierigkeit ...«

»Schwierigkeit? Kein Wort davon! In meinem Dienste führen Schwierigkeiten oft zu äußerster Vereinfachung, wenn du verstehst, was ich meine.«

Der fette Mann schluckte. Wasser tropfte ihm noch immer aus dem grauen Haar. »Das — das konnte man nicht voraussehen, Herr! Ein gewaltiger Sturm erhob sich, gerade als meine Häscher den Barbaren greifen wollten. Die Schenke, in der sie Quartier genommen hatten, wurde zerstört, zerschmettert. Da war nichts zu machen!«

Lemparius setzte sich auf und zeigte mit einem scharfen Fingernagel auf den Unterhändler. »Du willst damit doch hoffentlich nicht sagen, daß meine Beute vom Sturm aufgesaugt wurde.«

»N-nein, Ehrenwerter Senator. Nur meine — Leute. Irgendwie ist der Cimmerier mit seinen Freunden entkommen.«

»Und wo sind sie jetzt?«

»Mein Späher ist ihnen auf der Spur. Sobald sie sich irgendwo niederlassen, wird er es mir melden.«

Lemparius entspannte sich wieder und glitt zurück in die riesige Wanne. »Dann sehe ich keinerlei Schwierigkeit, lediglich einen Aufschub. Sobald sich der Barbar niederläßt, wirst du ihn einfach — abholen, oder? Aber sorg dafür, daß er dir dann nicht wieder entwischt, Loganaro. Andernfalls kommt es zu der von mir bereits angesprochenen Vereinfachung, einem Zustand, der um vieles einfacher ist als ein so komplizierter Zustand, in dem man, sagen wir, atmen oder leben muß.«

Loganaro schluckte und nickte. Das feuchte Gesicht wurde geisterbleich.

Nachdem er gegangen war, lächelte Lemparius. Dann holte er tief Luft und ließ sich so tief ins warme Wasser sinken, bis es die geschlossenen Augen und das Haar umspielte. Noch immer lächelnd tauchte er wieder auf.

Burg Slott hallte vom Geschrei ihres Herren wider. »Der Fluch soll alle vernichten! Beim Ewigen Feuer, ich *werde* sie bekommen!«

Die drei Kinder in den Eisenketten an der kalten Wand zuckten zurück, als könnten sie vor Sovartus' Wut in die Steine schlüpfen.

Sovartus sah die drei mit abgrundtiefem Haß an, besonders den Knaben der Luft. »Irgendwie hast du mir Widerstand geleistet!« schrie der Zauberer. »Sonst hätte der Wind meine Beute aufgesaugt und bei mir abgeliefert. Das werde ich dir nie vergessen, darauf kannst du dich verlassen!«

Nach diesen Worten verließ Sovartus die drei. In Gedanken schmiedete er schon alle möglichen Pläne, um sein Ziel zu verwirklichen. Er murmelte beim Gehen vor sich hin: »Wo ist eigentlich mein Dämon? Wenn er das Mädchen nicht herbeischaffen kann, sollte er es wenigstens aufspüren und beobachten! Und wo habe ich meine Wurfkugel gelassen? Ach was! Die Schwarzseelen sollen alle holen!«

Die Hütte diente eigentlich der Aufbewahrung von getrocknetem Fleisch und Fisch, nicht als menschliche Unterkunft. Aber unter dem festen Dach war es trokken, wenn auch eng. Conan stand unter den an der Decke aufgehängten Gestellen für den geräucherten Fisch und das Trockenfleisch und sah Vitarius finster an. Der Alte sprach. »Ich kann Euch nicht sagen, wer die Meuchelmörder sandte, wenn sie solche waren. Aufgrund der Stricke, die sie mit sich führten, vermute ich, daß sie Euch nur fangen sollten.«

Conan schüttelte den Kopf und schleuderte das feuchte schwarze Haar aus dem Gesicht. »Das klingt schwachsinnig«, erklärte er. »In dieser Gegend kennt mich niemand. Es hat auch keiner einen Grund, mich gefangenzunehmen.«

»Vielleicht ein alter Feind?« fragte Kinna. Sie bemühte sich, einen Kerzenstumpf anzuzünden. Funken stoben wie Sternschnuppen durch die Hütte.

»Die meisten meiner Feinde sind tot«, antwortete Conan. »Von denen, die leben, würde sich keiner die Mühe machen, mich so weit entfernt von dem Ort weg zu verfolgen, an dem wir Feinde wurden.«

Einer von Kinnas Funken traf auf den Docht der Kerze. Er glühte kurz auf, erlosch aber sogleich wieder. Conan glaubte, sie fluchen zu hören; aber sie sprach so leise, daß nicht einmal er etwas verstehen konnte.

Beinahe absichtslos hob Eldia den Zeigefinger und richtete ihn auf die Kerze. Wie aus eigener Kraft entzündete sich der Docht. Der Kerzenschein warf Schatten auf Dach und Wände der Hütte.

»Und was willst du nun anfangen?« fragte Kinna und schaute statt auf die Kerze Conan an.

Er überlegte, welche Möglichkeiten er hatte. Noch immer hatte er wenig für Betreiber der Zauberkünste übrig, ganz gleich ob Schwarze, Weiße oder Kunst einer anderen Farbe. Für seine Ziele war es am besten, die Stadt so schnell wie möglich hinter sich zu lassen. Numalia winkte. Mit Sicherheit konnte er keine Reichtümer erwerben, wenn er sich hier auf Kämpfe mit Dämonen und Magiern einließ, ganz zu schweigen vom unbekannten Auftraggeber der Halsabschneider, die mittels Wind und Klinge ihr Schicksal ereilt hatte.

Andererseits fühlte Conan, wie eine gewisse Sturheit in ihm aufstieg, Wut, daß man ihn bedroht hatte. Nun, der höllische Dämon hatte Grund, ihn zu hassen, auch der Herr der Halsabschneider, da seine Häscher als Fleischbrocken verstreut waren. Das stimmte. Aber Conan hatte sich schließlich nur um seine eigenen Angelegenheiten gekümmert und war provoziert worden. Und eine solche Herausforderung verdiente nicht weniger Aufmerksamkeit als ihr zuteil geworden war. Ein kluger Mann hätte vielleicht diese Angriffe als Zeichen der Schutzgötter gesehen, möglichst schnell weiterzuziehen; aber Cimmerier waren nicht immer klug. Conans Wut auf jene, die ihm solchen Ärger bereitet hatten, war groß. Menschen, die Crom als ihre Gottheit verehrten, waren nun einmal keine Hasenfüße. Crom war ein harter Gott, der seinen Anhängern wenig bot: Er war grausam, düster und todbringend. Vor allem haßte Crom Feiglinge. Crom flößte Mut und Willenskraft ein, vom ersten Atemzug außerhalb des Mutterschoßes an. Ein Mann diente Crom nicht, wenn er vor einer Gefahr weglief, ganz gleich, wie groß sie auch war.

Conan betrachtete das Trio um die Kerze. Sein Ziel war Nemedien, das war gewiß. Und Magier konnte er nicht ausstehen; aber hier gab es noch ein paar Dinge, um die er sich kümmern mußte.

Die anderen warteten, daß Conan etwas sagte. Endlich ergriff er das Wort.

»Mir scheint, daß wir eine Zeitlang Verbündete sein müssen«, sagte der Cimmerier mit beinahe knurrender Stimme. Wenn auch nur widerwillig, würde er seinen Mann stehen. Er richtete den Blick auf Vitarius. »Ich nehme an, Ihr habt einen Plan, wie wir unseren gemeinsamen Feind besiegen.«

Der alte Magier lächelte. »Gewissermaßen ja, Conan.«

Neun

Loganaro stand vor einem großen Problem: Wo steckte der Barbar? Daß er Lemparius belogen hatte, belastete ihn kein bißchen. Schließlich *hatte* er Conan aus der zerstörten Schenke fliehen sehen, als er sich selbst in Sicherheit brachte. Unglücklicherweise war kein Spitzel dem Cimmerier im Sturm gefolgt.

Eine solche Lüge war einfach eine elementare Vorsichtsmaßnahme, derer sich Loganaro schon seit langem bediente, wenn er es mit mächtigen Männern zu tun hatte. Irgendwie war Conan entronnen und lebte noch. Daher würde man ihn im Laufe der Zeit auch aufspüren. Hätte aber Lemparius Verdacht geschöpft, Loganaro könnte den Barbaren aus den Augen verloren haben, dann wäre die Unterredung wohl ganz anders verlaufen — mehr in Richtung der Vereinfachung. Loganaro wußte ganz genau, was dieser Ausdruck bedeutete.

Der kleine Mann lief eilig durch den feuchten Morgen, den erst jetzt die ersten Sonnenstrahlen erhellten. Der Orkan hatte ganze Straßen und Hinterhöfe verändert. Loganaro bahnte sich einen Weg zu den Überresten der ›Wolfsmilch‹-Schenke.

Obwohl die Schenke nicht die gesamte Macht des Sturmes zu spüren bekommen hatte, war wenig vorhanden, dies zu verkünden. Das hölzerne Gerippe der Schenke lag verstreut umher. Nur eine Wand stand noch Wache über einem Trümmerhaufen. Loganaro fühlte sich zu dieser Wand hingezogen. Er wußte eigentlich nicht, warum er überhaupt an diesen Ort zurückkehrte. Ihm stand ein Netz von Spitzeln zur Verfügung wie niemandem sonst in Mornstadinos. Er sollte Läufer aufsuchen, die Augen und Ohren für die Suche nach dem Barbaren aufhalten konnten. Aber aus irgendeinem Grund war er hier.

Mehrere Männer und Frauen wanderten wie betäubt durch die Trümmerstätte und suchten nach Überlebenden oder verlorener Habe. Loganaro sah ihnen eine Zeitlang zu, fand dann aber, daß er hier seine Zeit verschwendete. Er machte kehrt, um wegzugehen.

Aus dem Schutt kam ein Stöhnen. Besser gesagt, jemand stöhnte unter dem Schuttberg. Loganaro näherte sich, neugierig geworden, dem Ursprung der Laute. Hinter einem umgestürzten Tisch kam eine Hand zum Vorschein, die sich gegen die Reste einer Wand stützte.

Obwohl Loganaro selten etwas tat, ohne an seinen persönlichen Vorteil zu denken, beugte er sich jetzt hinab und schob die Trümmer weg, die den Eigentümer der Hand verschütteten. Kurz darauf wurde das Gesicht eines Mannes sichtbar. Es war Augenklappe, einer von Loganaros gedungenen Halsabschneidern. Loganaro half dem Mann, sich frei zu graben. Der Zamorier schien unverletzt bis auf ein dick geschwollenes Kinn.

»Was ist passiert?« fragte Augenklappe mühsam unter Schmerzen.

»Das müßtest du doch am besten wissen.«

»Ich kann mich nur an diesen Riesen erinnern. Ein beachtlicher Feind, stimmt's? Wo sind die anderen?«

»Der Wirbelsturm hat sie mitgerissen. Das hat er auch angerichtet.« Loganaro zeigte mit dem fetten Arm auf die zerstörte Schenke.

»Hat der Sturm den Barbar auch erwischt?«

»Nein, er ist mit seinen Freunden entkommen.«

Augenklappe nickte und strich sich über das geschwollene Kinn. »Dann sucht Ihr immer noch nach dem Riesen, was!« Es war eigentlich keine Frage.

»Allerdings. Und die Belohnung wurde erhöht.« Loganaro hatte bis jetzt, als er es aussprach, nicht daran gedacht. Er verspürte keinerlei Verlangen, jetzt schon aus dem Leben zu scheiden. Außerdem hatte er ein beträchtliches Vermögen an unrechtmäßig erworbenen Geldern angehäuft. Daher trieb ihn nicht so sehr das Gewinnstreben bei diesem Unterfangen als vielmehr die Angst, sich vorzeitig zu den Ahnen versammeln zu müssen. »Dreißig Goldstücke.«

Augenklappe nickte und zuckte zusammen. »Hm, ein schönes Sümmchen! Aber wer es einsacken will, muß es erst mal verdienen. Zwei, vielleicht auch drei meiner Männer waren tot, ehe der Riese mich fertigmachte. Der Wirbelsturm hat mehr Tote als Lebendige mitgenommen. Der Kerl, den Ihr sucht, schuldet mir 'ne Menge.«

»Lebendig«, erklärte Loganaro. »Du mußt ihn mir lebendig bringen.«

»Klar, lebendig schon, aber vielleicht ein bißchen ramponiert.«

Loganaro nickte. Augenklappe stand in dem Ruf, für ein solches Geschäft in Mornstadinos der Fähigste zu sein. Es würde bestimmt nicht schaden, wenn er ein persönliches Interesse hatte, Conan zu fangen.

»Wenn du ihn innerhalb der nächsten zwei Tage bringst, gibt es für dich noch einen Bonus von fünf Solons«, sagte Loganaro.

Augenklappe wollte grinsen, ließ es aber sein und hielt sich statt dessen das geschwollene Kinn. »In Ordnung, edler Spender. Ihr sollt Euren Barbaren haben, lebendig.«

»Da es den Anschein hat, daß außer Sovartus und seinem Dämon-Knecht noch andere hinter uns her sind, lassen wir uns am besten so wenig wie möglich sehen, bis wir unseren Plan ausführen können«, sagte Vitarius.

Conan lehnte gegen ein Gestell mit getrocknetem Fisch und kaute lustlos auf einem Stück Trockenfleisch. Das Fleisch war salzig und zäh. Gern hätte er Wein gehabt, um den Lederlappen hinunterzuspülen. Ebensogut könnte ich mir gleich einen Palast in Shadizer wünschen, dachte Conan. »Ich sehe ein paar Schwachstellen in Eurem Plan, Alter.«

Kinna nahm ein Stück Trockenfisch von der Dolchspitze ihrer Schwester und betrachtete es mit leichtem Abscheu. »Welche Schwachstellen?« fragte sie.

»Unser Meistermagier schlägt vor, die Stadt so schnell wie möglich zu verlassen, zu Pferd und gut ausgerüstet, um den Löwen in seiner Höhle aufzusuchen. Ein so direkter Angriff ist genau nach meinem Geschmack, aber die Frage ist doch, wovon wir das alles bestreiten sollen. Haben wir Gold oder Silber, von dem ich nichts weiß?«

Conan schaute die drei an. Ihr Kopfschütteln und die hochgezogenen Brauen waren Antwort genug.

»Das habe ich mir gedacht. Und wie sollen wir uns Eurer Meinung nach feine Pferde, Sattelzeug und Vorräte verschaffen? Könnt ihr das alles herbeizaubern?«

»Leider nein«, antwortete Vitarius. »Weiße Zauberei verschafft im allgemeinen dem, der sie einsetzt, nur wenig persönlichen Vorteil.«

»Schade. Wenn man sich schon mit Zauberei abgibt, sollte man auch daraus Gewinn ziehen können.« Conan grinste und holte sich mit der Dolchspitze ein

Stückchen Fleisch aus den Zähnen. »Wie mir scheint, stehen wir vor einem Problem, das sich nur durch *mein* Spezialkönnen lösen läßt.«

Eldia spießte mit ihrem Schwert Trockenfleisch auf, warf es in die Luft und fing es mit dem Mund wieder auf. Sie kaute genüßlich. Offensichtlich schmeckte ihr der Brocken. »Und wie, Conan?«

Conan antwortete nicht sogleich, sondern öffnete die Tür der Hütte, um den Schein der Morgensonne in den dunklen Raum zu lassen. Hell schien die Sonne vom eisblauen wolkenlosen Himmel. Er blickte die drei an. »Sagt mir, wer sind die zwei oder drei reichsten Leute in der Stadt?«

Vitarius kratzte sich an der Wange und dachte nach. »Nun, der Teppichhändler Tonore gehört bestimmt dazu. Dann Stephanos von Punt, der Großgrundbesitzer, und Lemparius, die Peitsche, meine ich. Warum?«

Conan überhörte die Frage und erkundigte sich weiter: »Wie verwahren diese Männer ihren Reichtum? Gold? Juwelen?«

»Tonores Geld steckt hauptsächlich in Waren. Er hat in seiner Sammlung Teppiche aus Iranistan und sogar Zembabwei. Außerdem sammelt er Kunstwerke, hauptsächlich Statuen und Gemälde. Stephanos ist Grundbesitzer. Meiner Meinung besteht sein Vermögen zum Großteil aus Schenken, Freudenhäusern und ähnlichem Besitz, der durch den teuflischen Sturm etwas geschmälert sein dürfte.«

»Und was ist mit Lemparius, der Peitsche? Was heißt das überhaupt?«

»Er ist der zentrale Strang der Peitsche des Senats, der mächtigste Senator von allen. In den Stadtstaaten von Corinthien gibt es mehrere Könige; aber Mornstadinos wird von einem Senat regiert. Viele Senatoren sind reich, Lemparius wahrscheinlich reicher als alle anderen.«

»Und wo steckt sein Geld?«

»Er hat einen überaus prächtigen Palast, erzählt man sich. Und er hat eine Schwäche für magisches und mechanisches Spielzeug, für das er große Summen ausgibt. Trotzdem bin ich ziemlich sicher, daß er einige Säcke mit Gold und Silber in seinen Mauern aufbewahrt.«

Conan lächelte. »Hervorragend!«

Kinna spuckte eine Gräte auf den Erdboden. »Aber warum sind diese Dinge wichtig, Conan?«

Conan schaute die junge Frau an. Auch in dieser schäbigen Umgebung nahm ihn ihre Schönheit wieder gefangen. »Weil wir Pferde und Ausrüstung brauchen, Kinna, und uns weder die Zeit noch die Mühe nehmen können, das Geld dafür ehrlich zu verdienen.«

Eldia verstand schneller als ihre Schwester. Sie sagte: »Du meinst, wir sollen …«

»… den Senator bestehlen?« beendete Conan ihre Frage. »Allerdings, Feuerkind. Das werden wir tun.«

Zur Grundausstattung einer Hexe gehörte ein Zauber, um einen unsichtbaren Zauberfaden von großer Länge und Stärke zu schaffen. Nachdem Djuvula den schönen Barbaren mit seinen Freunden in der Hütte hatte verschwinden sehen, zauberte sie einen solchen Faden herbei. Mit größter Heimlichkeit spannte sie einen Teil des Fadens quer über den Eingang der Hütte und befestigte ihn zu beiden Seiten. Sobald die Bewohner die Hütte verließen, würde sich der Faden um einen oder mehrere von ihnen wickeln und, immer länger werdend, ihnen folgen, so weit sie auch gingen. Der Urheber des Zaubers brauchte nur der glühenden Linie zu folgen, die für alle ohne magisches Sehvermögen unsichtbar war. Es bestand die Möglichkeit, daß der alte Zauberer sie entdeckte, aber es war doch ziemlich unwahrscheinlich. Der Zauber war so einfach und harmlos, daß er meist unbemerkt blieb, es sei denn, jemand suchte gezielt danach.

Nach getanem Zauberwerk eilte Djuvula nach Hause. Der Zauber, den sie jetzt plante, erforderte mehr als die paar Zutaten, die sie normalerweise bei sich trug. Sobald die Beschwörung gelungen war, konnte sie zurückkehren und auf die Gelegenheit warten, ihren schönen Barbaren allein zu erwischen. *Er* würde dann das Mädchen Djuvula übergeben. Sie lächelte beim Gedanken daran.

Ein Risiko bestand bei diesem Zauber: Die Frau mußte irgendwie aus der Anwesenheit des Barbaren entfernt werden; aber im Vergleich zum möglichen Gewinn war dieses Risiko gering.

In ihrem Zaubergemach legte Djuvula schnell die Kleidung ab. Jetzt stand sie nackt vor dem Metallspiegel. Nacktheit war für die meisten ihrer bedeutenderen Zaubereien erforderlich. Djuvula störte das schon seit langem nicht mehr. Im Gegenteil, sie genoß es, die Luft auf dem nackten Körper zu spüren. Dieser sinnliche Teil der Zauberei war angemessener für sie als jegliche Kleidung, die Menschen herstellen konnten.

Vitarius kannte noch eine Schenke, die in einiger Entfernung lag. Er führte Conan und die Schwestern von der Hütte aus dorthin. Beim Verlassen des Heimes für getrocknetes Fleisch und Dörrfisch hatte Conan das Gefühl, eine Spinnwebe berühre ihn am Arm. Er wischte, sah aber nichts und vergaß es daher schnell.

Selbst mitten im Zentrum der Zerstörung waren die

Menschen beschäftigt, die Schäden notdürftig zu beheben. Pferde- und Ochsengespanne waren am Werk, zogen Schutt und herabgefallene Balken aus dem Weg. Als die vier so dahinschritten, wurden sie Zeugen eines neuerlichen Unglücks. Sieben oder acht Männer zogen an Seilen, die an einem herabgestürzten Dachbalken befestigt waren, der den Durchmesser eines fetten Mannes hatte. Der Balken lehnte gefährlich an einer halbzerstörten Wand. Conan dachte, die Männer wollten damit wie mit einem Rammbock die Mauerreste niederstoßen. Viel Ahnung hatten sie nicht, wie er sah. Zwei von den Männern standen direkt unter dem schweren Balken. Wenn dieser fiel ...

Vor seinen Augen rutschte der Balken ab und stürzte zu Boden. Ein Mann konnte sich noch schnell in Sicherheit bringen; aber der andere war nicht schnell genug gewesen. Der Balken drückte das unglückliche Opfer auf den Boden, so daß es wie eine Schlange unter der Sandale eines Mannes dalag. Der Mann schrie vor Schmerzen. Beide Beine lagen unter dem Balken. Die anderen Männer versuchten sofort, den Balken zu heben, mußten aber fluchend aufgeben, da ihre Kraft nicht ausreichte. Es sah hoffnungslos aus.

Ohne zu überlegen, sprang Conan hinzu. Er war so blitzschnell, daß die Männer am Balken zurückwichen, als fürchteten sie einen Angriff.

Der Cimmerier beachtete sie nicht. Er schlang seine mächtigen Arme um ein Ende des herabgefallenen Balkens, ging in die Hocke und stemmte die Brust gegen das Holz. Dann stellte er die Füße weiter auseinander und versuchte aufzustehen. Wie dicke Stricke wölbten sich die Muskelstränge an Beinen und Armen, als liefen kleine Tiere unter der Haut dahin. Der Balken bewegte sich nicht.

Conan faßte nach, holte tief Luft und stieß einen lauten kehligen Schrei aus, so daß mehreren Zuschauern die Haare zu Berge standen. Der junge Riese spannte die Muskeln, bis die steinharten Stränge zitterten, und stand auf. Während sich seine Beine aufrichteten, hielt er den Rücken gerade. Da stand er nun und hielt den riesigen Balken. Dicke Venen lagen wie Schlangen auf dem bloßen Körper. Dann schob er mit einem Schwung aus der Hüfte den Baumstamm beiseite. Mit erderschütterndem Donnern fiel der Balken knapp hinter den Füßen des eingeklemmten Mannes zu Boden. Conan schüttelte sich und streckte die Schultern. »Das nächste Mal sei vorsichtiger!« sagte er. »Ich komme vielleicht nicht jedesmal vorbei.« Dann drehte er um und ging zurück zu seinen Freunden, die ihn anstarrten.

Kinna sprach zuerst. »Bei Mitra! Kein Mensch ist so stark!«

Conan grinste. »Warum nicht? Weil ich das Zweiglein hochgehoben habe? Gibt es keine Männer, wo du herkommst?«

Kinnas Stimme war weich und voller Bewunderung. »Solche wie dich nicht.«

Conan lächelte selbstzufrieden. Das war richtige Mannesarbeit. Da kam es auf schnelle Reaktion und Kraft an — und beeindruckte Frauen wie Männer gleichermaßen.

Der Cimmerier spürte eine hauchzarte Berührung am Bein, dort wo die ledernen Beinkleider nicht ganz bis zu den Stiefelrändern reichten. Als er hinsah, war dort aber nichts.

Die Schenke zur ›Rauchenden Katze‹ war nach dem gleichen Plan wie die zur ›Wolfsmilch‹ gebaut. Die gleichen Bänke und Tische, selbst die gleiche Bedienung. Allerdings war sie nicht sehr voll, da es draußen soviel zu tun gab. Conan und die anderen nahmen an einem Tisch Platz und bestellten Wein und Frühstück. »Wir können ruhig alles ausgeben, was wir haben«, meinte der Cimmerier. »Bald werden wir viel mehr haben.«

»Einen Reichen zu bestehlen, kann sehr gefährlich sein«, warf Eldia ein.

Conan lächelte dem Mädchen zu. »Stimmt. Aber ich habe — eine gewisse Erfahrung in solchen Sachen.«

»Lemparius' Besitz wird von einer hohen Mauer umschlossen«, sagte Vitarius.

»Die Mauer muß erst noch gebaut werden, die ein Cimmerier nicht erklimmen kann«, sagte Conan und leerte einen Becher Wein mit einem Zug.

Kinna sah ihn neugierig an. Schließlich fragte sie: »Woher kommt es, Conan, daß du so stark und so geschickt bist?« Er hob die Schultern. »Cimmerien ist ein steiniges Land. Oft versperren Felsen den Weg. Die müssen weggeräumt werden. Manche sind schwer. Was meine Geschicklichkeit angeht — nun, ein Mann lernt zu überleben.«

»Und wie sollen wir diese — äh, Entnahme der Wertsachen bewerkstelligen?« fragte Vitarius.

»Nicht *wir,* Magier, ich! Ich arbeite am besten allein. Ihr könnt euch heute schon um Vorräte kümmern. Morgen stoße ich wieder zu euch mit den Geldern, um für die Sachen zu bezahlen. Ganz einfach.« Conan setzte den nächsten Becher Wein an die Lippen und lächelte wieder. Das war mehr nach seinem Geschmack! Das hätte er gleich tun sollen — dann wäre er auch nie in die widerlichen Netze der Zauberei geraten, die er so haßte.

Die Hexe Djuvula lächelte, als sie dem glühenden Faden folgte, der sie zu ihrer Beute führte. Bald würde er ihr gehören!

Der Schurke Augenklappe grinste boshaft, als er sah, wie der Barbar den dritten Becher Wein leerte. Gut! Wenn der Mann betrunken war, um so besser! Erst wollte er einen Haufen Männer anheuern; als er aber den Barbar erblickte, stieg ein solcher Haß in ihm auf, daß er den Gedanken fallenließ. Nein! Er würde zuschlagen, wenn der Riese es nicht erwartete. Dann würde er ihn bewußtlos schlagen und den ohnmächtigen Körper mit bloßen Händen und Stiefeln bearbeiten, bis seine Rache einigermaßen gestillt wäre. Ja, nur so! Ganz allein! Das wäre Balsam auf seinen Wunden und seinem verletzten Stolz. Niemand besiegte Augenklappe und kam ungeschoren davon. Keiner!

Zehn

Conan beschloß, noch ein paar Stunden zu schlafen, damit er für sein nächtliches Unterfangen frisch und ausgeruht war. Während die anderen sich um die Ausrüstung kümmerten, stieg der Barbar die Treppe zu den beiden Räumen hinauf, die sie gemietet hatten. Die beiden Zimmer glichen denen in der ›Wolfsmilch‹-Schenke wie ein Ei dem anderen. Conan betrat ein Zimmer und verriegelte die Tür hinter sich. Dann streckte er sich auf der Bettstatt aus und schlief auch sogleich ein.

Djuvula folgte dem Zauberfaden die Treppe der Schenke hinauf. Der glühende Faden endete an einer der Schlafkammern. Einer oder mehrere der von ihr Gesuchten mußten da drinnen sein. Es war aber wichtig, daß sie den hübschen Barbaren allein antraf. Wenn eine andere Frau in seiner Nähe war, würde ihr Zauber wenig nützen. Wie konnte sie das feststellen?

Da kam ihr eine Idee. Djuvula lief schnell die Stufen wieder hinab und fand einen Jungen, der die Tische abräumte. »Möchtest du dir ein paar Kupfermünzen verdienen, Kleiner?«

»Gern, Herrin. Wen soll ich für Euch erschlagen?«

»Soviel verlange ich gar nicht. Du sollst nur an die Tür klopfen, die ich dir zeige, und feststellen, wie viele Leute im Zimmer sind. Sag einfach, du mußt die Bettwäsche wechseln.«

Djuvula gab dem Jungen einige Kupferstücke und

folgte ihm nach oben. Sie zeigte ihm die Tür und zog sich dann nach unten zurück.

Der Junge war sehr schnell wieder da.

»Na und?«

»Da ist nur einer im Zimmer, Herrin. Er scheint selten schlechte Laune zu haben. Er sagt, er spießt mich auf, wenn ich ihn noch mal wegen so einer blöden Sache störe.«

»Wie sah er aus, mein Junge?«

»Ein Riese, Herrin, ein Barbar.«

Djuvula lächelte und gab dem Jungen noch eine Handvoll Münzen. »Zu keinem Menschen ein Wort, verstanden?«

»Bestimmt nicht«, versicherte der Junge. »Der Fettarsch von Wirt würde mir das Geld schneller wegnehmen, als eine Fliege einen Kuhfladen findet.«

Als Djuvula wieder allein auf dem Gang war, holte sie aus ihrem seidenen Gewand eine Phiole, die mit einem Korken und Wachs verschlossen war. In dem glasklaren Gefäß befand sich eine Flüssigkeit, die schwach leuchtete, wie Phosphor. Sie zog den Korken heraus und goß ein wenig von der Flüssigkeit auf die Türschwelle. Eine dicke gelbe Rauchwolke stieg empor. Schnell wich die Zauberin vor dem Rauch zurück.

Conan wachte plötzlich auf. Irgend etwas stimmte nicht. Ein seltsamer Geruch war in seine Träume eingedrungen ... Er setzte sich auf und starrte zur Tür. Im Licht, das durch die schlechtschließenden Läden drang, sah er, wie ein gelber Dunstschleier den Raum füllte. Er schnupperte. Dann mußte er husten, als ihm beißende Dämpfe in die Nase stiegen. Brannte die Schenke? Nein, noch nie zuvor hatte er solchen Duft gerochen. Kein Holz fütterte diese giftigen Dämpfe ...

Urplötzlich stieg in ihm ein mächtiges Gefühl auf, das mit Neugier nichts zu tun hatte: Sein Körper schien zu bersten — vor Lust!

Jemand klopfte an die Tür. Eine Frauenstimme rief ihm zu: »Öffne die Tür, mein schöner Barbar!«

Conan war verwirrt. Die Stimme klang verführerisch und hatte den Unterton warmen Honigs, das Versprechen ungeträumter Beglückung. Seine Begierde wurde stärker. Er ging zur Tür, schob den Riegel zurück und riß die Tür auf.

Vor ihm stand eine Frau, von Kopf bis Fuß in ein tiefblaues Gewand aus Seide gehüllt. Während er sie anschaute, schob die Frau mit weißen Händen die Kapuze nach hinten, die das Gesicht bedeckt hatte. Bei allen Göttern! Sie war wunderschön! Das Haar flammenrot, die Haut makellos weiß, die Lippen rubinfarben und lächelnd.

»Soll ich hier auf dem zugigen Gang stehenbleiben?« fragte sie.

Zögernd trat Conan zwei Schritte nach hinten. Die Frau folgte ihm. Sie glitt leichtfüßig über den Boden dahin. Leise schloß sie die Tür hinter sich und lächelte ihm zu. Dann stand sie einen Augenblick lang reglos da. Mit flinker Handbewegung öffnete sie das Gewand und streifte es ab. Unter der Seide war sie nackt.

Conan leckte sich die plötzlich trockenen Lippen. Bei Mitra! Welch eine Frau! Sie war phantastisch! Die Beine, die Brüste — der ganze Körper war vollkommen!

Die geheimnisvolle Frau streckte ihm beide Hände entgegen.

Conans Begierde war grenzenlos. Er trat vor, schloß die Frau in die starken Arme, preßte sie an sich und hob sie hoch. Er spürte ihre scharfen Fingernägel; aber das war ihm gleichgültig. Nichts auf der Welt war jetzt wichtig, nur das Vergnügen mit diesem Weib!

Der Junge zeigte auf die Tür der Schlafkammer. »Das ist der Raum, den Ihr sucht, Herr.«

Augenklappe warf dem Jungen ein Silberstück zu. Es reute ihn nicht, denn bald schon würde er fünfunddreißig Solons reicher sein — welche Rolle spielte da schon ein einziger Silberling? Er wartete, bis der Junge weg war. Dann schlich er zur Tür des Barbaren. Trotz seines Rachedurstes mußte er vorsichtig sein.

Als Augenklappe das Ohr an die Tür preßte, bewegte diese sich um Haaresbreite. Unverriegelt! Bei Sets Schwarzer Hand! Er grinste. Der Barbar war ein Narr, die Tür nicht zu verriegeln! Damit war sein Schicksal besiegelt. Immer noch ganz leise zog der Einäugige sein Schwert.

Aus dem Zimmer kam leises Stöhnen. Augenklappe hielt inne und legte den Kopf zur Seite. Was war das? Das klang doch, als ob ...

Der Schurke grinste breit. Ah, was hatte er doch für ein Glück! Asura lächelte ihm zu. Der Barbar würde gar nicht merken, daß er hereinkam, da er offensichtlich beschäftigt war ... mit anderen Sachen. Augenklappe holte tief Luft, hob die Klinge zum Schlag und stieß die Tür auf.

Conan verstand nicht, warum er so plötzlich sinnliche Lust verspürte oder warum die Frau erschienen war, die offensichtlich entschlossen war, seine Begierde zu befriedigen. Allerdings muß man auch sagen, daß er nicht besonders darüber nachgrübelte. Als aber die Tür aufsprang und ein Mann mit gezücktem Schwert hereinstürmte, kapierte Conan sofort. Der Zauber, der ihn gebannt hielt, wich von ihm.

Die Frau in seinen Armen zuckte zurück, als sie den Ausdruck auf Conans Gesicht sah. »Was ...?« Sie drehte sich um und blickte in dieselbe Richtung wie Conan. Da sah sie den Meuchelmörder.

Conan stieß die nackte Frau grob beiseite und fuhr sie mit schneidender Stimme an: »Du Hurenschwester wolltest mich ablenken für diesen Schlächter!«

»Nein!« schrie die Frau.

Jetzt war nicht die Zeit für Diskussionen. Conan rollte sich über den Boden, als der Angreifer zuschlug. Das Schwert spaltete das Bett, nicht Conan. Der Cimmerier griff nach seiner Klinge und sprang auf die Füße. Er sah dem Schurken ins Gesicht. Bei Crom! Das war doch der mit der Augenklappe, mit dem er vor dem Sturm in der Schenke gekämpft hatte!

Hinter den beiden Männern fluchte die Frau. Sie verfügte über Ausdrücke, wie Conan sie nicht einmal von Seeleuten oder Soldaten vernommen hatte. Der Cimmerier lächelte Augenklappe grimmig an und trat einen halben Schritt vor. »Du willst dir also noch eine Portion holen, Einauge?«

»Die Glocken läuten schon deine Totenklage, Barbar«, knurrte Augenklappe. »Lebend will man dich haben; aber niemand verhöhnt mich und bleibt am Leben! Du bist ein toter Mann!«

Conan grinste ihn weiter an. »Als wir uns letztes Mal trafen, überlebte ich — mal sehen, wessen Totenklage diesmal verkündet wird, Mörder.«

Augenklappe unternahm einen Scheinangriff und ließ die Klinge im Halbkreis schwirren, um Conan zu enthaupten. Dieser wich jedoch nicht, sondern kam sogar auf den Gegner zu, das Schwert mit eisernem Griff haltend. Die Klinge des Schurken klirrte gegen Conans Schwert und prallte ab. Augenklappe fluchte.

Der Cimmerier erhob sein Schwert, um seinen Angreifer vom Scheitel bis zum Schritt zu spalten. Doch ehe er zuschlagen konnte, hatte Augenklappe einen kurzen Dolch aus dem Gürtel gezogen und wollte auf Conan einstechen. Der Riese sprang zurück, doch der Dolch zog ihm eine Furche in den Schenkel. Blut quoll hervor und floß nach unten.

Conan netzte die Fingerspitzen der linken Hand im roten Lebenssaft, hob die Hand an die Lippen, leckte und lachte laut, als er die Angst auf Augenklappes Gesicht sah. Blitzschnell schleuderte er das Blut von den Fingern gegen den Mordgesellen und zielte dabei auf die Augen.

Augenklappe fluchte und sprang zurück. Conan umrundete ihn von links und sprang ihn dann an. Sein Schwert vollführte einen stählernen Tanz. Der Einäugige stach mit dem Dolch nach ihm, als er sein scharfes Schwert schwang. Aber die Verteidigung brachte dem Schurken nichts ein. Augenklappe gab sich eine Blöße, die Conan sofort erbarmungslos ausnutzte. Mit einem Schrei stieß der große Cimmerier sein Breitschwert wie einen Speer durch Augenklappes Brustbein. Er durchbohrte das Herz. Die Spitze kam hinten wieder zum Vorschein, genau zwischen zwei Wirbeln.

»Sei verdammt!« stieß Augenklappe noch beim Fallen heraus.

Mit mächtiger Zusammenziehung des Oberkörpers und der Schultern gelang es Conan, sein Schwert aus dem Sterbenden zu reißen. Dann wirbelte er herum. Auf Augenklappe brauchte er nicht mehr zu achten.

Seine Augen suchten die Frau, die ihn verzaubert hatte.

Sie war verschwunden.

Der Wirt hatte die Leiche entfernt und das blutige Bett ausgetauscht, auf das Augenklappe gefallen war. Dabei gab er sich Mühe, ehrerbietig dreinzuschauen, wenn sein Blick zufällig auf den Cimmerier fiel. Conan bot dem Mann für seine Mühe eine Silbermünze — die letzte — und befahl ihm, die Bewaffneten des Senats noch einige Stunden fernzuhalten. Danach wäre er über alle Berge, und sie könnten nach ihm suchen.

Als Conan die Klinge säuberte und die Scharten glättete, dachte er über den Angriff nach. Schade, daß er und die Frau ihre Vereinigung nicht hatten vollziehen können, bevor Einauge hereingestürmt war! Das Auftauchen dieses Mannes war tatsächlich eine Überraschung gewesen. Aber die Frau schien ihn ebenfalls nicht erwartet zu haben. Wenn das stimmte, stand der erschlagene Mörder vielleicht doch nicht mit ihr in Verbindung. Seltsam.

Selbstverständlich *hatte* sie ihn irgendwie verzaubert! Wahrscheinlich mit diesem stinkenden Rauch. Aber wenn sie keinen Teil am Plan seiner Ermordung hatte — *wer* war sie dann? Das war alles mehr als seltsam! Immer noch roch er etwas von diesem seltsamen Duft von Zauberei, der er so mißtraute. Das war wirklich nicht der richtige Ort für einen Mann von Ehre, eingesponnen in irgendein geheimnisvolles Netz mit Zauberern, Dämonen und Hexen. Je schneller er dies Geschäft hinter sich lassen konnte, desto besser! Wenn alles nach Plan verlief, würde er morgen durch Mornstadinos' westliche Stadttore reiten. Dann brauchte er sich nur noch über einen bösen Magier Sorgen machen, der sich in seiner Burg versteckt hielt.

Conan schüttelte den Kopf und säuberte weiter seine Klinge.

Voll schwarzer Wut saß Djuvula in ihrem Gemach. Wer war dieser einäugige Idiot gewesen? Er hatte gesagt, daß er den Barbaren lebend abliefern sollte; also mußte ihn jemand angeheuert haben. Aber wer? Wer wagte es, auf solche Art ihre Pläne zu durchkreuzen? Diese Person würde unsagbar unglücklich sein, wenn Djuvula sie erst gefunden hätte. Todunglücklich.

Loganaro schüttelte den Kopf, als er Augenklappes Leiche betrachtete. Dieser Narr hatte für seine Überheblichkeit bezahlt, den Barbaren ganz allein fangen zu wollen. Aber was sollte er jetzt tun?

Sovartus wies gebieterisch auf Djavul. »Geh und finde das Mädchen und diesen übermenschlich starken Mann, der sie beschützt!« verlangte er. »Ich werde mit dir Verbindung aufnehmen, wenn ich bereit bin.«

»Mit Eurer Erlaubnis«, sagte Djavul mit seiner harten Stimme und verschwand.

Im Speisesaal seines Palastes stocherte Lemparius in seinem Essen herum. Er lächelte genüßlich. Später am Abend würde er noch etwas essen.

Irgend etwas oder irgend jemanden …

Elf

Tiefe Nacht hielt Mornstadinos umschlungen, als Conan sich der Mauer näherte, die den Besitz von Lemparius umschloß, dem Zentralstrang der Dreifachpeitsche des Senats. Der Cimmerier bewegte sich trotz des Verbandes um die Schnittwunde am Schenkel geschmeidig. Die Wunde war nicht tief und bereitete ihm keine Sorge. Er hatte schon viel schlimmere abbekommen und überlebt. Der Mann, der ihm die Verletzung zugefügt hatte, weilte nicht mehr unter den Lebenden. Für diese Genugtuung nahm Conan gern den leichten Schmerz in Kauf.

Die Mauer bestand aus glatten Steinblöcken, die mit Lehmmörtel verbunden waren. Außen war die Mauer mit diesem lehmähnlichen Schlamm glatt verputzt. Die Mauer war gut und gern dreimal so groß wie Conan. Der große junge Held lächelte. Ein Kinderspiel, dachte er, und betrachtete die Risse im Verputz. Einem gewöhnlichen Mann mochte die Wand glatt erscheinen, doch für einen Cimmerier war sie wie eine Leiter. Wenn Lemparius sich auf diese Mauer als Hauptschutz verließ, hatte er sich gegen ungebetene nächtliche Gäste schlecht abgeschirmt.

Conan benötigte nur wenige Augenblicke, um die Wand hinaufzuklettern. Oben waren Tonscherben und spitze Steine eingelassen. Hier konnte sich jemand, der über die Mauer kletterte, ernsthaft verletzen, wenn er so dumm war und sich daraufwarf. Conan lachte leise. Wer fähig war, die Mauer zu erklimmen, war auch in der Lage, die Spitzen oben zu vermeiden. Ihm konnten die Vorsichtsmaßnahmen des Erbauers nicht das geringste anhaben. Auf der Innenseite kletterte er hinunter, bis er seine Körpergröße — vom Boden aus gesehen — erreichte. Dann ließ er sich fallen und landete elegant. Das war leicht gewesen.

Der Palast stand hundert Schritte entfernt. Vielleicht ist *Palast* ein zu hochtrabendes Wort, dachte Conan. Gewiß, das Haus war groß; aber doch nicht so beeindruckend, wenn man es mit einigen Gebäuden verglich, die er in Shadizar gesehen hatte. Mit dem zerstörten Turm der Elefanten in Arenjun konnte man es schon überhaupt nicht vergleichen. Aber wenn es dort drinnen das gab, was er suchte, genügte das ja.

Auch das Haus war aus Steinen mit Lehmbewurf errichtet, den man stellenweise weggeschlagen hatte, um die Felsen zu zeigen. Es gab keinen Burggraben, offensichtlich auch keine Tierwächter wie Hunde oder Vögel. Das kam Conan schon etwas seltsam vor. Auf beide Möglichkeiten war er vorbereitet. Er hatte sowohl präpariertes Fleisch wie Körner in einem Säckchen am Gürtel mitgebracht.

Mutig schritt Conan auf das Haus zu und hoffte, dadurch etwaige Wachen zu verwirren. Sollte ihn jemand sehen, wollte er so nahe herangehen, daß er ihn bewußtlos schlagen konnte, ehe der Wächter Alarm schlug.

Aber kein Wachposten tauchte aus den dunklen Ekken auf. Conan konnte auch keinerlei Unterkünfte für Wachen oder Pfosten entdecken. Er schüttelte den Kopf. Sternenlicht schimmerte ihm in den blauen Augen. Dieser Lemparius ist Bels Gabe an alle Diebe, dachte er. Es war direkt ein Wunder, daß keine Tafel aufgestellt war mit der Einladung zum Stehlen.

Obwohl er bis jetzt so mühelos eingedrungen war,

blieb Conan vorsichtig. Er war versucht, einfach durch den Haupteingang ins Gebäude hineinzumarschieren, verwarf aber diese Unverfrorenheit. Besser, das Glück nicht zu strapazieren! Ein Fenster würde es auch tun.

Da ihm alles bisher so leichtgemacht worden war, suchte Conan nach einem unverriegelten Fenster. Seine Erwartung wurde nicht enttäuscht. Leicht schwangen die Läden auf, und er konnte mühelos einsteigen. Drinnen stand er in einem Vorratsraum, wo Geflügel für zukünftige Mahlzeiten hing, wie er im schwachen Kerzenschein aus dem dahinterliegenden Gang erkennen konnte. Geschmeidig schlüpfte er unter den baumelnden toten Vögeln hindurch, ohne das streng riechende Fleisch zu berühren. Er lugte auf den Gang hinaus.

Wieder lächelte der junge Cimmerier. Leer! Es war wirklich zu leicht. Er entspannte sich. Ein Mann wie der Besitzer dieses Hauses verdiente einfach, beraubt zu werden. Mit Sicherheit war er ein selten arroganter Typ.

Conan schritt den Gang hinunter. Dabei setzte er nur die Kanten der Stiefel auf, um nicht gehört zu werden. Diese Vorsichtsmaßnahme war ganz automatisch. Man gab sie nicht auf, nur weil ein Diebstahl sich als leicht erwies.

Der Gang führte an einem großen Raum mit einer versenkten Badewanne mit dampfendem Wasser in der Mitte vorbei. Der Dampf schlug sich in Tropfen an den Wänden nieder, um unten kleine Pfützen zu bilden. Aber wo waren die Bewohner dieses Hauses? War es möglich, daß alle schliefen, ohne einen einzigen Wächter aufgestellt zu haben? Welcher Wahnsinn!

Conan kam an mehreren offenstehenden Türen vorbei. Er erblickte dahinter teure Möbel und Teppiche,

Gemälde und Statuen. In manchen standen auch mechanische Geräte, deren Zweck ihm nicht sogleich klar war.

Endlich gelangte der Cimmerier zu einer verschlossenen Tür. Er grinste. Wurde auch Zeit! Er beugte sich hinunter, um das Schloß näher zu betrachten. Sein Lächeln wurde noch strahlender. Dieses Schloß konnte nicht mal ein Kind aufhalten, wenn es den Raum betreten wollte. Und Conan war kein Kind. Er schob die Dolchspitze zwischen Türkante und Türstock. Eine einfache Drehung mit der Klinge schob den Riegel zurück. Die Tür schwang mühelos nach innen auf.

Conan nahm eine Kerze vom Gang mit und hielt sie vor sich, als er den Raum betrat. Jäh blieb er stehen und holte tief Luft. Crom!

Das Licht der flackernden Kerzen offenbarte eine Schatzkammer. Da standen Goldstatuetten, meistens Katzen, mit kostbaren Steinen verziert, Elfenbeinstoßzähne waren zu Haufen aufgetürmt. Spiralen aus Gold und Silber waren darin eingearbeitet. Tafelbestecke und Lederbeutel — zweifellos mit Münzen gefüllt — lagen überall verteilt.

Hier war er am Ziel. Conan schloß leise die Tür hinter sich und hielt die Kerze hoch. Vergangene Diebstähle hatten ihn gelehrt, die Dinge mitzunehmen, die sich am leichtesten in klingende Münze verwandeln ließen. Da sich hier anscheinend überall Beutel mit Münzen befanden, sollte er daraus Nutzen ziehen. Wenn aber einige Beutel mit Juwelen gefüllt waren, wäre es dumm, sie zu übergehen. Conan sah aber nicht ein, übermäßig habgierig zu sein. Ein paar hundert Goldstücke und Edelsteine, ausreichend als Lösegeld für eine Königin, würden seinen Bedarf decken. Beinahe hätte er laut gelacht. Wie schade, daß er nicht mit einem Wagen gekommen war! Die Sicherheitsvorkehrungen hier waren so erbärmlich, daß er ihn unbemerkt beladen und wegfahren könnte.

Der Cimmerier machte sich daran, seine Beute zu inspizieren. Hier war ein praller schwerer Beutel mit Goldsolons, da einer mit edlen Smaragden, rechteckig geschliffen. Diese kostbaren grünen Steine steckte er in seinen eigenen Beutel. Das nächste Säckchen enthielt etwa sechzig Silberlinge. Widerstrebend ließ er es stehen. Zu schwer, und Silber war im Vergleich zu den anderen Reichtümern nicht wertvoll genug.

Conan füllte einen großen Lederbeutel mit so vielen Goldstücken, daß die dreifach genähten Säume zu platzen drohten. Wieder mußte der Cimmerier sich zusammennehmen, um nicht zu lachen. Er würde nicht nur recht bequem nach Nemedien gelangen, sondern auch als reicher Mann. Jetzt konnten sie eine Armee anheuern, um den Magier zu belagern, der Eldias Schwester gefangenhielt. Oder sich eigene Zauberer kaufen.

Er wollte schon gehen, als seine Augen auf ein Objekt fiel, das ihm beim Eintreten entgangen war. Neben der Tür stand es auf einem geschnitzten Elfenbeinpodest. Conan blieb stehen, um es näher zu betrachten. Es sah aus wie ein Ball in einem Würfel und bestand aus Gold oder vielleicht auch aus Messing. Aber irgendwie war die Konstruktion schief. Er konnte nicht sagen, was; aber irgend etwas stimmte nicht. Da das Objekt auf einem so kostbaren Podest aufgestellt war, mußte es wohl wertvoll sein. Conan überlegte, ob er es einstecken solle, hob dann aber die Schultern. Nein, er hatte genug. Ein guter Dieb wußte, wann er aufhören mußte. Er wandte sich ab.

»Eine weise Entscheidung«, ertönte eine männliche Stimme. »Da du offenbar nicht weißt, was eine *Storora* ist und was man damit anfangen kann, wäre es an dich verschwendet.«

Noch ehe die Stimme ausgeredet hatte, wirbelte Conan herum, um den Urheber der Stimme zu entdekken. Mit der rechten Hand zog er sein Schwert, während die Linke den Beutel mit dem Gold hielt. Die Kerze war auf den Boden gefallen und erloschen. Dunkelheit erfüllte den Raum mit düsteren Schleiern, so daß der junge Cimmerier nichts sehen konnte. Gut! Wenn er blind war, konnte sein Gegner auch nicht sehen.

Die Stimme meldete sich wieder, mit höhnischem Unterton. »Wenn du denkst, daß du mich so leicht abschütteln kannst, hast du dich geirrt. Ich kann dich dort sehen, dein Schicksal ist besiegelt, Dieb.«

Das glaube ich kaum, dachte Conan. Mit gezücktem Schwert ging er auf die Stelle zu, woher die Stimme gekommen war.

»Nein, so leicht findest du mich nicht, Fremdländer.« Diesmal kam die Stimme woanders her, links von Conan. Er drehte sich dorthin. Seine Augen hatten sich etwas an die Dunkelheit gewöhnt. Direkt vor ihm schien vor dem dunklen Hintergrund ein etwas noch dunklerer Klumpen zu sein; aber sicher war er nicht. Der einzige Lichtschein kam durch die Spalte unter der geschlossenen Tür. Er war auch kaum mehr als ein schwacher Schimmer.

»Du kannst gar nichts anderes als ein Fremdländer sein«, sagte der Mann, »denn kein Einwohner in Mornstadinos wäre so geistig unterentwickelt, daß er es wagen würde, das Haus von Lemparius zu berauben.« Wieder hatte er sich an eine andere Stelle begeben.

Conan überlegte, welche Möglichkeiten ihm offenstanden. Er hatte es hier mit einem Mann zu tun, der sich offenbar in der Dunkelheit besser zurechtfand, als es erlaubt war. Zudem war es ihm gelungen, sich anzuschleichen, ohne daß der Cimmerier etwas gehört hatte. Conan hatte seine Beute und wußte aufgrund des Lichtspalts, wo die Tür war. Ein erfolgreicher Dieb ist einer, der mit seiner Beute entwischt. Und genau das hatte er vor! Zeit, zu gehen.

Conan sprang zur Tür.

Im Sprung sah er etwas vor dem Lichtstrahl vorbeihuschen, zwei dunkle, dicke Striche. Die Beine eines Mannes, dachte er. Und wenn diese Beine den Besitzer der Stimme trugen, gehörten sie zu einem Mann mit übernatürlicher Schnelligkeit, da es sonst nicht möglich war, die Entfernung zwischen dem vorherigen Standpunkt und der Tür in so kurzer Zeit zurückzulegen. Conan schwang sein Schwert, um die noch immer unsichtbare Gestalt in der Mitte zu spalten. Doch die Füße vor dem Lichtspalt verschwanden. Sein Schwertstreich ging ins Leere.

»Für einen Idioten bist du schnell«, höhnte die Stimme. »Aber das wird dich auch nicht retten.«

Conan verschwendete keinen Atem für eine Antwort. Statt dessen schwang er das Schwert hin und her, während er sich rückwärts auf die Tür hin arbeitete. Der Stahl sang in der Dunkelheit. Der verborgene Sprecher sollte nur versuchen, diese Barriere zu durchschreiten!

Conan erreichte die Tür. Er spürte den Griff im Rükken. Was sollte er jetzt tun? Gar nicht so einfach! Er wagte es nicht, sich umzudrehen und dem Mann den Rücken zuzuwenden in dieser Schwärze. Mit dem schweren Sack in der Hand die Tür zu öffnen, war zwar sehr schwierig, aber nicht unmöglich. Aber da gab es noch die Möglichkeit, daß etwaige Helfer des Unsichtbaren im Gang lauerten und warteten, daß er herauskam.

Er schüttelte den Kopf. Zuviel Denken schadete nur! Da konnte ein Mann an Altersschwäche sterben, wenn er sich über alle Möglichkeiten Sorgen machte! Er fand den Griff, schob ihn hoch und riß die Tür auf. Mit einem Satz war der Cimmerier auf dem Gang.

Und dort war er ganz allein. Conan lachte und rannte los. Er hörte ein Geräusch hinter sich. Als er sich umdrehte, war nichts zu sehen. Noch eine Biegung, dann wäre er in der Nähe des Vorratsraumes, durch den er das Haus betreten hatte. Sobald er im Freien war, würde er aufs Tor zulaufen. Das war schneller als über die Mauer zu klettern. Nicht mehr lange, dann wäre er draußen und frei.

Kaum war er um die Biegung und sah, was ihm bevorstand, da blieb er fluchend stehen. Die mächtige Brust pumpte noch mehr Luft in die Lungen.

Am Ende des Ganges versperrte ihm ein Dutzend Männer mit Schwertern und Piken den Weg. Dort kam er nicht durch. Er machte kehrt und rannte den Weg zurück, den er gekommen war. Besser einem Mann in der Dunkelheit gegenübertreten als einem Dutzend Bewaffneten, dachte er. Gut war, daß er jetzt den erleuchteten Gang im Rücken hatte. Nach der Biegung bemerkte der junge Cimmerier, daß die Männer ihm nicht folgten. Aus unbestimmtem Grund beunruhigte ihn das mehr, als wenn sie ihm auf den Fersen geblieben wären.

Dreißig Schritte vor ihm stand ganz allein ein Mann. Er war groß und blond. Seine Haut war hell. In der Hand hielt er nur ein geschwungenes Messer, kein Schwert. Er schaute Conan so entspannt an, als erwarte er keinerlei Kampf.

Sekundenlang überlegte Conan, ob er den Mann über den Haufen rennen und mit dem Schwert beiseite stoßen sollte. Aber etwas an der Erscheinung dieses Mannes veranlaßte Conan, langsamer zu werden und schließlich zu gehen. Drei Schritte vor dem Mann blieb er stehen und starrte den an, der ihm den Ausgang versperrte. Er witterte Gefahr, etwas so Unnatürliches, daß ihm die Haare im Nacken zu Berge standen.

»Nun, du bist gar nicht *so* dumm, wie du aussiehst«, sagte der Mann. »Gestatte, daß ich mich vorstelle. Ich bin Senator Lemparius, der Herr dieses Hauses, das du berauben wolltest. Was sagst du dazu, Dieb?«

»Geht beiseite!« sagte Conan drohend. »Ich bin nicht besonders erpicht, Euch zu töten.«

Lemparius lachte, hell und schrill. »O nein, wie köstlich!« Er wirbelte das fangzahnähnliche Messer durch die Luft und fing es geschickt wieder auf. Verächtlich musterte er Conans schweres Schwert. »Komm und versuch vorbeizugehen, du fremdländischer Narr! Wenn du es schaffst, lasse ich dich leben. Wenn nicht, wird dein Leichnam von Fliegen bedeckt sein, noch vor dem ersten Sonnenstrahl.«

Conan sprang auf Lemparius zu. Die Muskelstränge seiner starken Arme wölbten sich, als er mit voller Kraft sein scharfes Breitschwert schwang. Hätte er getroffen, hätte die Klinge den Senator in der Mitte zerteilt — hätte er getroffen! Schnell wie eine Katze wich der Senator aus, und Conans Schlag verfehlte sein Ziel. Schneller als Conans Augen folgen konnten, schoß Lemparius vor und berührte mit seinem gekrümmten Messer den Unterarm des Riesen. Eigentlich war die Berührung nur sanft; aber Blut quoll aus der dünnen Linie, kaum länger als Conans Mittelfinger. Der Senator lachte.

Conan schwang den schweren Sack mit dem Gold. Diese Bewegung hatte der Senator nicht erwartet. Die

Münzen trafen ihn hart in die Rippen, so daß er zur Seite gestoßen wurde. Beinahe wäre Lemparius gestolpert. Aber es gelang ihm, das Gleichgewicht zu wahren.

»Nicht übel«, sagte Lemparius. »Du bist schneller, als ich dachte.« Er holte tief Luft und stieß einen gellenden Pfiff aus.

Hinter Conan wurde das Klatschen von Sandalen auf den Steinplatten des Bodens laut. Die Bewaffneten nahten.

»Solltest du Götter haben, dann schließe Frieden mit ihnen«, sagte Lemparius. »Und zwar schnell!«

Der Cimmerier ließ den Sack mit dem Gold fallen und packte das Breitschwert mit beiden Händen. Lemparius war schnell, aber ob er mit seinem komischen Messer einen Schlag parieren konnte, den Conan mit aller Kraft ausführte, mußte sich erst noch herausstellen. Conan sprang vor und schlug nach dem Gegner. Sein Schwert bewegte sich schnell wie der Blitz.

Lemparius wich nach hinten aus und versuchte einen Gegenangriff, nachdem Conans Schlag nicht getroffen hatte. Doch Conan erholte sich zu schnell und trieb Lemparius noch weiter zurück. Der Cimmerier schöpfte schon Hoffnung, den Senator so schnell vor sich hertreiben zu können, daß seine Verfolger ihn nicht einholten. Wie ein Mäher im Kornfeld ging er vorwärts und zwang mit den kurzen schnellen Querschlägen seinen Gegner zum Rückzug.

Nach einigen Schritten rutschte Lemparius aus. Der Senator lag flach auf dem Rücken. Der überraschte Gesichtsausdruck entschädigte Conan für den Verlust des Goldes. Er hob sein Schwert.

In diesem Augenblick wurde seine Hoffnung auf Flucht vernichtet. Hinter Lemparius tauchte mindestens ein Dutzend Männer mit Schwertern und Piken im Gang auf und lief dem Cimmerier entgegen. Er saß in der Falle!

Conan drehte sich um. Die Tür zur Schatzkammer lag zwischen ihm und der ersten Abteilung Bewaffneter. Wenn er dort hineingelangte, könnte er vielleicht die Tür von innen verrammeln. Vielleicht gab es auch noch einen anderen Weg hinaus. Es blieb ihm keine Wahl. Auch wenn die Schatzkammer keinen zweiten Ausgang hatte, war dort mehr Raum, das Schwert zu schwingen. Es könnte noch einige Gegner erledigen. Crom würde sein Kommen in die Grauen Länder höher schätzen, wenn ihm ein Dutzend Feinde vorausgingen, die er eigenhändig dorthin befördert hatte.

»Ergib dich!« rief ihm einer mit der Pike zu.

»Ich bin Conan der Cimmerier und ergebe mich niemandem!«

Aus einem Augenwinkel sah Conan, wie sich Lemparius wieder hochrappelte. »Conan?« fragte der Senator. Über diese Frage stutzte der Hüne aus Cimmerien kurz. Dieser Augenblick genügte, daß die ersten Bewaffneten mit ihren Piken auf Reichweite herankommen konnten. Als eine vierschneidige Pike nach seinem Gesicht suchte, schlug er mit dem Schwert den Schaft beiseite und vollendete die Kreisbewegung nach unten. Der Mann mit der Pike schrie, als die Klinge ihn traf. Seine Kameraden hielten lange genug inne, damit Conan zur Tür springen konnte. Der Cimmerier setzte zum gewaltigen Sprung an.

»Conan! Wie wunderbar!«

Erstaunt drehte Conan sich um und blickte zu Lemparius, lang genug, um zu sehen, wie der Senator den Beutel mit Gold schwang, den Conan hatte fallen lassen. Dann traf ihn der schwere Sack am Kopf.

Schwärze regierte.

Zwölf

Conan tauchte langsam aus den Tiefen eines pulsierenden roten Nebels auf. Je dünner der Nebel wurde, desto klarer sein Kopf. Als der Cimmerier die Augen öffnete, war er voll bei Bewußtsein. Er lag in vollkommener Dunkelheit, umgeben von verbrauchter Luft und üblem Gestank. Wie war er an einen solchen Ort gekommen? Doch da kam die Erinnerung und mit ihr das Bild, wie Lemparius den Goldsack schwang.

Er machte Bestandsaufnahme. Sein Kopf pochte; aber er konnte sich aufsetzen. Am Arm hatte er einen kleinen Schnitt, nicht weiter schlimm. Das Bein tat noch ein bißchen weh. Vorsichtig glitt er von der harten Bank, auf der er gesessen hatte, und trat barfuß auf den kalten Boden. Sein Schwert und ein Großteil seiner Kleidung waren weg. Gelassen hatte man ihm das kurze Beinkleid und den Gürtel mit dem Lederbeutel, sonst nichts. Conan öffnete den Beutel und faßte hinein. Leer — nein, warte, da war etwas ... ein Stein, der sich in einer Falte versteckt hatte. Er holte den Stein heraus und hielt ihn vors Gesicht. In der Dunkelheit brach sich kein Lichtstrahl darin; aber die Form verriet Conan, daß es sich um einen der Smaragde handelte, die er eingesteckt hatte. Wer auch immer ihn in diese Höllengrube geworfen hatte, hatte den Stein übersehen, als er Conans Beutel leerte.

Conan schob den Stein wieder zurück in das Versteck und schloß den Beutel. Wenn er floh, würde ihm das Juwel zustatten kommen. Bis dahin aber wären ein Schwert, ein Dolch, selbst ein Stock viel interessanter.

Die Erkundung des Raumes, in dem er sich befand, dauerte nur wenige Minuten. Er war quadratisch und erstreckte sich in jede Richtung nicht weiter als drei Armlängen. An einem Ende war eine massive Holztür, mit rostigen Eisenbändern beschlagen und von außen, wie es sich anfühlte, sicher verschlossen. Conan entdeckte keine Scharniere. Also öffnete sich die Tür nach außen. Er stemmte die nackten Füße gegen die feuchten Steinplatten im Boden und die Hände gegen das Holz. Mit aller Kraft drückte der starke Cimmerier dagegen.

Die Tür hätte ebensogut Teil eines Berges sein können. So wenig bewegte sie sich. Er trat zurück, so daß nur die Fingerspitzen einer Hand die Tür berührten. Dann nahm er alle Kraft zusammen und sprang mit der Schulter, deren Muskeln ebenso hart wie das Holz waren, gegen das hölzerne Hindernis. Die Tür rührte sich nicht.

Conan holte tief Luft und ballte die Fäuste. Er war tatsächlich gefangen! Am liebsten hätte er mit den Fäusten gegen die Tür gehämmert und getobt; aber er zügelte seine Wut. Solch Benehmen wäre kindisch und reine Kraftverschwendung.

Statt dessen ging der Cimmerier zurück zu der Bank, wo er aufgewacht war. Jetzt bewegte er sich mühelos in der Dunkelheit. Die Ausmaße der Zelle waren in seinem Bewußtsein verankert. Er setzte sich mit dem Rücken zur Wand und wartete.

Es verging kaum mehr als eine Stunde. Dann hallten laute Schritte auf dem Gang vor der Zelle. Die Tür öffnete sich. Conan behielt Platz, kniff aber die Augen beim plötzlichen Eindringen des Fackelscheins zusammen. Er sah mindestens ein Dutzend Fackeln, von ebenso vielen gut bewaffneten Männern getragen. Jeder Gedanke, sie mit bloßen Händen anzugreifen, war Wahnsinn.

Senator Lemparius betrat die Zelle. »So«, sagte er, »bist du endlich aus deiner Ohnmacht erwacht. Gut. Ich dachte schon, ich hätte dich vielleicht zu hart getroffen. Das wäre zwar auch egal gewesen, denn schließlich bist du mir nicht wegen deines *Gehirns* teuer, Conan Woherauchimmer.« Lemparius lächelte. »Ist das Leben nicht seltsam? Ich bemühte mich, dich herbeizuschaffen; aber du bist entschlüpft wie eine kokette Maid. Und jetzt bist du aus eigenen Stücken zu mir gekommen. Findest du das nicht amüsant?«

Conan schwieg.

»Du meine Güte! Ich hoffe doch nicht, daß ich dir mit meinem goldenen Knüppel die Stimme verschlagen habe.«

Conan funkelte ihn an. »Dann wart Ihr es also, der im Sturm dieses Pack Meuchelmörder auf mich hetzte.«

»Allerdings.« Ungerührt lächelte Lemparius weiter.

»Ihr solltet Euch die Leute besser ansehen — das waren schlecht ausgewählte Idioten.«

»Das spielt keine Rolle mehr, denn jetzt bist du hier in meiner Gewalt. Wichtig ist, daß man sein Ziel erreicht, Barbar.«

Conan nickte. Das war nur allzu wahr. Noch atmete er und hatte heile Glieder. Noch war er nicht am Ende.

»Sicher möchtest du wissen, warum es mich so nach deiner Gesellschaft verlangt hat«, Lemparius hob eine Braue.

»Eigentlich nicht.« Er würde seinem Peiniger nicht die Genugtuung geben, Neugier zu zeigen.

Das Lächeln des Senators nahm etwas ab. »Nein?

Du möchtest nichts über dein zukünftiges Schicksal erfahren, Conan aus Barbarien? Nicht hören, wie du die letzten Augenblicke deiner Existenz verbringen wirst?«

Mit geübtem Auge maß Conan die Entfernung zwischen sich und dem Mann. Wahrscheinlich konnte er ihn erreichen, ehe ihn einer aus Lemparius' Kohorte aufspießte. Aber der Mann war teuflisch schnell. Wenn er Lemparius einen Schritt näher locken konnte, hatte er eine bessere Chance.

Conan sagte: »Ich weiß nur, daß der Gestank in meiner Zelle zehnmal stärker geworden ist, seitdem du hereingekommen bist, du Hund. Vielleicht liegt es daran, daß du Kot frißt.«

Lemparius lächelte nicht mehr, sondern blickte finster drein. Er wollte schon auf Conan zugehen. Der Cimmerier verlagerte auf der Bank sein Gewicht ein wenig, um schnell hochzuspringen.

Doch Lemparius hielt inne und lächelte wieder. »Ha, ich bin doch kein Schwachkopf, den man mit einem so simplen Trick täuschen kann! Da mußt du dir schon etwas anderes einfallen lassen. Sieh her, Barbar!« Lemparius hob die Hand. Ein Mann trat vor und stellte sich neben den Senator. Conan hatte ihn bisher nicht gesehen. Er war durch den Schein der Fackeln verborgen gewesen. Der Mann trug eine Armbrust, deren Bolzen mit Widerhaken direkt auf Conans Herz gerichtet war. Lemparius winkte nochmals. Ein zweiter Mann, bewaffnet wie der erste, trat gegenüber vor. Langsam wird es voll in der Zelle, dachte Conan.

»Dalius, hier zu meiner Linken, ist ein Meister der Armbrust, der beste Schütze in ganz Corinthien. Er kann auf zehn Schritt einen Schmetterling an die Wand nageln. Auf diese Entfernung brauche ich nur

›Links‹ oder ›Rechts‹ zu rufen, um das Auge anzugeben, das der Bolzen durchbohren soll, wenn er *deinen* Kopf an die Wand nagelt.«

Lemparius wartete einen Augenblick lang, damit Conan es auch richtig begriff. Dann nickte er zum zweiten Armbruster. »Karlinos kam aus Brythinien zu mir, wo er der beste seiner Zunft war. Wenn er auch nicht ganz so gut wie Dalius trifft, kommt ihm sonst keiner gleich. Dein anderes Auge wäre von seinem Bolzen durchbohrt, ehe der erste in der Wand stecken würde.«

Conan lehnte sich entspannt zurück und lachte lauthals.

Es war ganz offensichtlich, daß Lemparius ihn unter allen Umständen hatte lebend fangen wollen. Er kannte zwar die Pläne dieses Mannes nicht, war aber sicher, daß sein Tod nicht dazugehörte. Noch nicht, auf alle Fälle.

Hinter den Männern erhob sich eine Frauenstimme. »Das ist er.«

Mit der Stimme kam auch ein leichter Hauch exotischen Parfüms. Duft und Stimme lösten bei Conan die Erinnerung aus, wo er beides schon erlebt hatte: In seinem Zimmer in der Schenke! Es war die Frau, die ihn verzaubert hatte. Bei Crom! Was war hier eigentlich los?

Lemparius wandte sich leicht zur Seite, als er die Frauenstimme hörte. Conan sah seine Chance. Er setzte darauf, daß die Armbruster nicht ohne direkten Befehl schießen würden. Kraftvoll schnellte der Cimmerier vor. Er hatte nicht viel Hoffnung, Lemparius mit bloßen Händen umbringen zu können, ehe man ihn zusammenschlagen würde, aber die Befriedigung, ihm einen guten Schlag zu versetzen, war den Versuch wert. Conan trat Lemparius mit aller Kraft zwischen die Beine. Der Senator stöhnte und wurde bleich. Das konnte Conan noch sehen. Dann wurde er wieder in die Gefilde des wabernden roten Nebels geschickt.

»... werde ich sein Herz eigenhändig herausschneiden!«

»Nein! Jetzt gehört er mir. Du hast ihn mir geschenkt.«

Conan konnte noch nicht klar sehen, aber sein Gehör arbeitete einwandfrei. Er wäre aufgesprungen, wenn ihm nicht gleichzeitig einige Dinge aufgefallen wären. Er lag nicht mehr auf der Bank in der stinkenden Zelle, sondern auf einem weichen Kissen. Vielleicht konnte er etwas erlauschen, das ihm nützte, da man ihn offenbar noch für bewußtlos hielt. Und außerdem war er an Händen und Füßen mit weichen, aber strammen Bändern gefesselt. Daher tat der Cimmerier so, als schliefe er noch, und hörte zu.

»... zu ihm gekommen?« Das war die Stimme der Frau, die der Senator Djuvula genannt hatte.

»Nun ja, ein ... komischer Kauz namens Loganaro kam zu mir mit dem Angebot, mir den Barbaren für eine stattliche Summe zu verkaufen.« Das war Lemparius. Dieser Name — wo hatte er ihn schon gehört? Loganaro ... Ach ja, der Fettwanst, den er in der namenlosen Herberge auf der anderen Seite der Karpash-Berge getroffen hatte!

Djuvula fragte: »Warum sollte er das tun? Welchen Nutzen könntest du von diesem Barbaren haben?« Conan konnte das Gesicht der Frau nicht sehen, aber ihre Wut war nicht zu überhören.

»Normalerweise keinen. Doch erwähnte Loganaro,

daß du an dem Mann Interesse hast. Ich wollte ihn für dich festnehmen, aus Gefälligkeit.«

»Als Gefälligkeit. Verstehe. Und was erwartest du als Gegengabe für diese … Gefälligkeit?«

»Liebste Djuvula, laß uns nicht wie Kaufleute miteinander reden, die Waren tauschen! Du schuldest mir für diesen Barbarentölpel überhaupt nichts.«

Es entstand eine Pause. Conan überlegte, ob er die Augen einen Spalt öffnen sollte. Er entschied sich dafür; aber er sah nur einige rosa Seidenkissen, die ihm den Blick auf die Sprechenden versperrten. Er hätte sich bewegen müssen; aber das schien ihm noch nicht klug zu sein. Er stemmte sich gegen seine Fesseln; sie hielten.

Lemparius sprach weiter. »Stünden doch die Dinge wieder wie früher zwischen uns, liebste Dame!«

»Du weißt genau, daß das völlig ausgeschlossen ist. Ich lasse mich nicht mehr auf — Beziehungen dieser Art mit normalem Mannsvolk ein.«

»Aber ich habe mich verändert, Djuvula! Ich bin jetzt stärker als früher.«

Die Frau lachte. »Du hältst doch wohl meine hellseherischen Fähigkeiten nicht für so begrenzt, daß ich eine Zunahme bei dir nicht erkannt hätte, oder?«

»Aber, meine Liebe, ich wollte doch keineswegs deine göttlichen Kräfte herabsetzen, sondern dir nur erklären, daß ich mit meinen verstärkten Energien jetzt über eine gewisse — Vitalität verfüge, die mir früher fehlte.«

Wieder lachte Djuvula. »Aber mit Sicherheit nicht soviel wie mein Prinz, da würde ich wetten.«

»Mag sein! Andererseits spricht auch vieles für Technik statt bloßer Standfestigkeit, meinst du nicht auch?« Lemparius' Stimme wurde leiser. »Ich könnte dich wirklich befriedigen, meine Liebe. Ich weiß es, wenn du mir nur Gelegenheit gibst.«

»Ich kenne Männer, wie du vielleicht einer geworden bist, Lemparius, und hege den Verdacht, daß du weit mehr versprichst, als du je halten kannst.«

»Dann gib mir eine Chance! Du hast doch nichts zu verlieren, wenn du mir eine Gelegenheit gewährst, meine — Fähigkeiten zu beweisen. Sollte ich versagen, hast du immer doch diesen Muskelprotz für dein Simulacrum. Und wenn — nein, kein ›Wenn‹, sondern ein ›Nachdem‹ — ich es dir bewiesen habe, benötigst du deinen Prinzen nicht mehr.«

Wieder trat eine Pause ein. Diesmal länger. Conan versuchte, seine Lage etwas zu verändern, damit er etwas sehen konnte; aber die rosafarbene Kissenwand war so groß wie ein Pferd und verstellte ihm den Blick.

»Was du sagst, klingt nicht ganz unsinnig, Lemparius«, sagte Djuvula und fuhr nach einer kurzen Pause fort: »Also gut! Demonstriere dein neuerworbenes, überragendes Können!«

»Hier? Jetzt?«

»Warum nicht? Deine Männer haben den Barbaren so zugerichtet, daß er noch einen Tag durchschläft. Und sollte er aufwachen, stört es mich überhaupt nicht, wenn er zuschaut. Es sei denn, du hast deswegen Hemmungen.«

Lemparius lachte, aber es klang gekünstelt. »Kaum«, sagte er. »Nun denn!«

Das Rascheln von Kleidung drang an Conans scharfe Ohren. Er benutzte die Gelegenheit, seine Lage nochmals zu verandern. Jetzt sah er einen Holzpfosten und das Stück eines Baldachins, der wohl zu dem Luxusbett gehörte, auf dem Conan lag. Wenigstens hatte man ihm die Hände vor dem Körper zusammengebunden, so daß er die Fesseln mit den Zähnen erreichen konnte. Langsam und vorsichtig brachte er die Hände vors Gesicht, bis die Seidenbänder die Lippen berührten. Er fing an, auf dem Material zu kauen, das nach Stoffarbe schmeckte. Ihm war klar, daß er eine ganze Weile würde kauen müssen.

»Set soll diesen verfluchten Barbaren holen!« sagte Lemparius laut.

»Probleme, Lemparius?« Djuvulas Stimme troff von der Süße eines Bienenstocks im Frühling.

»Das siehst du doch genau! Ich bin verletzt! Dieser Mistkerl hat mich getreten! Ich — ich habe grauenvolle Schmerzen, wenn ich versuche ...«

»Wie schade!« unterbrach ihn Djuvula. »Damit wäre die Frage deiner Vitalität beantwortet.«

»Das ist wirklich kein angemessener Test, Djuvula! Du mußt mir Zeit geben, mich von meiner Verletzung zu erholen.«

»Muß ich?« Die Frau lachte. »Nun, ich schätze, ein paar Tage kann ich noch warten, bis ich meinen Prinz von der Lanze zum Leben erwecke. Ich gewähre dir drei Abende, Lemparius. Vielleicht kann mich der Barbar bis dahin bei Laune halten.«

»Du verhöhnst mich!«

»O nein, Lemparius! Das täte ich nie. Es macht mir einfach Spaß. Der Barbar ist ein wahrlich tapferer Mann. Sein Herz wird für mich in der Brust meines Prinzen schlagen. Bis dahin gestatte ich ihm und dir großzügigerweise drei Tage.«

Conan hatte genug gehört. Er sollte bei irgendeinem üblen magischen Ritual geopfert werden! Brüsk setzte er sich auf. Neben ihm auf dem Bett lag ein toter oder bewußtloser schwarzer Mann von heroischen Ausmaßen.

Lemparius und Djuvula lagen auf Kissen in der Nähe des Betts. Beide waren unbekleidet. Sie starrten Conan an.

Conan hielt die Hände vors Gesicht. Dann holte er tief Luft und stieß einen tiefen kehligen Schrei aus. Gleichzeitig spannte der junge Riese die schon angekauten Bänder um die Handgelenke. Die Muskeln in den Schultern und im Rücken wölbten sich, Gelenke knackten, als er sich völlig auf die Fesseln konzentrierte. Plötzlich gab das Material nach. Ein dumpfer Knall, und die Hände waren frei.

Conan griff das nächste seidene Kissen und schleuderte es auf Lemparius. Das Kissen war weich, aber dick. Es verfing sich im Messer, das Lemparius gezückt hatte, und riß ihn mit nach hinten. Er stolperte und fiel flach auf die nackte Rückseite.

Ohne Zeit zu verlieren, bückte Conan sich und riß die Bande von den Knöcheln. Kaum hatte er es geschafft und schaute auf, da sah er, daß Lemparius auch schon wieder auf den Füßen war.

Conan sprang ihm entgegen. Der Mann mochte schnell sein, aber der Cimmerier war auch nicht gerade träge. In einem Sekundenbruchteil umschloß der Cimmerier mit den mächtigen Händen die Handgelenke des Senators. Als dieser ihm das Knie in die Leiste rammen wollte, blockte Conan es mit der Hüfte ab. Auch der Senator erwehrte sich eines erneuten Tritts in die bereits lädierten edlen Teile durch eine Hüftdrehung. Beide Männer hielten sich umklammert und stürzten zu Boden. Conan war stärker, das wußte er, aber es würde einige Augenblicke dauern, den Mann zu überwinden.

Die feinen Haare an Lemparius' Gelenken begannen sich unter Conans Handflächen zu kräuseln. Ein merkwürdiger Lichttrick ließ das Gesicht des Senators starr wie Plastik erscheinen und irgendwie einsinken ...

Crom! Er war nicht länger ein Mann, sondern verwandelte sich in ein großes Raubtier! Fangzähne wuchsen aus dem Mund, Krallen an den Fingern, und das, was einmal Senator Lemparius gewesen war, knurrte und versuchte, Conan den Kopf abzubeißen!

Fluchend schleuderte er das Wesen, halb Mensch, halb Raubkatze, mit äußerster Muskelkraft beiseite, so daß das Ungeheuer gegen die Wand krachte.

Ein Werpanther! Conan wußte, daß manche Menschen sich in Werwölfe verwandeln konnten, hatte aber noch nie von Werkatzen gehört. Es mißfiel ihm sehr, solch einem übernatürlichen Biest mit bloßen Händen gegenüberzustehen. Man sagte aber, daß menschliche Waffen ein Werwesen nicht verletzen konnten. Es hätte ihm also nicht geholfen, wenn er ein Schwert gehabt hätte, was nicht der Fall war.

Der Panther prallte von der Wand ab und landete auf den Pfoten. Er drehte sich um und knurrte und fauchte schrecklich laut in dem geschlossenen Raum. Langsam näherte sich das Tier Conan. Er hätte schwören können, daß die Raubkatze dabei lächelte.

Eine Waffe! Er brauchte eine Waffe! Conan blickte schnell umher, aber da war nichts — nein, warte! Lemparius' geschwungenes Messer lag in der Nähe von Conans bloßen Füßen. Schnell hob er es auf. Bewaffnet fühlte er sich besser.

»Du darfst ihn nicht töten!« schrie Djuvula.

Conan warf einen Blick auf die Frau; aber sie hatte den Panther gemeint, nicht ihn. Die Katze schenkte der Bitte keinerlei Beachtung. Als Conan ihm aber das bösartig gekrümmte Messer entgegenhielt, blieb der Werpanther stehen und fauchte.

Conan blickte schnell vom Tier zum Messer. Da dieses Lemparius gehörte, hatte es vielleicht eine besondere Bewandtnis damit, die Conan nicht kannte. Vielleicht konnte er das Raubtier damit verletzen.

Für Conan waren Gedanke und Tat oft eins. Er sprang den Panther mit gezücktem Messer an. Das Tier schlug zwar mit den Pranken nach ihm, wich aber zurück, als es Conan verfehlt hatte. Der große Cimmerier sah, daß er nur wenige Schritte von der Tür des Schlafgemachs entfernt war. Zeit, sich zu verabschieden! Er fuchtelte wild mit dem Messer in der Luft herum, um den Panther abzuschrecken, während er rücklings auf den Ausgang zuging. Das Raubtier knurrte, kam aber nicht in Conans Reichweite.

Conan erreichte die Tür, riß sie auf und stürzte hinaus. Die Katze wagte einen verzweifelten Sprung und erwischte mit der rechten Pranke Conans Bein. Der Cimmerier ließ seine sichelförmige Waffe herabsausen und stieß sie in die Vorderpfote des Panthers. Das unnatürliche Geschöpf brüllte vor Schmerz auf und zog die Pfote zurück. Dabei sah man im lohfarbenen Fell die klaffende karmesinrote Schnittwunde. Der Panther trat den Rückzug an, unablässig schreiend. Conan schlug bei diesem Anblick die messingbeschlagene schwere Tür zu. Da er im Gang nichts entdeckte, was ihn hätte aufhalten können, floh er. Der Cimmerier rannte wie ein Mann, den Dämonen hetzten.

Er schaute nicht zurück.

Dreizehn

Lemparius war weggegangen, um seine Häscher zusammenzutrommeln. Djuvula saß allein in ihrem Gemach und starrte auf die leblose Form ihres Prinzen. Zu sagen, daß sie wütend war, wäre die größte Untertreibung der Welt gewesen. Sie raste. Lemparius war in ihren Augen ein kompletter Idiot: sich einzubilden, daß diese Werpanther-Verkleidung seine Anatomie oder sein Verhalten in bezug auf seine Männlichkeit hätte steigern können! Aber noch schlimmer war, daß er ihren bildhübschen Barbaren hatte entwischen lassen. Dafür würde er bezahlen!

Dann war da noch Loganaro, Unterhändler und Verräter. Der Barbar, den er ihr angeboten hatte, und Conan waren ein und derselbe. Und diese fette Kröte hatte ihn ihrem Möchtegern-Bettgenossen verkauft! Für diesen Fehler würde der Schwachkopf büßen, und zwar ganz, ganz langsam und peinvoll! Der Mann, der ihrem Dämon-Bruder die Hand abgeschlagen hatte, war außerhalb ihrer Reichweite. Djuvula brauchte nur einen winzigen Vorwand, um ein Ziel zu suchen, an dem sie ihre Wut auslassen konnte.

Purpurroter Rauch mit gelben Blitzen erstickte die Luft in ihrem Gemach. Schau, schau! Wer hatte sich diesen Augenblick ausgesucht, bei ihr zu erscheinen?

Djavul senkte den Kopf, um nicht an der Decke anzustoßen. »Schwesterlein«, schnarrte er, »ich fühle, daß du meine Beute gefangen hast.«

Djuvula lachte schrill. »Besser spät als nie, was, Halbbruder?«

»Sprich nicht in Rätseln, Weib!«

»Er ist entkommen, dein barbarischer Handabhakker! Das verdanken wir einem unfähigen Senator, der sich einbildet, ein Meisterfechter zu sein.«

»Ich werde aus seinem Schädel eine Suppenschüssel machen lassen!«

»O nein, Bruder! Er gehört mir! Und ich werde keine große Mühe haben, unsere gemeinsame Beute aufzuspüren, da ich seine Kleidung und sein Schwert habe. Ich werde die geeigneten Zaubersprüche für dich sprechen, damit du ihn ganz genau lokalisieren kannst — vorausgesetzt, du bringst ihn mir her, ehe du deine Rache an ihm stillst.«

»Willst du mit mir feilschen, Schwester?«

»Nein! Aber ich sage es dir noch einmal: Du kannst mit dem Mann tun, was du willst, solange ich aus seinem noch lebenden Körper das Herz entfernen kann.«

Djavul lachte. »Also willst du dir immer noch ein neues Spielzeug schaffen?« Der Dämon deutete mit dem Kopf zu Djuvulas Bett. »Ich könnte aus den Tiefen leicht Besseres für dich herbeizitieren, Schwesterlein. Ja, ich würde mich sogar selbst für dein Vergnügen zur Verfügung stellen …«

»Danke, nein!« unterbrach ihn Djuvula. »Ich werde mich von keinem Dämon-Liebhaber unterjochen lassen, ganz gleich, wie fähig er sein mag. Der Preis ist mir zu hoch.«

Djavul lachte. »Schon gut, wenn ich du wäre, würde ich wahrscheinlich ein solches Angebot auch ablehnen. Aber man kann es doch versuchen, oder?«

»Von dir habe ich auch nichts anderes erwartet, Bruder. Aber jetzt entschuldige mich. Ich muß meine Zaubersprüche bereiten.«

Überrascht schaute Vitarius auf, als Conan in den Raum stürmte. »Wo habt Ihr gesteckt?« fragte der alte Magier. »Wir haben Euch heute morgen erwartet ...«

»Schon gut! Ich werde euch alles später erklären. Haben wir die Ausrüstung? Sind wir reisefertig?«

»Ja. Eldia und ihre Schwester warten beim Ausrüster. Ich hielt es für das beste, hier auf Euch zu warten, weil ...«

»Dann laßt uns gehen, Vitarius! Auf der Stelle.«

»Ihr habt ausreichende Mittel beschafft?«

»Wir müssen uns beeilen, Alter. Laßt uns keine Zeit verlieren. Es gab einige — Unstimmigkeiten bei meinem Unterfangen. Wir sollten die Stadttore so schnell wie möglich hinter uns lassen.«

Da waren vier Pferde, recht ordentliche Sättel für jedes Tier, und am Pfosten in einer dieser krummen Gassen, die Conan mittlerweile haßte, war auch ein Packtier angebunden. Eldia und Kinna standen daneben. Die ältere Schwester hatte sich eine dicke messingbeschlagene Stange besorgt, die so groß war wie sie. Als sie den Cimmerier und den Weißen Magier erblickte, sprach Kinna als erste.

»Conan! Wo ist deine Kleidung?«

»Mir war heiß«, antwortete er.

Die junge Frau wollte noch weiterfragen, hielt es aber dann offensichtlich für besser, den Mund zu halten; denn sie schwieg. Conan ging an ihr vorbei in den Laden des Ausrüsters.

Der Besitzer war ein schmächtig gebauter Mann von dunkler Hautfarbe. In der Nachmittagssonne, die durch ein großes Fenster eindrang, glänzte sein Goldzahn. Er zeigte dieses Prachtstück nur ungern, als der Hüne auf ihn zukam.

»Ich brauche ein Schwert«, sagte Conan, »schwer und lang, und einen Umhang.«

»Beides habe ich reichhaltig auf Lager«, antwortete Goldzahn. »Außerdem auch Beinkleider, Tuniken, Stiefel ...«

»Ja, Stiefel!«

Der Ladeninhaber führte Conan in seinen Lagerraum. Conan probierte mehrere Stiefel an; aber keine waren groß genug. Er nahm Sandalen mit dicker Sohle und Wadenriemen. Sie würden genügen, da er ritt und nicht zu Fuß ging. Der Mann warf ihm einen wollenen indigofarbenen Umhang über die Schultern. Conan nickte. Gut genug. Schließlich suchte er nach einem Schwert. Er fand eines mit Doppelklinge, das ihm von der Brustmitte bis zu den ausgestreckten Fingerspitzen reichte. Griff und Knauf waren verzierter, als er normalerweise mochte; aber der Stahl schien gut zu sein, und die Schneiden waren so scharf, daß man die Härchen vom Handrücken rasieren konnte. Sein altes Breitschwert wäre ihm lieber gewesen; aber dies hier war auch nicht schlecht.

»Eine weise Wahl«, sagte Goldzahn. »Aus hervorragenden verschiedenen Stahlschichten geschmiedet. Es ist von weit her, aus Turan und ...«

»Kennst du dich mit Edelsteinen aus?« unterbrach ihn Conan.

»Aber selbstverständlich. Ich habe ...«

»Dann sieh dir diesen an!« Conan holte aus seinem Beutel den Smaragd, das einzige Beutestück seines Raubzuges in Lemparius' Haus. Er warf den Stein hoch.

Geschickt fing Goldzahn den Edelstein aus der Luft. Er hielt ihn gegen das Licht und beäugte ihn. Dann fischte er ein Augenglas aus der Jackentasche und untersuchte den Stein mit diesem Instrument. Conan sah, wie sich die Augen des Mannes weiteten.

»Nun?«

»Er — äh — ist nicht wertlos«, meinte Goldzahn. So wie er sprach, hätte man meinen können, der Mund sei ihm ausgetrocknet.

»Genug, um für unsere Ausrüstung zu bezahlen?«

Der Händler wollte erst lächeln, hielt aber inne und verzog das Gesicht. »Nun — äh — er wäre Bezahlung für — äh — sagen wir, die Hälfte oder so.«

Conan hatte schon öfter mit Menschen wie Goldzahn zu tun gehabt. Sie würden ohne jegliche Bedenken ihre eigene Mutter belügen, vor allem wenn es um Geld ging.

»In Zamora«, erwiderte Conan, »würde ein solch wertvoller Stein für ein Dutzend Pferde und die fünffachen Vorräte reichen, die du uns verkaufst.«

Goldzahns Augen verengten sich, aber seine Stimme klang gleichgültig. »Das mag sein, aber wir sind hier nicht in Zamora. Vielleicht könnte ich Euch drei Viertel der schuldigen Summe anrechnen, für diese — äh — Murmel.«

Conan schüttelte den Kopf. Seine blauen Augen durchbohrten den Mann förmlich. »Ich habe keine Zeit, mich auf deine kindischen Feilschspielchen einzulassen. Du kannst den Stein als Bezahlung für unsere Ausrüstung haben. Das ist das letzte Wort.«

»Ach ja? Mir scheint, da habe ich noch ein Wörtchen mitzureden, Fremder. Wenn ich nicht will, brauche ich nicht zu verkaufen.« Trotz dieser Worte behielt er den Smaragd in der Hand. Auf seinem Gesicht stand reine Habgier.

Conan zog sein neues Schwert aus der noch steifen Lederscheide und richtete die Spitze auf Goldzahns

Kehle. »Hör auf mit dem salbungsvollen Gelaber, Krämer! Mach den Handel und leb! Weigere dich auf eigene Gefahr!«

»Ich — äh — kann — äh — meine Leute rufen.« Goldzahns Stimme zitterte. Er leckte sich die Lippen.

»Tu das!« forderte Conan ihn auf. »Es wäre mir ein ausgesprochenes Vergnügen. Eine dicke Blutschicht auf deinem Lagerbestand würde mit Sicherheit gut aussehen. Ruf deine Männer!«

Goldzahn schluckte und leckte sich wieder die Lippen. »Ich finde — äh — ich bin bereit, den Verlust hinzunehmen, äh — und auf Euren Handel einzugehen — äh — im Interesse zukünftiger — äh — guter Geschäftsbeziehungen.«

Conan grinste. »Dachte ich mir, daß du die Sache so sehen wirst.« Er drehte sich um und ging mit wehendem Umhang hinaus, wo Vitarius und die Schwestern auf ihn warteten.

»Aufsteigen!« befahl Conan. »Es wird Zeit, diesen Kaninchenbau zu verlassen.«

Lemparius hob den linken Arm und brüllte wütend: »Fünfzig Solons dem Mann, der mir den Barbaren bringt! Und langsame Folter für den Mann, der verantwortlich ist, wenn der Barbar stirbt, ehe ich ihn gesehen habe.«

Hundert Männer blickten auf den Senator und nickten. Keiner sprach ein Wort.

»Los! Ich will ihn nicht entkommen lassen!«

Unter Lemparius' Verwünschungen verließen die Bewaffneten im Filmarsch den Hof. Der Senator hatte die Linke zur Faust geballt. Die rechte Hand nicht, da sein Arm dick verbunden und zur Ruhestellung in einer Schlinge lag, um die Wunde zu schützen, die vom

Ellbogen bis zum Handgelenk reichte und bis auf die Knochen ging. Wäre die Wunde von einer gewöhnlichen Waffe verursacht worden, wäre sie bei ihm schon geheilt. Da aber der Schnitt von seinem eigenen Säbelzahnmesser stammte, das einen Katzenzauber in sich barg, dauerte die Heilung ebensolange wie bei jedem anderen gewöhnlichen Sterblichen.

Dieser verdammte Barbar! Aber er würde die Bedeutung von Schmerz noch kennenlernen, sobald er zurückgebracht wäre. Djuvula würde sein Herz nicht brauchen, das war Lemparius sicher, denn *er* konnte ihre Bedürfnisse stillen. Conan aber schuldete ihm etwas für die Verwundung.

Loganaro war der Panik nahe. Der Barbar und seine Begleitung waren im Begriff fortzureiten. Das konnte jeder Idiot sehen. Wie vermochte er sie bloß aufzuhalten? Der Gedanke, Lemparius gegenüberzutreten, ließ den fetten Mann erzittern. Andererseits war die Vorstellung, gegen den wilden Barbaren zu kämpfen, auch nicht gerade verlockend.

Die vier bestiegen ihre Pferde vor Loganaros Augen. Bei Yama! Er *konnte* sie nicht einfach wegreiten lassen! Irgendwie mußte er sie aufhalten, mußte mit irgendeiner Geschichte den Barbaren in Mornstadinos zurückhalten, bis er Hilfe holen konnte.

Mit diesem Gedanken lief Loganaro vorwärts. Sein Gehirn arbeitete auf Hochtouren. »Herr, Herr!« rief er. »Wartet einen Augenblick! Ihr erinnert Euch doch an mich, oder? Ich bin Loganaro. Wir trafen uns um Dorf ...« Er brach ab und starrte Conan an. Zweierlei fiel ihm auf: Der Barbar zückte sein Schwert — ein neues, wie es aussah —, und in seinem Gürtel steckte ohne Scheide Lemparius' geschwungenes Messer!

Conan musterte den Fettsack finster. Am liebsten hätte er ihm den Kopf abgeschlagen; aber es waren zu viele Menschen da. Jemand riefe vielleicht die Ordnungshüter. Und er hatte schon mehr als genug Sorgen. Da kam ihm ein Gedanke. Conan lächelte. Er steckte das Schwert zurück in die Scheide und erinnerte sich an die Unterhaltung, die er im Bettgemach der Hexe belauscht hatte, als er sich noch ohmächtig gestellt hatte. »Nein, Fettwanst«, sagte er, »ich werde mit meinem neuen Stahl nicht deinen Kadaver aufspießen. Das wäre viel zu gnädig.«

»Junger Herr, was wollt ihr damit sagen? Ich habe Euch doch nie etwas getan.«

»Aber an Versuchen hat es wirklich nicht gefehlt! Ich sehe, daß du das Messer in meinem Gürtel erkennst.«

»N-n-nein. Ich habe es nie gesehen.«

»Der frühere Besitzer ist dein Herr, Schuft! Ich spreche von Lemparius, Senator und Werpanther.«

»Werpanther?«

»Ach, das hast du nicht gewußt? Egal. Das ist nicht dein Problem, da du so gut wie tot bist. Es gibt da eine Frau, eine Hexe ...«

»Djuvula!«

Conan lächelte. »So, du kennst sie auch? Gut für dich, denn sie möchte aus deinen Eingeweiden Kutteln kochen.«

»Aber — aber — warum?«

»Dein früherer Herr hat dich ihr ausgeliefert, Köter. Anscheinend hat die Dame für deine Art, Bündnisse zu wechseln, nicht viel übrig. Indem du zwei Herren dienen wolltest, haben dich beide fallengelassen.«

»Nein!«

Conan lachte. »Wäre ich du, Fettwanst, würde ich

meine Geschäfte in eine andere Stadt verlegen. Oder in ein anderes Land, und zwar schnellstens.«

Loganaro lief laut fluchend davon. Selten hatte Conan etwas so Komisches gesehen. Er lachte so, daß er beinahe vom Pferd fiel.

Vitarius sagte: »Ich wußte nicht, daß Ihr ein solch verschlagenes Wiesel wie Loganaro kennt, Conan.«

»Nur flüchtig«, antwortete Conan.

Vitarius führte sie durch die engen Gassen zum Westtor von Mornstadinos. Eldia und Kinna ritten dicht hinter ihm, während Conan die Nachhut bildete und aufmerksam nach Verfolgern Ausschau hielt. Einmal sah er eine Abteilung von fünf Senatswachen; aber sie kreuzten nur seinen Weg und gingen weiter. Gut so!

Das Westtor wurde lediglich von einem Mann bewacht. Der stützte sich auf seine Pike und unterhielt sich lebhaft mit einer dunklen kurzhaarigen Dirne, die stark geschminkt war. Als Conan an ihm vorbeiritt, feilschte dieser gerade heftig um den Preis und schaute nicht einmal auf.

Die Sonne war schon hinter dem Nachmittagspunkt angelangt, als die vier unbehindert aus Mornstadinos hinausritten. Conan fiel kein anderer Ort ein, den er je so gern verlassen hatte. Im Vergleich zu den Ränken und der Doppelzüngigkeit der Bürger von Mornstadinos erschien ihm der Angriff auf einen Magier in einer durch Zauberei geschützten Burg wie ein Kinderspiel.

Vierzehn

Mehrere Stunden hinter Mornstadinos machten die vier Halt, um die Pferde ausruhen zu lassen. Conan hatte keine anderen Reisenden entdeckt. Die Corinthische Straße war leer.

Vitarius trank aus dem Ziegenschlauch. Er ließ den Wein in den Mund laufen, bis er ihm übers Kinn tropfte. Dann gab er den Schlauch Conan, der seinen Mund mehrmals füllte und lautstark schluckte.

Eldia und Kinna gingen zu einem dichten Gebüsch.

»Seid vorsichtig!« rief Conan ihnen nach.

Kinna winkte mit ihrem Stab. »Keine Angst, damit verscheuche ich Kaninchen und Erdhörnchen.«

Vitarius sagte: »Ihr wolltet mir doch eine Geschichte erzählen.«

»Stimmt.« Conan berichtete von seinen neuesten Abenteuern. Kurz nachdem er begonnen hatte, kehrten die Schwestern zurück.

Als er fertig war, schüttelte Kinna den Kopf. »Mir scheint, Conan, du lebst ein Leben, das unter dem Schutz der Götter steht.«

»Mag sein. Aber ich verlasse mich nicht auf die Götter.« Er tätschelte mit der schwieligen Hand sein Schwert. »Stahl ist viel besser. Ein gutes Schwert tut, was ein Mann von ihm verlangt, und ist so gut wie der Mann, der es führt. Götter handeln nach eigenem Ratschluß. Darauf kann man sich in Zeiten der Gefahr nicht verlassen!«

»Meinst du, der Senator schickt uns Verfolger hinterher?« fragte Eldia.

Der Cimmerier hob die Schultern. »Möglich. Er liebt mich nicht gerade. Wenn der Hurenbock am Tor sich erinnert, daß wir vorbeiritten, schickt Lemparius vielleicht seine Knechte in unsere Richtung los. Auf der letzten Anhöhe habe ich zurückgeschaut, aber keine Staubwolke auf der Straße gesehen. Wenn man uns verfolgt, haben wir mehrere Stunden Vorsprung.«

Kinna nickte.

»Das ist auch die geringste unserer Sorgen«, sagte Vitarius. »Sovartus hat gewisse — Wachtposten an den Straßen postiert, die aus Mornstadinos herausführen. Wir sind noch fünf Tagesritte von der Dodligia-Ebene entfernt, wo seine scheußliche Burg steht. Davor müssen wir an allen Wachen vorbei, die er aufgestellt hat, ganz zu schweigen vom Bloddolk-Wald!«

»Bloddolk-Wald?« wiederholte der junge Cimmerier.

»Ja. Ein Ort mit seltsamer Fauna und noch seltsamerer Flora. Er liegt nördlich an einer Seitenstraße, etwas abseits von der Corinthischen Straße. Wir müssen aber diesen Weg nehmen, um zu Sovartus' Reich zu gelangen. Nicht viele Menschen nehmen diesen Weg. Und von denen, die es wagten, sind nur wenige zurückgekehrt.«

Conan hob die Schultern. Dieser Wald lag noch in der Zukunft, darüber mußte man sich jetzt noch nicht den Kopf zerbrechen. »Wir reiten besser weiter«, sagte er. »Wenn uns jemand verfolgt, kommt er uns näher, wenn wir herumsitzen.«

Die vier bestiegen ihre Pferde und ritten weiter.

Djuvula schwankte hin und her. Ihr nackter Körper war schweißgebadet. Sie stöhnte und preßte die Kleider die sie hielt, noch fester an sich. Conans Kleider.

Interessiert sah Djavul ihr zu, ohne daß sich bei ihm fleischliche Begierde nach der nackten Frau eingestellt hätte. Sein einziges Interesse bestand darin, den Barbaren zu finden, der ihn verwundet hatte.

Djuvula sank zu Boden. Kurz darauf erhob sie sich und atmete schwer. Sie warf sich ein Gewand über und sagte zu ihrem dämonischen Halbbruder: »Er reitet die Corinthische Straße entlang, mit dem Mädchen und den anderen beiden. Sie sind schon einen halben Tag lang unterwegs.«

Djavul nickte. »Gut. Dann gehe ich los und werde sie finden.«

»Sei vorsichtig, Bruder! Ihre Stärke hat seit eurer letzten Begegnung nicht nachgelassen.«

Djavul hob den verwundeten Arm. Man sah schon die winzigen Fingeransätze, die aus dem Stumpf herauswuchsen. »Ich habe gelernt, mit dem Feuer-Kind vorsichtig umzugehen. Ich werde schon den richtigen Augenblick zum Zuschlagen abwarten.«

»Das empfehle ich dir auch. Und denk daran: Ich will das lebendige Herz des Barbaren — wie der Rest von ihm aussieht, ist mir gleichgültig.«

Djavul grinste. Schleim tropfte ihm von den Fängen. »Du sollst es bekommen, Schwesterlein. Er wird es auch kaum noch brauchen, wenn ich erst einmal mit ihm abgerechnet habe.«

Mit dem üblichen Farbenspiel verschwand Djavul.

Drei Tage nach Conans Flucht aus ihrem Bettgemach hatte Djuvula einen Besucher, eigentlich zwei. Der eine war Lemparius, der andere Loganaro.

Der Senator schob den fetten Mann vor sich in den Raum. Loganaros Hände waren gefesselt, das teigige Gesicht war schweißüberströmt und angstverzerrt.

»Ein Geschenk für dich, meine Teure«, verkündete Lemparius.

Djuvula lächelte und zeigte die ebenmäßigen weißen Zähne. »Nein, wie reizend von dir, Lemparius! Er ist genau das, was ich mir wünsche.«

»Gut. Das habe ich mir gedacht. Und dann ist da noch eine andere Sache. Auch ich wünsche mir etwas, meine Liebe.«

Djuvulas Lächeln wurde noch eine Spur herzlicher. »Ich entsinne mich. Was ist mit deinen — Verletzungen?«

»Die ... die erste ist verheilt. Die Schnittwunde auch schon beinahe. Ich ließ sie mit Haaren aus der Mähne einer Säbelzahnkatze nähen.«

»Dann komm doch in mein Schlafgemach, Lemparius! Loganaro wird sicher gern hier auf uns warten, nicht wahr?«

Loganaro war zu verängstigt, um sprechen zu können. Er nickte nur stumpfsinnig.

Djuvula nahm Lemparius' Arm und geleitete ihn in ihr Gemach.

Es verging eine lange Zeit, wie es Loganaro schien. Gelegentlich hörte man kurze Schreie aus dem Schlafgemach; aber Loganaro wußte, daß diese nicht von Schmerzen herrührten.

Ihm schienen Jahre vergangen zu sein — dabei waren es nur Stunden —, bis sich die Tür wieder öffnete und Lemparius herauswankte. Er sah aus, als würde er aus einer Schlacht zurückkehren. Das Gesicht glühte, der nackte Körper war schweißüberströmt. Er bewegte sich wie ein Mann, doppelt so alt wie er. Djuvula kam kurze Zeit nach dem Senator in das Empfangszimmer. Auch sie war nackt.

»Komm, Lemparius!« sagte sie. »Wir haben doch eben erst angefangen.«

Lemparius schüttelte den Kopf. »Nein, Weib! Ich bin völlig ausgepumpt. Ich kann nicht mehr.«

»Und was ist mit deiner großen körperlichen Steigerung?« Ihre Stimme klang so süß wie die einer jungfräulichen Nonne. Loganaro schluckte. Er wäre am liebsten im Boden versunken.

»Weib, verhöhn mich nicht! Kein Mann hätte mehr vollbringen können.«

»Da machst du dir aber was vor! Viele konnten!« sagte Djuvula. Ihre Stimme war jetzt etwas schärfer. Die eine Hand hielt sie zur Faust geballt an den nackten Schenkel.

Lemparius knurrte. Der animalische Laut jagte Loganaro Furcht ein.

»Tatsache ist«, fuhr Djuvula fort, »daß ein Durchschnittseunuche ebensoviel gebracht hätte. Das vermute ich jedenfalls.«

Der Senator fuhr sie an: »Hexe! Das wirst du bereuen!«

Loganaro sah voll Schrecken, wie der Mann, den er kannte, die Gestalt veränderte und zu einer großen lohfarbenen Katze wurde, die wütend mit dem Schwanz peitschte. Das Raubtier brüllte und starrte die Frau an.

Loganaro schob sich langsam zum Ausgang. Das Herz schlug ihm, als würde ein wahnsinnig gewordener Trommler es bearbeiten.

»So«, sagte Djuvula, »du willst mir das Raubtier auf den Hals hetzen, stimmt's?«

Der Panther tat einen Schritt auf sie zu.

Loganaro drückte sich näher an die Tür. Ihn schienen die beiden nicht zu beachten. Bei Mitra, Yama und Set! Wenn er hier heil hinauskam, würde er sich bessern, ein Priester werden und niemals mehr eine Unehrlichkeit begehen, solange er lebte!

Djuvula hob die geballte Faust vor das Gesicht. »Du bist ein schlechter Verlierer, Senator. Mach kehrt und scher dich davon! Dann werde ich dir dein schlechtes Benehmen verzeihen.«

Die Raubkatze kam noch einen Schritt näher. Der Schwanz peitschte noch schneller hin und her. Sie duckte sich und setzte zum Sprung an.

Loganaro hatte die Tür erreicht. Mit den gefesselten Händen schob er den Riegel nach oben.

Djuvula schleuderte dem Panther die geballte Faust entgegen und öffnete sie. Feiner weißer Staub sprühte dem Tier ins Gesicht.

Die Katze nieste: einmal, zweimal, dreimal. Dann wich sie zurück und wischte sich mit der Pfote übers Gesicht.

»Ich habe dich gerade verhext, du ehemalige Senator-Katze!« sagte Djuvula und lachte höhnisch. »Ab jetzt kannst du drei Dinge nicht mehr tun: Du kannst mich nicht angreifen, du kannst deine Gestalt nicht in die frühere zurückverwandeln, und du kannst dich nicht mit weiblichen Panthern vergnügen, solltest du welche finden.« Wieder lachte die Hexe tief und kehlig, zutiefst belustigt.

Der Panther fauchte und sprang auf die Frau zu. Aber zwei Schritte vor ihr stieß er gegen eine unsichtbare Wand. Er prallte ab, sprang wieder dagegen. Immer wieder stieß ihn die Wand zurück.

Djuvula hielt sich die Hand vor den Mund und lachte weiterhin höhnisch über den Panther.

Loganaro wartete nicht länger. Er riß die Tür auf und rannte. Man konnte kaum glauben, daß diese Kugel so schnell laufen konnte. Er blieb erst stehen, als er schon die halbe Entfernung zum Westtor geschafft hatte. Dann holte er nur schnell Luft und lief rasch weiter.

»Hier werden wir die Nacht über lagern«, erklärte Conan. Vor sich sah er schon den Rand des Waldes, vor dem Vitarius solche Furcht hatte. Trotz seiner zur Schau getragenen Sorglosigkeit war der Cimmerier gar nicht begeistert, hier zu kampieren.

Die Abenddämmerung senkte sich herab, als Conan Holz fürs Feuer sammelte. Er hatte das Gefühl, beobachtet zu werden, obwohl er niemanden entdecken konnte, ganz gleich, wie schnell er sich umdrehte. Er hatte gelernt, seinen Instinkten zu trauen; daher beschloß er, auf der Hut zu bleiben.

Als er Vitarius von seinem Gefühl erzählte, nickte der alte Mann. »Auch ich spüre das Prickeln von verborgenen Augen, die auf mich gerichtet sind. Vielleicht ist es nur ein Tier; aber wir sind in der Nähe des Waldes; daher halte ich es für angebracht, Vorsichtsmaßnahmen zu treffen. Ich werde einen kleinen Zauber anwenden, einen Warnzauber, der unser Lager umgibt. Sollte etwas, größer als eine Ratte, sich uns nähern, werden wir es hören.«

Widerstrebend nickte Conan. Wenn es nach ihm gegangen wäre, hätte er am liebsten auf alle Formen von Thaumaturgie verzichtet. Aber wenn jemand — oder *etwas* — sie beobachtete und er es mit seinen scharfen Augen nicht sehen konnte, handelte es sich höchstwahrscheinlich auch um ein lamiaähnliches Wesen. Eine Hexe hatte ihm gereicht. Vitarius sollte ruhig seinen Zauber auslegen — Conan würde mit der Hand am Schwert schlafen, und nicht zu tief.

Als das Feuer loderte, fühlte er sich schon besser.

Kein Tier wagte sich in die Nähe von Feuer. Die tanzenden Flammen hielten die Dunkelheit in Schach.

Nach einer kalten Mahlzeit — getrocknetes Schweinefleisch und Gemüse — kroch Vitarius unter seine Decke und schlief gleich ein. Eldia folgte bald. Sie legte sich nahe ans Feuer. Sie sah jünger aus, als ihr die Schatten übers Gesicht huschten.

Kinna setzte sich neben Conan. Wortlos starrten beide eine Zeitlang ins Feuer. Er spürte die Hitze und die Nähe der jungen Frau, die sich von der Wärme des Feuers unterschied.

Schließlich ergriff Kinna das Wort. »Für mich ist das alles so fremd. Du bist viel in der Welt herumgekommen und hast viele Abenteuer bestanden. Ich dagegen habe beinahe mein ganzes Leben als die Tochter eines Bauern verbracht und mich nie weit von daheim weggewagt. Bis jetzt.«

Conan sah die junge Frau an, schwieg aber.

»Ich bin noch nie einem Mann begegnet, der so stark und so tapfer war wie du, Conan. Du setzt dein Leben aufs Spiel für etwas, das dich eigentlich gar nichts angeht.«

»Sovartus schuldet mir ein Pferd«, sagte er. »Und er hat mir eine Menge Ärger bereitet. Seinetwegen wurde ich von Hexen und Werbiestern angegriffen. Ein Mann begleicht seine Schuld.«

Kinna legte sanft die Hand auf die starke, muskulöse Schulter. »Die Sturmnacht in der Schenke — erinnerst du dich, daß wir dein Fenster inspizieren wollten, ehe wir unterbrochen wurden?«

Conan lächelte. »Aber sicher weiß ich das noch.«

Sie streichelte ihm den bloßen Rücken unter dem Umhang. »Vielleicht könnten wir jetzt nachsehen.«

Conan streckte den Arm aus und nahm Kinna mit

Zwischendurch: [redacted] Für uns mag ein Abend am Feuer romantisch sein – doch wollen wir wirklich mit dem abenteuerlichen Leben Conans tauschen? [redacted] Die Wahl fällt bestimmt nicht schwer, bedenken wir, wie einfach es für uns ist, sich kleine Wünsche zu erfüllen: Regt sich beispielsweise der kleine Hunger zwischendurch, ist es gar kein Problem, im Handumdrehen etwas Warmes zu genießen. Wir brauchen dazu nur heißes Wasser, einen Löffel und die ... [redacted]

unter seinen Umhang. Dann blickte er sie an und sagte: »Nun denn! Ich bin sicher, es ist alles für deine Inspektion bereit.«

Zwanzig Schritte vor dem Ring des orangefarbenen Feuerscheins knurrte Djavul leise, als er den Barbaren und die Frau sah. Die äußere Begrenzung des Bannkreises des Weißen Zaubers glitzerte fast unsichtbar eine Armeslänge vor dem Dämon. Jede Berührung mit der verzauberten Luft würde solchen Lärm und solche Helligkeit hervorrufen, daß die Toten der Gegend aufwachen würden. Djavul knirschte mit den dolchähnlichen Zähnen, während er wütend das menschliche Paar beobachtete. »Du wirst noch zusehen, wie ich ihr Schmerzen zufüge, ehe du stirbst, menschlicher Barbar. Und du wirst mich anwinseln, dich sterben zu lassen, ehe ich mit dir fertig bin. Deine Zeit kommt noch.«

Der Mitternachtsmond beschien die beiden schläfrigen Wachtposten am Westtor von Mornstadinos. Vom klaren Himmel leuchteten die Sterne herab. Ihr Licht vereinte sich mit dem der blakenden Fackeln an den Wänden. Die Männer hatten ausreichend Licht, um ganz deutlich einen lohfarbenen Panther auf der Straße zu sehen, der stracks auf sie zuhielt. Das Tier war so schnell, daß die Männer kaum Zeit für einen kurzen Fluch hatten, ehe die Katze durch sie hindurchschoß und hinter dem Torbogen in der Dunkelheit untertauchte.

Später schworen beide Männer, daß sie weder getrunken noch Hanf geraucht hätten, als sie den Panther sahen. Ein solches Tier war in diesen Gegenden eine große Seltenheit, wenn auch nicht ganz unmöglich. Keiner konnte den Wachen einen Vorwurf machen, das Raubtier nicht aufgehalten zu haben, da es völlig unerwartet gelaufen kam. Beide Männer hatten allerdings bei ihrer Meldung ausgelassen, daß dieses Tier an einer Vorderpfote eine tiefe Schnittwunde hatte, die schon fast verheilt aussah — und vernäht war. Nach längerer Überlegung hatten die Posten gefunden, daß dieser Teil ihrer Geschichte doch besser unerwähnt blieb.

Unter den Sternen und dem verblassenden Mond der corinthischen Nacht benahm sich der Panther, der einmal ein Mann gewesen war, eher wie ein Bluthund als eine Raubkatze. Dieser Panther hatte ein Ziel, und er lief durch die Dunkelheit, durch sein Element, mit nur einem einzigen Gedanken in seinem Nicht-nur-Katzengehirn: tödliche Rache an Conan dem Cimmerier.

Fünfzehn

Als Conan erwachte, sah er Vitarius, der auf ihn herablächelte, besser gesagt auf *sie,* da Kinna immer noch in seinen Umhang gehüllt neben ihm schlief.

»Guten Morgen«, sagte der alte Zauberer. »Laßt uns früh aufbrechen, damit wir den Wald hinter uns haben, wenn die Nacht hereinbricht. Es ist bei besten Bedingungen ein harter Tagesritt.«

Conan stieß Kinna an. Sie lächelte im Schlaf. »Später«, murmelte sie. »Ich bin müde.«

Eldia lugte hinter Vitarius herum und lachte.

Conan fühlte sich irgendwie nicht ganz wohl, als das Mädchen so die schlafende Schwester betrachtete. Es war ihm nicht wirklich peinlich, aber fast. »Wach auf, Kinna!« rief er schroff.

Kinna rieb sich die Augen und lächelte Conan an. Dann sah sie den Zauberer und ihre Schwester. Sie blinzelte und verließ endgültig das Land der Träume. »Was glotzt ihr so?« fragte sie. »Ihr seid alt genug, daß Ihr schon Männer und Frauen zusammen schlafen gesehen habt, Vitarius. Und dir, Schwester, brauche ich auch nichts zu erklären, du bist auf einem Bauernhof aufgewachsen, oder?«

»Nein, Kinna«, antwortete Eldia und kicherte. »Bestimmt nicht.«

»Dann geht weg, damit ich mich anziehen kann!«

Eldia kicherte noch einmal, trat aber dann zu ihrem Pferd. Vitarius rollte seine Decke zusammen.

Conan und Kinna schauten sich an und lächelten.

Im Wald herrschte eine unangenehm dumpfe Atmosphäre. Es roch nach Schimmel und einer Pflanzenwelt, die seit tausend Jahren dalag und vor sich hinmoderte. Die Fichten, der Hauptbestand, waren hoch. Ihre Borke bedeckte die Stämme wie graue Schindeln. Dicke Matten aus braunen Nadeln bedeckten den Boden zu ihren Füßen und hielten das Untergehölz auf Abstand. An sonnigeren Stellen wuchs Brombeerdikkicht. Allerdings gab es nur wenige Lichtungen. Statt der Frische, die für Conan sonst zu grünem Laub gehörte, lastete hier eine ekelhafte Schwere auf ihnen. Kein Vogel sang. Kein Insekt summte. Kein kleines Tier huschte dahin. Conan verstand jetzt sehr gut, warum Vitarius diese Gegend verabscheute. Das sagte er ihm auch.

»Und das ist nur der Rand«, erklärte Vitarius. »Tiefer im Wald hat man das Gefühl, alles sei verpestet.«

Conan unterdrückte einen Schauder. In letzter Zeit hatte er es anscheinend nur noch mit unnatürlichen Dingen zu tun. Das gefiel ihm überhaupt nicht.

Man hörte nur den Hufschlag der Pferde auf dem Weg, obwohl auch ihr Klang von der immer dichter werdenden Vegetation verschluckt wurde. Die Bäume drängten sich näher an den Weg heran. Das Licht wurde schwächer.

Conan glaubte, etwas Rotes zwischen den Bäumen gesehen zu haben, das weghuschte und sich hinter einem mächtigen Stamm etwa dreißig Schritt entfernt versteckte. Er blickte angestrengt dorthin, sah aber nichts mehr. Einbildung? Er war versucht, hinzureiten und nachzusehen, ließ es aber sein. Er wollte lieber am anderen Ende des Waldes sein, wenn die Nacht kam.

Gegen Mittag hielten sie an, um die Pferde ausruhen zu lassen, selbst zu essen und die sattelmüden

Körper auszustrecken. Die dichten Baumkronen schirmten das Sonnenlicht ab, so daß es düster war. Es war ein unheimliches Gefühl zu wissen, daß die Sonne hell im Zenit strahlte, aber kaum durch die dichten Wipfel drang.

Conans Gefühl, beobachtet zu werden, hatte sich nicht gelegt. »Bleibt zusammen!« befahl er den anderen.

»Wenn mich meine Erinnerung nicht trügt«, sagte Vitarius, »ist ein Fluß nicht weit entfernt. Wir müssen ihn durchreiten, da das Wasser unseren Weg kreuzt. Aber um diese Jahreszeit dürfte das nicht schwierig sein. Im Frühjahr dagegen ist er ein reißender Strom, den niemand zu durchqueren vermag.«

Conan schwieg. Wieder hatte er einen roten Schimmer zwischen den Bäumen gesehen. Jetzt reicht's, dachte er und zog sein Schwert.

»Was hast du vor, Conan?« fragte Kinna, die ihr Pferd hinter dem Ohr kratzte.

»Jemand flitzt hier herum«, sagte er. »Jetzt hat er sich im Wald versteckt. Ich würde gern wissen, wer es ist und warum er uns folgt.«

Vitarius hob eine knochige Hand. »Steckt Eure Klinge weg, Conan! In diesen Wäldern siehst du ständig irgendwelche seltsamen Geschöpfe herumtanzen. Meist sind die Waldbewohner harmlos, höchstens neugierig. Es ist besser, sie sich nicht zum Feind zu machen.«

Conan ließ die Schwertspitze sinken. Vielleicht hatte der alte Mann recht. Was schadete es schon, wenn die Waldbewohner ihn beäugten, solange sie sich fern von ihm hielten. Und am Abend würden sie ja die Ebene erreichen.

Innerhalb einer Stunde kamen sie an den Fluß, an den sich Vitarius erinnert hatte. Aber wie konnten sie ans gegenüberliegende Ufer gelangen? Ein Baumriese war über den Pfad gefallen, der zur Furt führte, direkt vor dem Wasserlauf. Ein Mann vermochte über den dicken Stamm zu klettern, nicht aber ein Pferd. Sie konnten natürlich um den Stamm herumreiten; aber das brachte auch Probleme.

»Hier ist die einzige flache Stelle auf eine Meile in jeder Richtung«, erklärte Vitarius, »weil sich hier die Sandbänke der Flußbiegung befinden. Auf beiden Seiten fällt der Boden nach zwölf Schritten steil ab. Wenn wir einen Umweg reiten, verlieren wir zu viel Zeit.«

»Können wir den Baum nicht durchschneiden?« fragte Eldia.

Conan sah das Mädchen an, dann den alten Magier.

Der Alte schüttelte den Kopf. »Nein. Ein natürliches Feuer würde Tage brauchen, um den Stamm durchzubrennen. Und wenn wir gewisse Kräfte einsetzen, um es zu beschleunigen, ziehen wir womöglich unliebsame Aufmerksamkeit auf uns. Gewisse Wesen fühlen sie durch große Energien angezogen, Wesen, denen ich in diesem Wald lieber nicht begegne.«

»Was sollen wir dann tun?«

»Herumreiten«, antwortete Conan. »Es sei denn, ihr traut der Schwimmkunst dieser Pferde, was mir schwerfällt. Wenn wir nur eine Meile von der nächsten Furt entfernt sind, können wir auf der anderen Seite zurückreiten und in einer oder zwei Stunden wieder auf unserem Weg auf der anderen Flußseite sein.«

»Das bedeutet, wir müssen die Nacht im Wald verbringen«, wandte Vitarius ein.

Conan hob die Schultern. Das konnte man nicht ändern. Als sie am Wurzelballen des umgestürzten Baumes vorbeiritten, fiel ihm auf, daß die Erde an den Wurzeln noch frisch und feucht war. Das war seltsam, denn seit sie Mornstadinos verlassen hatten, war kein Sturm aufgekommen.

Nach einem Ritt von dreißig Minuten gelangte die Gruppe an eine Stelle, wo sich eine große Sandbank über den Fluß erstreckte. Das Bett war breit; aber das Wasser floß nicht schneller als bei der Furt am umgestürzten Baum. »Hier«, sagte Conan und lenkte sein Pferd ans Wasser.

»Conan, wartet!« rief Vitarius. Er deutete auf einen Baum, der am anderen Ufer stand.

Conan betrachtete den Baum. Er hatte eine merkwürdige Form. Zehnmal so groß wie ein Mensch, glich er doch eher einem Dornbusch als einem Baum. Die Dornen waren von beachtlicher Länge. Am Fuß des Baumes lag irgendein Abfall. Der Cimmerier kniff die Augen zusammen und sah, um welchen Abfall es sich handelte: Knochen. Die Skelette von wenigstens einem Dutzend Tiere lagen dort. Von der Moschusratte bis zur Größe von Hunden. Was ...?

Vitarius stieg ab und nahm einen leeren Weinschlauch. Dann ging er ans Wasser und steckte den Schlauch in den Fluß. Blasen stiegen auf.

»Was tut Ihr da?« fragte Conan.

Vitarius stand auf und verschloß den Schlauch. Er hatte Mühe, den schweren Beutel zu heben. »Könnt Ihr das über den Fluß zum Fuß des Baumes schleudern?«

Der Cimmerier stieg ab und nahm den Schlauch. »Ich glaube schon. Warum?«

»Werft und seht!«

Conan sah den alten Zauberer an. Hatte der Mann den Verstand verloren? Er schüttelte den Kopf, bedeutete aber Vitarius zurückzutreten, damit er Platz zum Ausholen hatte. Was wollte der Alte beweisen? Der

Schlauch würde bestimmt beim Aufschlag platzen und dem Dornenbaum einen kostenlosen Schluck Wasser geben, sonst nichts.

Es waren etwa fünfzehn Schritte von Conans Standort zum Baum. Er wirbelte den Ziegenfellschlauch um den Kopf und spannte Sehnen und Muskeln in Arm und Schulter. Beim letzten Schwung ließ Conan den Wasserbehälter los.

Der Schlauch bewegte sich langsam, beinahe wie ein fallendes Blatt. Wenige Fuß vom Baum entfernt fiel er zu Boden und rutschte auf den Stamm zu. Die Näherin, die diesen Schlauch gefertigt hatte, verdiente höchstes Lob, denn der Schlauch hielt.

Das, was jetzt geschah, spielte sich blitzschnell ab. Drei Zweige schnellten nach unten, als seien sie aus Ochsenleder geflochtene Peitschen. Ein Dutzend fingerlanger Dornen bohrten sich wie winzige Speere in den Schlauch. Wasser spritzte in kleinen Fontänen auf. Als der Schlauch in wenigen Augenblicken leer war, schnellten die Zweige ebensoschnell wieder hoch, wie sie herabgekommen waren.

Conan wandte sich an Vitarius. Eldia und Kinna machten erstaunte Gesichter. Er hoffte, sein Gesicht sei weniger enthüllend.

»Ich erwähnte doch, daß die Flora in diesen Wäldern äußerst seltsam sei. Dort drüben steht ein Küsse-der-Lanze-Baum — an dem man nur ungern ahnungslos vorbeigehen möchte, oder?«

»Jetzt verstehe ich, wie die Knochen dahinkommen«, sagte Conan.

»Erschütterungen über den Wurzeln lösen den Angriff der Äste aus. Der Baum ernährt sich von Blut und anderen Säften seiner Opfer, die von den Wurzeln aufgesaugt werden. Je größer die Beute, desto mehr Äste setzt der Baum ein, um das Opfer festzuhalten.«

Kinna lief es kalt über den Rücken.

»Und wie kommen wir daran vorbei?« fragte Conan.

Vitarius wandte sich an Eldia. »Kind?«

Das Mädchen nickte, preßte dem Pferd die Fersen in die Seite und ritt auf die Sandbank zu.

Conan wollte sie am Zügel packen, und Kinna rief: »Nein!«

»Ihr droht keine Gefahr! Laß sie!« sagte Vitarius.

Conan warf einen fragenden Blick auf Eldia. Sie nickte. »Er hat recht. Mir kann nichts geschehen.«

»Nein!« Kinna trieb ihr Pferd an und wollte zu ihrer Schwester reiten; aber Vitarius versperrte ihr den Weg. Sie mußte anhalten oder den alten Mann über den Haufen reiten. »Sie ist ein Kind! Ihr habt gesehen, was dieses — dieses Ding mit dem Schlauch getan hat!«

Aber Eldia hatte schon das gegenüberliegende Ufer erreicht. Die drei sahen, daß beim ersten Aufsetzen der Hufe auf dem Boden die Äste des Baumes zitterten ...

... und in Flammen aufgingen! Die peitschenähnlichen Zweige mit den langen Dornen schwankten verzweifelt; aber damit fachten sie die Flammen nur noch höher an. Das brennende Holz zischte wie Fett, das ins Feuer tropft.

Vitarius bestieg sein Pferd. »Nur ein kleines Feuer ohne viel Kraft. Ich glaube kaum, daß es uns verrät.«

Der Umweg kostete sie beinahe zwei Stunden. Als es so dunkel wurde, daß sie den Weg nicht mehr erkennen konnten, ließ Conan anhalten. Er drehte sich zu Vitarius um. Dieser schüttelte den Kopf. »Wir haben noch mindestens eine Stunde bis zum Waldrand. Nachts ist das zu gefährlich.«

»Dann lagern wir hier«, entschied Conan.

Djavul hockte hinter einem Baum und beobachtete alles. Er zweifelte nicht daran, daß der Weiße Zauberer wieder seine magischen Wachen aufstellen werde. Dabei war es leicht, der Entdeckung durch den Zauber zu entgehen: Man mußte innerhalb des Kreises sein, wenn der Magier den Zauberbann sprach. Auf der Straße oder später auf der Ebene wäre es unmöglich, ohne gesehen zu werden. Aber hier im tiefen Wald konnte er es mit großer Vorsicht schaffen. Deshalb hatte er den Baum gefällt. Seine Opfer, das Mädchen und der Barbar, wurden dadurch lange genug aufgehalten, daß die Nacht sie im Wald überraschte.

Mit ungewohnter Heimlichkeit pirschte sich Djavul näher an den Weg heran. Er wußte zwar, daß er in der Dunkelheit nahezu unsichtbar war, gab sich aber trotzdem Mühe, so leise wie möglich zu sein. Das war schwierig! Dämonen hatten wenig Grund zu lernen, wie man kriecht. Diesmal war es aber wichtig, daß man ihn auf keinen Fall entdeckte. Er war sehr vorsichtig. Kein Ast brach unter den schweren hornigen Füßen. Kein Laub raschelte. Er brauchte fast eine Stunde für wenige Schritte. Aber schließlich gelangte Djavul bis auf eine Entfernung von zwei Sprüngen an den Mann heran, den er zu töten geschworen hatte.

»Mein Bannzauber ist ausgelegt«, sagte Vitarius. »Jetzt können wir beruhigt rasten.«

Conan nickte; aber er mißtraute dennoch aller Art von Zauberei. Er legte die blanke Klinge neben Kinnas

Decke. Als ihm die junge Frau unter dem wollenen Dach in die Arme fiel, vergaß er alle Gefahren des Waldes.

Es war der Geruch, kein Geräusch oder Laut, der Conan weckte. Der Höllengestank war ihm in die empfindliche Nase gestiegen. Sofort wußte er, daß der Dämon, dem er schon einmal gegenübergestanden hatte, sie irgendwie aufgespürt hatte. Conan schlug die Augen auf und griff nach seinem Schwert.

»Suchst du was?« Die metallisch schneidende Stimme des Dämons war nahe, beinahe über Conan. Er rollte sich aus der Decke und sprang auf. Der rote Dämon stand keine zwei Schritte von ihm entfernt. Und der Dämon hielt Conans Schwert in Händen.

Hinter ihm bewegte sich Kinna. »Was ist los, Conan?«

Djavul grinste den Cimmerier an. Er machte die Frau nach und krächzte: »Was ist los, Conan?« Djavul warf Conans Schwert in die Nacht hinaus. Das Feuer war etwas heruntergebrannt. Trotzdem war es so hell, daß Conan seinen Feind deutlich sehen konnte. »Ich bin der Tod, Conan, und ich will dich holen. Natürlich nicht auf der Stelle. Zuerst habe ich noch ein paar hübsche Zerstreuungen für dich.«

Kinna setzte sich auf. Conan nahm es nur aus dem Augenwinkel wahr. Sein Schwert war weg; aber da lag das geschwungene Messer von Lemparius bei seiner Decke. Wenn er dorthin greifen könnte —

»Conan! Wo ist Eldia?«

Conan warf einen Blick auf die Decke des Mädchens. Leer.

Djavuls Grinsen wurde breiter. »Ich habe sie entfernt. Es würde mir gar nicht passen, wenn sie und der alte Weiße mich mit ihrem Feuer begössen, ehe ich mein Geschäft beendet habe.«

Vitarius bewegte sich. »Was ist ... oh!«

»Komm, Wespe!« höhnte Djavul. »Laß uns einen Ringkampf machen, damit ich dir einen Arm oder ein Bein für mein Frühstück ausreißen kann.«

Conan hechtete zu seiner Decke und ergriff das Messer. Dann sprang er wieder auf und stand mit gezücktem Stahlfangzahn vor Djavul.

»Dein Stachel ist geschrumpft, Wespe.« Djavul lachte. »Los, tritt mit ihm gegen meine eine Hand an!« Djavuls Nägel sausten wie kleine Dolche auf und ab.

Conan schob sich vor.

Djavul sprang. Er packte Conans Messer mit der verbliebenen Hand und legte den anderen Arm dem Barbaren um den Rücken. Conan spürte den Druck des Armstumpfes auf der Wirbelsäule. Er wollte dem Dämon das Knie in die Geschlechtsteile stoßen, traf aber statt dessen auf den steinharten roten Oberschenkelmuskel. Beide stürzten zu Boden. Sie hielten sich wie in einem Ringkampf umschlungen.

So stark Conan auch war, in Djavuls Umschlingung kam er sich wie ein Kind vor. Das Messer wurde ihm entrissen und sauste in die Dunkelheit. Einen Augenblick später schleuderte Djavul den jungen Hünen von sich wie einen Laib schimmeliges Brot. Der Cimmerier schlug so hart auf, daß ihm die Luft wegblieb.

Djavul sprang ihm nach und baute sich über ihm auf. »Du machst es mir zu leicht, Wespe!« Er beugte sich herab und wollte Conan packen.

Der Cimmerier sah Kinna ihren Stab schwingen. Er war aus schwerem Holz und so dick wie ihr Handgelenk. Der Stab zischte durch die Luft. Sie schlug Djavul auf der Höhe der Nieren über den Rücken. Der messingbeschlagene Stab splitterte, so kräftig hatte sie zugeschlagen. Von Djavul hörte man nur ein Grunzen, als er leicht stolperte. Dann drehte er sich um und holte mit der offenen Hand aus. Er traf Kinna an der Schulter und schleuderte sie zu Boden.

Conan war auf die Beine gekommen. Er hörte Vitarius rufen: »Conan! Fangt!« Der weißhaarige Magier warf dem jungen Mann etwas zu.

Conan erwartete, ein Messer in seiner Hand aufblitzen zu sehen. Aber er hatte keine Klinge gefangen. Es fühlte sich wie eingefettetes Pergament über einer Holzform an. An einem Ende waren mehrere Spitzen, wie kleine Dolche. In Sekundenschnelle erkannte Conan, was er hielt: Djavuls abgeschnittene Hand!

Der Dämon wirbelte herum und blickte Conan an. Der Feuerschein glänzte ihm auf den Fängen, Schleim tropfte aus dem offenen Maul, als er nach dem Mann griff. Offensichtlich hatte er erwartet, daß Conan zurückweichen werde, doch der tat das Gegenteil. Er warf sich dem Ungeheuer entgegen. Er hatte nur eine Chance, und die nutzte er. Der Cimmerier hielt die abgeschnittene Hand wie einen Dolch und stieß mit aller Kraft die Krallenfinger ins Gesicht ihres früheren Besitzers.

Die teilweise mumifizierten Finger waren gespreizt. Zeige- und Mittelfinger bohrten sich bis ins dritte Gelenk in Djavuls Augen.

Der Dämon schrie gellend auf. Der Laut erschütterte die Nachtluft. In Conans Ohren klingelte es. Er war fast taub. Djavul stolperte nach hinten und hielt sich mit der lebendigen Hand die tote. Er zerrte an diesem Folterinstrument; aber es bewegte sich nicht und schien Teil seines Gesichtes geworden zu sein. Der Dämon ging immer noch brüllend in die Knie. Ein seltsames flackerndes orangefarbenes Licht umgab sein Gesicht. Vor Conans Augen zog sich dieser Schein über den gesamten Körper des Dämons. Sobald es Djavul von Kopf bis Fuß eingehüllt hatte, erlosch es jäh. Djavul stürzte nach hinten. Sein Körper zerlief wie flüssiges Wachs zu einer roten brodelnden Pfütze, die sich über die Tannennadeln ausbreitete, bis schließlich von ihm nur noch ein feuchter Fleck auf dem Boden zurückblieb.

In der Burg Slott flammte plötzlich in einem gewissen Raum ein sorgfältig auf die Steinplatten gezeichnetes Pentagramm leuchtend orangefarben auf. Als die Flammen erloschen, war auch das Pentagramm verschwunden.

In Mornstadinos fuhr plötzlich die Hexe Djuvula in ihrem Schlafgemach aus einem traumlosen Schlummer mit aufgerissenen Augen hoch. Sie schrie; aber die Mühe war vergeblich. Ihren Bruder gab es nicht mehr.

Sechzehn

Im Schein des wiederentfachten Feuers saßen Conan, Vitarius, Kinna und die zurückgekehrte Eldia. Das Mädchen war von ihrem Schlafplatz nicht weit entfernt worden — noch innerhalb des Bannkreises des alten Magiers.

»Er muß uns sehr nahe gewesen sein, als ich den Zauber sprach«, sagte Vitarius. »Die Magie ist nicht gestört worden.«

Auf Conan traf das nun nicht zu. »Was ist mit ihm geschehen?« Er blickte zu dem feuchten Fleck hin, der einmal Djavul gewesen war.

»Weil ich zu den Weißen gehöre, konnte ich seinen Namen nicht gegen ihn einsetzen. Das wußte der Dämon. Aber Fleisch von seinem Fleisch war eine viel mächtigere Waffe, wie sich zeigte.«

Kinna fragte: »Woher wußtest du, was geschehen würde?«

Vitarius schüttelte den Kopf. »Das wußte ich nicht. Der Weiße Kreis lehrt solche Dinge nicht. Aber ich hatte Gerüchte gehört. Wenn man lange genug lebt, erfährt man auch über die Gegenseite so einiges. Vor Jahren stieß ich auf ein altes Pergament, eine Seite aus einem größeren Werk, das eine weise Seele zum Großteil verbrannt hatte. Auf dieser Seite stand, daß Fleisch, das einem Dämon abgeschnitten wird, sich mit seinem Besitzer wieder vereinigt, wenn es mit ihm in Berührung gebracht wird. Hätte Conan die tote Hand an den Stumpf gehalten, wäre der Dämon wieder vollständig geworden. Jedoch scheint das Fleisch von Dämonen nicht sehr heikel zu sein — die Hand blieb an der ersten Stelle des Teufels haften, die sie berührte.«

Kinna schüttelte sich. »Willst du damit sagen, daß die Hand im *Gesicht* des Unholds Wurzeln schlug?«

»So scheint es zu sein. Da aber die Augen ein überaus unpassender Ort für die Hand war, tötete sie den Dämon.«

»Ein passender Tod«, sagte Conan. »Ich werde ruhiger schlafen, wenn ich weiß, daß diese Ausgeburt der Hölle mir nicht mehr auf den Fersen ist.«

Nicht weit vom Rand der Corinthischen Straße entfernt schlief Loganaro, der Unterhändler, sehr unruhig. Die Kälte kroch trotz seiner Fettschichten bis in die Knochen. Er hatte keine Decke, auch keine Vorräte, da er Mornstadinos in großer Eile verlassen hatte. Es war ihm gelungen, die Fesseln an den Handgelenken durchzubeißen. Aber außer der Kleidung, die er auf dem Leibe trug, besaß er nichts.

Irgend etwas Unsichtbares weckte den Fettsack. Er lauschte und starrte angestrengt in die Dunkelheit hinaus. Doch der einzige Laut war der Ruf eines Nachtvogels in der Ferne, der seine Gefährtin rief. Nachtgeräusche, sonst nichts. So weit entfernt von Mornstadinos brauchte er sich wohl keine Sorgen mehr zu machen. Hier war er in Sicherheit.

Er entspannte sich etwas. Da war nichts, wovor er Angst haben mußte. Sicherlich war er auf seinen Reisen an bessere Unterbringung gewöhnt; aber dieser Rückschlag wäre ja nur von kurzer Dauer. Er hatte in vielen corinthischen Städten Verbindungen, sogar in einigen der kleinen Königreiche im Süden. Im Nu würde er jemand dazu überreden können, ihn mit einem Reittier und Vorräten auszurüsten. Danach konnte er sich schnell an einen der vielen Orte begeben, wo er seine Reichtümer verborgen hatte.

Mornstadinos war vielleicht das Juwel Corinthiens, aber es war nicht die einzige Stadt der Welt. Vielleicht ging er nach Nemedien oder Ophir, vielleicht sogar nach Koth. An allen diesen Orten hatte er hervorragende Verbindungen.

An sein hastiges Versprechen, ehrlich, sogar ein Priester zu werden, verschwendete Loganaro keinen Gedanken, bis auf ein Lächeln über solche Dummheit. Man rief die Götter in Zeiten großer Not an. Halfen sie einem, war das ihre Sache, nicht seine. Er hatte schon ein Dutzend solcher Gelübde abgelegt und hinterher schnell wieder gebrochen. Die Götter vergaben entweder sehr leicht oder interessierten sich für Eidesbrecher nicht. Die Erfahrung hatte Loganaro jedenfalls gemacht. Ein Mann tat, was in einer bestimmten Situation erforderlich schien. Danach änderte sich die Lage oft so schnell wie der Wind. Wichtig war doch nur, daß er lebte und wieder seinen Geschäften nachgehen konnte. Zur Hölle mit den Göttern!

Das Lächeln auf Loganaros Gesicht verschwand langsam, als er wieder einschlief, eingelullt von den Vogelrufen in der Ferne.

Auf der vom Sternenlicht beschienenen Straße lief etwas Lohfarbenes dahin. Schon näherte sich die Dämmerung, wie ihr falscher Bruder ankündigte. Auf der westlichen Straße von Mornstadinos hörte man nur das Atmen des Panthers, und es klang erschöpft.

Außerdem war der Panther hungrig. Seit er die Stadt verlassen hatte, war er bis auf einige kurze Pausen gerannt. Er hatte nur ein Kaninchen und ein Erdhörnchen erwischt. Das war selbst für eine Wildkatze nicht viel Futter, wieviel weniger für einen so großen Panther wie ihn! Rache beflügelte ihn; aber Rache macht nicht so satt wie Fleisch und heißes Blut.

Als hätte eine gütige Gottheit seinen Wunsch gehört, stieg dem Panther plötzlich der Geruch lebendigen Fleisches in die Nase. *Dort*, genau vor ihm, an *dem* Baum! Die Raubkatze wurde langsamer und schlich sich mit hängendem Bauch zielbewußt an die Beute heran.

Das Fleisch schlief. Gut! Das machte alles leichter. Der Panther konnte sich der Kehle nähern und das Opfer ersticken. Sollte der Mann Widerstand leisten, würde er ihm mit den Krallen den Bauch aufreißen und die Gedärme herausholen.

Still wie ein Gespenst bewegte sich die Raubkatze. Trotzdem schreckte das Fleisch hoch. Vielleicht hatte es eine innere Stimme vor dem nahen Ende gewarnt. Der Mann riß die Augen auf und versuchte auf die Beine zu kommen. Dann schrie er: »Nein! Nicht Ihr! Vergebt mir, o Götter, ich werde mein Gelübde halten! Ich werde es tun, das schwöre ich!«

Die Raubkatze, die einmal ein Mann gewesen war, grinste, wobei man die langen Fänge sah. Wie schön! Und wie passend, daß gerade dieser fette Verräter sein Fressen sein sollte! Wirklich passend, dachte der Panther und machte sich sprungbereit.

Der Vogel, der in der Nacht seine Gefährtin gerufen hatte, verstummte plötzlich.

Es herrschte wieder tiefe Stille.

Stille, bis auf die Geräusche, die eine große Raubkatze beim Verzehren ihrer Beute macht.

Als die Bäume des Bloddolk-Waldes hinter ihnen lagen, fühlte Conan sich viel besser. Vor ihm lag eine große Ebene, die nur ab und zu von Hügeln oder Felskämmen aufgelockert war, sonst aber sich flach und kahl dahinzog. Hier gefiel es ihm. Ein Mann konnte eine Gefahr schon auf große Entfernung ausmachen und sich entsprechend darauf vorbereiten. Nichts vermochte sich bis auf wenige Schritte unter dem Schutz von gottverdammten Bäumen und Dickichten an ihn heranzuschleichen oder ihm aufzulauern.

Vitarius und Eldia ritten Seite an Seite voran und unterhielten sich leise. Kinnas Pferd folgte ihnen. Gelegentlich blickte die junge Frau über die Schulter zurück und lächelte Conan zu. Das mißfiel ihm ganz und gar nicht, da sie eine Frau mit Schönheit und nicht geringem leidenschaftlichen Temperament war. Die Spannung, die Conan seit seiner ersten Begegnung mit der Hexe gequält hatte, war gewichen. Er lächelte vor sich hin und trieb sein Pferd an, um näher aufzuschließen.

»He, Vitarius!« rief Conan. »Vielleicht sollten wir jetzt, da wir den verfluchten Wald hinter uns haben, eine Frühstückspause einlegen.«

»Wir sollten uns wirklich glücklich schätzen, daß wir so ungeschoren hindurchreiten durften«, sagte Vitarius.

»Glücklich schätzen? Ein perverser Baum hat uns beinahe aufgespießt und ein roter Dämon um ein Haar verschlungen!«

»Unser Ritt war harmlos im Vergleich zu anderen. Zumindest haben wir überlebt, um davon zu berichten.«

Conan nickte. Der alte Magier hatte in diesem Punkt recht.

Die vier hielten ihre Pferde an und packten getrocknetes Fleisch und Dörrobst aus, um sich daran zu laben. Beim Essen erwähnte Conan Vitarius gegenüber, wieviel lieber ihm diese Art Terrain war als das, das sie soeben verlassen hatten.

Vitarius nickte und kaute nachdenklich auf einem bräunlichen Klumpen irgendeiner Frucht. »Ja, normalerweise würde ich Euch zustimmen. Aber das hier ist die Dodligia-Ebene. Die ist keineswegs so sicher, wie sie jetzt aussieht. Nach einem halben Tagesritt sind wir in Sichtweite der Slott-Burg; sie ist dann noch einen vollen Tag entfernt. Auf den Ebenen um solch einen üblen Ort gibt es Hindernisse. Ich vermute, daß wir nur aus dem Grund, weil wir zu Sovartus hinreiten, noch nicht auf Wachtposten gestoßen sind, wie wir sie auf der Corinthischen Straße getroffen haben. Er erwartet wohl nicht, daß die Fliegen geradewegs in sein Spinnennetz laufen.«

Der Alte nahm noch einen Bissen von der Frucht. »Ihr könnt aber sicher sein, daß Sovartus seine Burg nicht unbewacht läßt, selbst wenn er nicht gerade uns erwartet. Er hat sich einige Feinde geschaffen. Mehr als nur einer sähe Sovartus liebend gern am Galgen baumeln. Die Schlange derer, die auf seine Leiche spucken würde, zöge sich bis zum Horizont.«

»Ich würde mich als erste anstellen«, sagte Eldia und blickte für ein junges Mädchen ungewöhnlich grimmig drein.

»Und ich wäre auch ganz vorn, um mein Pferd abzuholen, ehe die ganze Beute weg wäre!« Conan lachte.

Vitarius runzelte die Stirn. »Ihr solltet Eure Scherze lieber aufheben, bis wir unsere Mission erfüllt haben. Wenn ich mich recht entsinne, hat Sovartus keinen ausgesprochenen Sinn für Humor. Außerdem müssen wir davon ausgehen, daß sogar der Boden Ohren hat, sobald wir der Burg ansichtig werden.«

Conan wölbte die Hände vor dem Mund und wandte sich von Vitarius ab. »Seht zu, daß mein Pferd bei meiner Ankunft bereitsteht!« schrie er. Dann sah er lachend zu dem Trio hinüber. In seinen Augen loderte blaues Feuer.

Keiner lächelte zurück.

Als die Sonne schon die Hälfte ihres Weges in die Nacht über das Land gezogen war, erblickten die vier in der Ferne einen Gipfel. Ein merkwürdiger Berg, dachte Conan. Er stand wie ein Kegel einsam auf einem Plateau, ohne Bergausläufer oder andere Anhöhen. Der Gipfel des Berges war noch seltsamer geformt. Er sprang so vor, daß er sich über einem verengten Hals erweiterte wie eine verformte Sanduhr.

»Burg Slott«, erklärte Vitarius.

Conan blinzelte ungläubig. »Dieser Berg da?«

»Das meiste davon. Der Fels ist von Höhlen durchsetzt, die zumeist miteinander in Verbindung stehen. Dieser bauchige Gipfel ist nicht natürlich. Er wurde von Menschen und Magie geschaffen. Von hier aus erscheint er klein, aber beim Näherkommen wirst du sehen, daß die Spitze der Burg zehnmal so groß ist wie der größte Palast in Mornstadinos. Die oberen Geschosse sind mit den unteren Tunneln verbunden. Bei ausreichender Verpflegung könnte ein Mensch jahrelang im Burgberg herumwandern und niemals denselben Weg wiederholen.«

»Von jetzt an müssen wir auf der Hut sein«, mahnte Vitarius.

Conan starrte die Burg an. Sein früherer Überschwang verging ihm, als er das graueneinflößende Bauwerk betrachtete.

Djuvula überwachte die Verladung ihres Prinzen von der Lanze auf den Wagen. Dieser bestand aus einem stabilen Holzkasten, der von einem viereckigen Zelt aus schwerer Leinwand bedeckt war, die über Reifen aus dampferhitztem und gebogenem Eisenholz gezurrt war.

»Vorsichtig, du Schwachkopf! Wenn du die Kiste fallen läßt, schrumpfe ich dir deine Männlichkeit ein!«

Die Augen des Arbeiters weiteten sich. Er arbeitete noch vorsichtiger weiter.

Djuvula wandte sich ab und ging zurück, um ihre Kiste mit Pulvern und Tränken zu packen.

Während sie sorgfältig Glaskugeln einwickelte, die mit leuchtendbunten Chemikalien gefüllt waren, schüttelte die Zauberin immer wieder den Kopf. Sie hatte wirklich kein Verlangen nach dieser Reise; aber es half nun einmal nichts. Djavul war tot. Obwohl es dafür viele Gründe geben konnte, wußte Djuvula tief im Innern, daß ihren Dämon-Bruder das Schicksal von den Händen des Barbaren, des alten Magiers und des Feuermädchens ereilt hatte. Dadurch war Rache ein zusätzliches Motiv für ihren Wunsch, den Mann und das Mädchen in ihre Gewalt zu bekommen. Allerdings verzehrte sie sich nicht gerade vor Rachedurst. Ihre Beziehung mit Djavul hatte mehr auf gegenseitiger Selbstbefriedigung beruht als auf echten Gefühlen. Aber er war ihr Verwandter gewesen. Ein Punkt gegen ihre Opfer.

Nach dem erwarteten Versagen des Meisterfechters Lemparius war es noch wichtiger geworden, Conan für ihren Prinzen zu bekommen. Und natürlich ging es auch um das Mädchen. War es erst einmal in ihrer Gewalt, konnte sie sich bei Sovartus Gefälligkeiten erkaufen. Jetzt, da Djavul tot war, brauchte sie einen Schutzpatron mehr als zuvor. Aus allen diesen Gründen mußte Djuvula dem Barbaren und dem Mädchen folgen, das er beschützte.

Sie lächelte. Glücklicherweise brauchte sie nicht lange die Corinthische Straße entlangzureiten. Sie verfügte über einen mächtigen Zauberspruch, den Djavul ihr beigebracht hatte und mit dessen Hilfe sie durch die Zwischenländer reisen konnte. Wenige Stunden auf diesem höllischen Weg entsprachen mehreren Tagesreisen auf den guten Straßen in Corinthien.

Zwar war die Reise nicht ungefährlich, nicht einmal für eine Hexe mit beträchtlichen Fähigkeiten. In den Zwischenländern existierten Wesen, die in den Augen eines jeden Dämons Grauen hervorriefen, ganz zu schweigen in denen einer Frau. Unter der grauen Sonne konnten unbedachte Reisende tausend Tode auf tausend grauenvolle Arten erleiden. Djuvula war allerdings schon mehrmals auf diesen Wegen gereist. Sie war vorsichtig. Aufgrund des Vorsprungs der anderen mußte sie das Risiko eingehen, um ihre Beute zu erwischen.

Sie lächelte bei diesem Gedanken und packte weiter ihre magische Ausrüstung.

Gegen Abend erblickte Conan eine neue drohende Gefahr. So weit das Auge reichte, war die Ebene links vom Cimmerier völlig leer. Im nächsten Augenblick stand keine zwanzig Schritt entfernt ein Wesen dort. Das Geschöpf überragte Conan um einen Fuß und sah wie ein riesiger Hund aus, der auf den Hinterpfoten stand. Die Hinterbeine glichen aber mehr denen eines

Menschen als denen eines Hundes oder Wolfs. Auch die Vorderpfoten ähnelten den Händen von Menschenaffen. Ansonsten aber sah das Ungeheuer wie ein Hund aus; spitze Ohren, eine lange spitze Schnauze mit scharfen Zähnen und eine schwarze Nase mit zwei Nasenlöchern.

Conan wollte sich gerade zu Vitarius umdrehen. Da war das Tier wieder verschwunden. Er fluchte. Jetzt war es da, jetzt nicht — hatte sich in Luft aufgelöst!

Conan rief Vitarius und beschrieb ihm die Erscheinung.

Der alte Zauberer nickte. »Ein Halbwolf«, sagte er. »Ein Tier der Erde und damit von Sovartus kontrolliert — durch einen von Eldias Brüdern.«

»Sind es Zauberwesen, weil sie so verschwinden können?«

»Nein, sie leben unter der Erde in Tunneln. Der Halbwolf, den Ihr gesehen habt, braucht lediglich in einen verborgenen Eingang zu treten und ist damit den Blicken entzogen.«

»Aha.« Diese Nachricht war Conan angenehm. Tiere, ob von Zauberern kontrolliert oder nicht, konnte man mit dem Schwert bekämpfen.

»Zweifellos wird Sovartus alsbald wissen, daß wir hier sind«, sagte Vitarius. »Am besten ziehen wir einfach weiter. Der Boden hier dürfte so ausgehöhlt wie ein Bienenstock sein von den vielen Wolfstunneln.«

Der Cimmerier nickte. »Was werden sie wohl tun?«

Vitarius hob die knochigen Schultern. Sein Gewand bewegte sich dabei nur leicht. »Sie müssen auf alle Fälle irgendwie mit ihrem Herrn Verbindung aufnehmen. Ein Läufer vielleicht oder mit Hilfe von Magie. Halbwölfe verfügen über keinen ausgeprägten Gesichtssinn. Doch dieser war nahe genug, um von uns eine genaue Beschreibung liefern zu können. Ich hege keinerlei Zweifel, daß Sovartus inzwischen von unserer Anwesenheit weiß.«

»Und was wird er tun?« fragte Kinna.

Der alte Mann schüttelte den Kopf. »Ich weiß es nicht. Wir reiten weiterhin auf seinen Horst zu. Er mag uns jetzt angreifen oder auf unser Eintreffen warten.«

»Dann haben wir nicht mehr den Vorteil der Überraschung auf unserer Seite«, meinte Conan.

»Damit hatte ich auch gar nicht gerechnet«, antwortete Vitarius.

»Vielleicht solltet Ihr mir jetzt Euren Plan enthüllen, Magier.« Conan hatte der Anblick des Halbwolfs überhaupt nicht behagt.

»Wenn wir in die Nähe der Burg kommen, werde ich mit meiner Magie ein Ablenkungsmanöver mit viel Kraft und Aufwand abwickeln, um Sovartus' Aufmerksamkeit auf mich zu lenken. Während er damit beschäftigt ist, braucht Ihr nur die Burg zu betreten, die Kinder finden und befreien.«

»*Das* ist Euer Plan?« Conan schüttelte den Kopf. »Ich soll einen riesigen Berg erklettern, in eine Burg eindringen, vielleicht Tausende von Räumen durchsuchen, bis ich die Kinder finde, die Wachen besiegen, die ein mächtiger Zauberer wahrscheinlich aufgestellt hat, und mit drei Kindern zurückkommen?«

»Das ist mein Plan, gewiß.«

»Ach ja! Und ich dachte schon, unser Unternehmen könnte schwierig werden! Wie dumm von mir! Dabei ist es doch das reinste Kinderspiel!«

»Sarkasmus steht Euch nicht, Conan. Ich bin für jeden besseren Vorschlag bereit.«

Der Cimmerier schüttelte erneut den Kopf. »Nein, Euer Plan gefällt mir gar nicht so übel.« Er schlug mit der Hand auf den Schwertgriff. »Auf alle Fälle verlasse ich mich lieber auf meine Klinge als auf komplizierte Strategien.«

»Ich werde mit dir gehen«, erklärte Kinna.

Conan lachte. »Nein, ich habe schon früher gesagt, daß ich lieber allein arbeite.«

Kinna entgegnete wütend: »Wäre ich ein Mann, nähmst du mich mit!«

»Ich nähme dich nicht mit, selbst wenn du ein zahmer Drache wärst, der auf Kommando Feuer spuckt. Ich arbeite am besten allein. Das habe ich immer so gehalten. Außerdem bin ich wirklich froh, daß du eine Frau bist, Kinna. Ich möchte dich nicht anders.«

Conan las ihr am Gesicht ab, wie Ärger mit einem anderen Gefühl in ihr kämpfte. Gleich darauf lächelte sie. »Ja, ich bin auch froh, eine Frau zu sein, Conan.«

Die Zwischenländer waren niemals friedlich, zumindest nicht in Zeiten, da Djuvula sie bereiste. Gewitterstürme mit Blitz und Donner rasten nach zwei Richtungen, nach Süden und Osten. Die Atmosphäre um die Hexe schien von einer Elementarkraft aufgeladen zu sein, zahllose winzigkleine Stäubchen tanzten wie verrückt durch die Luft. Die Zwischenländer verdrehten gerade Linien zu Kurven und Wellen, rundeten Ekken ab und umhüllten jeden Gegenstand mit einem Flausch ihres eigenen Lichtes — ein totaler, endloser Trug.

Djuvula hetzte die verängstigten Pferde vor ihrem Wagen. Da flog plötzlich etwas Dunkles über den Weg, das laut krächzte. Die Pferde bäumten sich auf und wollten umkehren. Nur mit der Peitsche konnte Djuvula sie vorantreiben. Trotz Scheuklappen und Beruhigungszauber waren sie verstört. Vielleicht spürten sie die Gefahr, die einst eines der Zugpferde vor Djuvulas Wagen verschlungen hatte. Damals hatte Djavul die Hexe davor bewahrt, das Schicksal des Pferdes zu teilen und im fetten Bauch eines abscheulichen Ungeheuers zu landen.

Djuvula lief es kalt über den Rücken. Sie wünschte sich, daß Djavul noch lebte und jetzt neben ihr säße.

Ihrer Schätzung nach mußte sie noch zehn Minuten auf dieser Höllenstraße bleiben, dann konnte sie wieder in ihrer eigenen Welt auftauchen. Und vor ihrer Beute. Sie hatte bereits klare Pläne, wie sie den Barbaren und den Zauberer behandeln würde. Wenn alles gelänge!

Just als Djuvula dies dachte, sah sie eine wellenartige Erhebung des Bodens vor sich. Die Erde türmte sich wie eine Springflut auf. Dann barst sie mit grauenvollem Laut, als zöge man riesige Nägel aus einem Stück Holz. Vor der Zauberin gähnte ein Abgrund, der mit spitzen Steinzähnen bestückt war. Sie zweifelte nicht einen Moment lang, daß dieser Erddämon sie samt Pferden und Wagen verschlingen werde.

Die Pferde mußten nicht angetrieben werden, um auszuweichen. Sobald sie sich außer Reichweite des Straßenungeheuers befanden, hielt Djuvula an. Die Sicherheit der Straße zu verlassen, wäre absoluter Leichtsinn gewesen. So gern sie auch vor der Gruppe, die sie haben wollte, wieder in der echten Welt sein wollte, beschloß sie doch, die Zwischenländer zu verlassen. Ihre Entscheidung wurde noch dadurch beschleunigt, daß das Straßenungeheuer wie eine Wasserwoge auf sie zukam. Schnell, aber sorgfältig stimmte sie ihren Zauberspruch an. Die wogende Luft schien schneller zu tanzen, ein aktinischer Blitz erleuchtete die Szene …

Und Djuvula befand sich auf einem schmalen Weg am Rand eines düsteren Waldes. Sie stellte rasch fest, daß sie die nördliche Grenze des Bloddolk-Waldes erreicht hatte. Mit Hilfe ihres Lokalisierungszaubers an Conans Kleidung fand sie heraus, daß der Barbar mindestens einen halben Tag Vorsprung hatte. Verdammt! Jetzt mußte sie die Pferde behexen, daß sie die ganze Nacht durchlaufen konnten, um die Gruppe einzuholen. Es sei denn, sie würde sich wieder in die Zwischenländer trauen. Aber die Erinnerung an das Abgrundungeheuer verjagte diesen Gedanken schnell.

Die Hexe ließ ihre Peitsche neben dem Ohr des Führungspferdes knallen. *Plopp!* Die Tiere galoppierten los. Ein Pferd wieherte und warf nervös den Kopf nach hinten. Djuvula blickte in die Richtung, vor der das Tier scheute.

In der Krümmung eines schiefen Hartholzbaumes lag ein Panther und schlief. Djuvula schimpfte: »Dummes Vieh! Nach all dem Schrecklichen, das du auf der Höllenstraße gesehen hast, scheust du vor einem schlafenden Tier?« Sie gab dem Pferd die Peitsche, und der Wagen zog weiter, vorbei an der schlafenden Raubkatze, an die Djuvula keinen Gedanken mehr verschwendete, sobald sie außer Sicht war.

Siebzehn

Das Lager war aufgeschlagen und das Feuer herabgebrannt. Wieder stellte Vitarius seine magischen Wachen auf. Conan war gerade neben Kinna in einen leichten Schlummer gesunken, als ihn eine grauenvolle Kakophonie aus dem Schlaf riß.

Es klang, als sei das Ende der Welt gekommen. Ein Kreischen drang ihm in die Ohren, lauter noch als die Schreie des sterbenden Dämons Djavul. Begleitet war das Gebrüll von grellen bunten Lichtblitzen. Conan brauchte einen Augenblick, bis ihm klar wurde, was geschehen war: Jemand hatte sich in Vitarius' Bannzauber verheddert.

Der Cimmerier rollte sich auf die Seite, griff nach seinem Schwert und sprang in einem geschmeidigen Satz auf die Füße. Der Nachthimmel war bewölkt; aber die Lichtblitze boten genug Helligkeit, um alles zu sehen: Die Halbwölfe hatten angegriffen!

Vitarius wickelte sich aus seiner Decke und lief zu Eldia, die mit ihrem Kurzschwert dastand. Kinna hielt Conans geschwungenes Messer. Der Cimmerier lief dem ersten Wolf entgegen, der in das Lager eindrang. Muskeln spielten unter dem dunklen Fell, als das Tier Conan mit gefletschten Fängen ansprang, um ihm die Kehle durchzubeißen.

Doch diese Fänge schlossen sich in tödlichem Grauen, als Conan mit einem Schwertschlag den Kopf vom Hals des Wolfes trennte. Ohne innezuhalten, wirbelte der Cimmerier leichtfüßig auf den Fußballen herum und stellte sich dem nächsten springenden Wolf.

Dieser spießte sich selbst auf Conans Schwertspitze auf und heulte laut auf, als er fiel.

Unglücklicherweise riß der sterbende Halbwolf Conans Klinge mit zu Boden. Er wand sich so heftig, daß dem Cimmerier der Griff aus der kräftigen Hand glitt. Conan fluchte und bückte sich, um das Schwert herauszuziehen. Dadurch verfehlte ein dritter Wolf, der von hinten angriff, sein Ziel, Conans Hals, und blieb statt dessen mit den dünnen Beinen hängen und machte einen Salto rückwärts, ehe er mit dem Rücken auf dem harten Boden aufschlug.

Conan zog an seinem Schwert; aber das Gewicht des toten Wolfs hielt den vom Blut warmen Stahl fest. Das Untier, das hingefallen war, wollte sich wieder erheben.

Der Cimmerier gab daraufhin seine Versuche auf und widmete sich diesem Angreifer. Er knurrte, um sich den Lauten des Halbwolfs anzupassen. Als das Tier zum Sprung ansetzte, wurde es plötzlich von irgend etwas abgelenkt. Aus zwei Gründen schenkte es seine Aufmerksamkeit nicht mehr Conan: Eldias Kurzschwert landete in seinem Bauch, als Kinna eine Pfote mit dem Messer bis auf den Knochen aufschlitzte. Das Tier heulte auf.

Conan zögerte keine Sekunde lang, sondern sprang zurück, um sich sein Schwert zu holen. Er stemmte einen Fuß gegen den gefällten Wolf und zog mit aller Kraft, bis seine Waffe frei war.

Zu diesem Zeitpunkt hatte Vitarius Eldia erreicht. Der alte Magier hielt eine Hand an den Kopf des Mädchens und sandte die Worte eines Abwehrzaubers im Lärm seines magischen Schutzzauns gen Himmel.

Conan blieb keine Zeit zuzuschauen, da plötzlich eine ganze Phalanx von Halbwölfen in den Lagerkreis einbrach, um sich auf die Menschen zu stürzen. Conan lächelte grimmig und lief dieser neuen Bedrohung entgegen, wobei er das Blut ihrer toten Kameraden von der Schwertklinge schleuderte, den Neuankömmlingen entgegen.

Beim Klang und Anblick von Conans zischender Klinge löste sich die enge Formation auf. Die Tiere waren schnell, aber sie stolperten übereinander in ihrer Hast, sich neu aufzustellen. Es waren zu viele auf zu engem Raum. Ein Wolf brachte sich zu langsam aus Conans Reichweite und wurde dadurch ein Stumpfbruder des vernichteten Dämons Djavul.

Da blitzte ein übernatürliches blaues Licht auf und wurde zu einem dünnen Strahl, der den ersten Wolf durchbohrte, dann einen zweiten und dritten. Dicker Rauch und Dampf stiegen von den wölfischen Ungeheuern auf, wenn sie der Strahl wie ein übernatürlicher Speer berührte. Eldia!

Die restlichen Wölfe heulten vor Angst laut auf und zerstreuten sich. Conan drehte sich gerade noch rechtzeitig um, als ein dunkler Schemen hinter Vitarius und Eldia auftauchte. Der Cimmerier schrie eine Warnung und rannte zu ihnen. Aber selbst er war nicht schnell genug. Eine Faust mit einer Keule traf den alten Mann über einem Ohr, so daß er zusammenbrach. Damit war die Verbindung zwischen dem Magier und dem Feuermädchen unterbrochen. Die blaue Flamme erlosch jäh, als würde bei einer Kerze der Docht zwischen zwei Fingern ausgedrückt. Conan hatte den Schein noch vor Augen, als er auf den Angreifer zulief, der Eldia an sich reißen wollte. Das Mädchen ließ seine kleine Klinge durch die Luft zischen. Da sprang der Wolf einen Schritt nach hinten.

Die kurze Verzögerung reichte aus. Conan donnerte

über die Erde, verlangsamte seinen Lauf auch nicht, als er auf den Wolf stieß. Die Schulter des Hünen prallte gegen die Brust des Tiers und warf ihn zu Boden. Der Cimmerier stieß mit dem Schwert nach. Dieses Biest würde ihm keine Sorgen mehr bereiten!

Als Conan sich umdrehte, sah er, wie Vitarius sich Mühe gab aufzustehen. Schnell half er dem alten Mann auf die Füße.

Der Zauberer war wie betäubt. »Was — was ist geschehen?«

»Ihr wurdet von hinten niedergeschlagen. Ich habe das Tier getötet.«

Vitarius schüttelte den Kopf. »Die Wölfe ...?«

»Die meisten tot, die anderen weggelaufen. Ich sehe keinen, der sich noch bewegt.«

Der Alte nickte. Aber dann stand ihm Furcht ins Gesicht geschrieben. »Eldia! Und Kinna! Wo sind sie?«

Conan schaute umher. Von den beiden Schwestern keine Spur.

In luftiger Höhe, auf Burg Slott, lachte Sovartus vom Schwarzen Kreis triumphierend wie ein Wahnsinniger. Sie war sein! Seine Wolfssklaven hatten sie! Gerade war ein Rabe mit der Meldung des Herrschers der Halbwölfe eingeflogen. In diesem Augenblick war das Mädchen des Feuers auf dem Wege zu ihm, durch das unterirdische Tunnelsystem, das hundert Generationen der im Boden lebenden Wolfskreaturen gebaut hatten.

Sovartus stand in einem leeren Raum des Turms. Spinnweben hingen wie Girlanden überall. Der Raum war seit Jahren nicht mehr benutzt worden; aber die dunklen Flecken auf den Steinplatten des Bodens bezeugten die gräßliche frühere Verwendung. Dieser runde Raum war der höchste in der gesamten Burg. Zu jeder der vier Himmelsrichtungen führte ein Fenster. Hier wollte Sovartus die Elemente vereinigen und daraus den mächtigsten Zauber seit dem Untergang von Atlantis gewinnen.

Er stolzierte an der Mauer entlang, blieb an jedem Bogenfenster stehen und schaute hinaus. Er lächelte bösartig. Bald würde jedes Fenster den Rahmen für ein Element bilden: Nach Osten würden starke Winde tanzen, nach Westen die Erde selbst sich aufbäumen, nach Norden eine Sintflut niedergehen, und nach Süden — ja, endlich! — würde sich eine Feuersäule erheben, so heiß, daß sie die Höllenbewohner verbrannte. Sobald die Elemente ihre Plätze eingenommen hatten, würde er, Sovartus vom Schwarzen Kreis, ihnen befehlen, sich zu vereinigen. Dann würde das Kraft-Ding geboren sein.

Ja, dann würden die Vier verschmelzen und zusammen mehr Kraft entwickeln, als sie je zuvor hatten. Die Idee, das *Forestallning,* war die Empfängnis und das *befrukting* die Geburt. Die Welt würde davor zittern und beben — und vor dem Mann, der es beherrschte!

Wieder lachte Sovartus und klatschte in die Hände. Sofort betraten mehrere Gestalten in schwarzen Gewändern mit Kapuzen den Raum und verbeugten sich tief. Im Schatten der Kapuzen waren die Gesichter nicht zu erkennen. Sie sprachen auch nicht, sondern verbeugten sich nur tief vor dem Zauberer.

»Bringt die Drei!« befahl Sovartus. »Außerdem noch meinen Talisman-Tisch und meine Ausrüstung. Und natürlich mein Gewand aus Jungfrauenhaar.«

Die Figuren in Schwarz verneigten sich wieder und huschten hinaus. Sovartus blieb allein zurück. Nachdem sie weg waren, betrachtete Sovartus nachdenklich die dunklen Flecken auf dem Boden. Bald, dachte er, würden die Städte der Menschen diesen Flecken gleichen, falls sie sich ihm nicht völlig unterwarfen. Der Name Sovartus würde jedem Mann und jeder Frau Angst und Schrecken einflößen, und Respekt, wenn sie ihn hörten. Ja, bald. Bald!

Conan fand das blutige Messer neben einem Loch in der Erde. Er hob es auf. Es war dasselbe Messer, das er Lemparius, dem Wermann, abgenommen hatte und das Kinna gegen die Halbwölfe geschwungen hatte. Er schaute auf das Loch, das groß genug war, daß ein Mann hineingleiten konnte.

Vitarius trat neben ihn. »Einer der Eingänge zu den Tunneln der Wölfe. Sie haben die Schwestern unter die Erde verschleppt.«

Conan nickte und wollte in das Loch hineinsteigen.

Vitarius legte dem jungen Mann die knochige Hand auf die Schulter. »Nein, Conan. Crom wohnt vielleicht in einem Berg; aber dieses Land gehört den Wölfen. Ihr würdet sie nie in der unterirdischen Dunkelheit aufspüren. Außerdem sind sie inzwischen bestimmt schon weit voraus auf dem Weg zur Burg.«

Conan wandte sich vom Eingang zum Herrschaftsbereich der Halbwölfe ab. »Dann müssen wir zur Burg reiten. Sie müssen dieselbe Entfernung zurücklegen, Tunnel oder nicht. Und wenn wir uns beeilen, sind wir vielleicht dort, ehe sie Sovartus in die Hände fallen.«

»Es ist dunkel«, sagte Vitarius. »Am Morgen ...«

»Ich fürchte die Dunkelheit nicht«, widersprach ihm der Cimmerier. »Wenn die Ungeheuer sich bewegen, müssen wir es ebenfalls tun. Falls Ihr aber lieber zurückbleiben wollt, werde ich allein reiten ...«

»Nein«, sagte Vitarius, »ich werde Euch begleiten.«
Die beiden Männer gingen zu ihren Pferden.

Der Wagen der Hexe Djuvula lag unter einem Schleier magischer Dunkelheit, so daß er für normale Augen nach wenigen Fuß unsichtbar war. Die Frau mit dem flammendroten Haar stand da und beobachtete, wie Conan und der Magier vom Weißen Kreis auf die Pferde stiegen. Sie fluchte leise, als die Männer wegritten. Sie war auf die Mächte wütend, die ihre Fahrt so verzögert hatten.

Was hier geschehen war, konnte man mit einem Blick erfassen, da überall die Kadaver der Halbwölfe umherlagen. Es war ein Angriff erfolgt, und das Mädchen des Feuers gehörte jetzt den Höhlenbewohnern und daher bald Sovartus. Verdammt! Dem Ziel so nahe und doch vergeblich!

Djuvula überdachte die ihr offenstehenden Möglichkeiten. Sie konnte immer noch das Herz des Barbaren bekommen, was kein schwacher Trost war. Und sie konnte sich vielleicht ein wenig im Schein von Sovartus' Sieg sonnen. Schließlich war er auch nur ein Mann und damit Beute der gleichen Begierden aller Männer, die nicht gerade impotent oder pervers waren. Man erzählte sich viele schlimme Geschichten über Sovartus; aber Djuvula hatte noch nie gehört, daß er Knaben liebte. An ihren eigenen Fähigkeiten in der Arena der Liebe zweifelte sie nicht.

Ja, am besten war es, weiterzufahren. Sie ging zum Wagen zurück und kletterte auf den Kutschbock.

In der Dunkelheit lag unter einem dürftigen trockenen Busch, der bald als Steppenläufer dahintreiben würde, der Panther, der einst ein Mann gewesen war, und beobachtete die Frau, die eine Hexe war, wie sie auf ihren Wagen unter dem künstlichen Dunkelschleier stieg und wegfuhr. Die Augen einer gewöhnlichen Katze waren im Dunklen scharf. Diese Raubkatze sah aber besonders gut und verfügte darüber hinaus über das Gehirn eines Menschen. Zwar wurde es immer primitiver, so daß im Laufe der Zeit der Panther nur noch ein Raubtier sein würde; aber jetzt beherrschte noch der Funke menschlicher Intelligenz das Tier. Und diese Intelligenz hatte soeben die beiden Erzfeinde entschwinden sehen.

Es blieb keine andere Wahl als zu folgen. Die Hexe konnte er nicht direkt angreifen; aber vielleicht fand sich ein Weg, sie indirekt zu vernichten. Der Barbar war nur ein Mensch und konnte trotz seines magischen Messers überrascht und überwältigt werden.

Zum ersten Mal, seit er für den Rest seines Lebens ein Panther geworden war, verspürte Lemparius einen Hauch von Glück.

Das kalte Gericht der Rache wurde wärmer.

Im höchsten Turm der Burg Slott wurden Vorbereitungen getroffen. Gestalten in schwarzer Kleidung mit Kapuzen eilten im Raum hin und her, um Sovartus' Wünschen nachzukommen. Unter drei der vier Fenster waren die Tochter und die beiden Söhne Hogistums angekettet. Drei der vier Elemente waren anwesend, das vierte würde bald eintreffen.

Sovartus trat vom vierten Fenster zurück, durch das er die Ebene von Dodligia betrachtet hatte. Die vorher aufgewühlten Elemente waren jetzt ruhig, als erwarteten sie Sovartus' Endsieg. Kein Lüftchen wehte, keine Erde bebte, kein Regen fiel.

Im Zentrum des Raumes stand der Talisman-Tisch.

Er war viereckig, mit eingeschnitzten hölzernen Symbolen, und ruhte auf vier Füßen, die Wasserspeiern glichen und einen quadratischen Edelstein hielten. Es gab schwarzen Onyx, eine schwarze Perle, schwarze Jade und Sonnenuntergangsopal. In der Mitte des magischen Tisches lag ein Buch, in Leder gebunden, ebenfalls von der Farbe einer Rabenbrust und auch quadratisch. Mitternacht war die beherrschende Farbe dieses Raumes, noch dunkler aber seine finstere Bestimmung. Sovartus gefiel alles hervorragend. Sein Lächeln blieb unwandelbar. Bald würde nun sein Bemühen ein Ende haben. Und dann würde ein neuer Anfang die Welt erschüttern.

Achtzehn

Conan und Vitarius waren noch nicht weit auf die Burg zugeritten, als der alte Mann sein Pferd zügelte und anhielt. Er bedeutete Conan, ebenfalls anzuhalten.

»Warum haltet Ihr? Der Ritt hat doch erst begonnen ...«

»Schweigt!« unterbrach ihn Vitarius. Seine Stimme klang so befehlend, wie Conan sie noch nie gehört hatte. Die Macht des einen Wortes erstaunte den Cimmerier.

Der alte Zauberer stieg ab und ging einige Schritte auf das Ziel zu. Dann streckte er die Arme aus, als wolle er nach etwas in der Nachtluft tasten. Conan sah nichts. Einen Augenblick später nickte Vitarius und trat einen Schritt zurück. »Sovartus hat einen Schutzzauber aufgestellt. Wir sind an seiner Grenze.«

Conan blickte angestrengt in die Dunkelheit. »Wir sind aber noch ein ganzes Stück von der Burg entfernt.«

Vitarius nickte. Dann murmelte er vor sich hin und beschrieb mit den Händen merkwürdige Figuren. Ein schwacher rötlicher Schimmer wurde vor den beiden Männern in der Luft sichtbar. Er zog sich schnell zurück. »Wie Ihr seht, bedeckt der Zauber ein großes Gebiet. Sobald wir eintreten, wird er uns bemerken. Mit meinen magischen Eigenschaften ziehe ich die Aufmerksamkeit noch mehr auf mich als ein gewöhnlicher Reisender. Ehe wir diesen Bereich betreten, muß ich mich vorbereiten. Es wird sicher Wachtposten gegen

Menschen geben, aber auch — schließlich ist Sovartus kein Dummkopf — solche gegen Personen, die mit Magie versehen sind, die gegen das Schwarze Quadrat gerichtet werden kann. Ich muß gewappnet sein.«

Conan stieg ab und streckte sich aus. Vitarius ließ sich im Schneidersitz auf dem Boden nieder und sang leise seine Zaubersprüche vor sich hin. Der Cimmerier war ungeduldig. Er wollte endlich seiner Klinge Bewegung verschaffen. Ihm reichte die magische Narretei. Wenn Sovartus auf kaltem scharfen Stahl aufgespießt war, würde er ganz schnell die Luft verlieren. Darauf wäre Conan jede Wette eingegangen. Der ganze Hokuspokus, wie zum Beispiel Lichtschein in der Nacht, gingen dem jungen Helden arg gegen den Strich. So schnell wie möglich wollte er diese Sache hinter sich bringen und war mehr als willig, sich den Weg hinaus mit dem Schwert zu bahnen.

Die Zeit verrann, und Conan wurde immer ungeduldiger. Was trieb der alte Mann bloß? Crom, so würden sie noch bis zum Jahreszeitenwechsel hier sitzen!

»Ich bin bereit«, erklärte Vitarius.

Wieder überraschte Conan die Stimme des Zauberers. Da war der kraftvolle Unterton, den er bereits gehört hatte, aber es klang noch etwas mit. Es war, als habe ein junger Mann gesprochen. Und obwohl Conan keine sichtbare Veränderung feststellen konnte, schien Vitarius sich anders zu bewegen. Irgendwie war seine Art selbstsicherer als sonst.

Sie stiegen wieder in den Sattel und näherten sich der leuchtenden Luft.

Conan bemerkte keinen Unterschied, als sie den Bannzauber durchritten. Keine Lichter blitzten, keine Schreie in der Nacht. Aber Vitarius sagte: »Er weiß, daß wir gekommen sind. Seid auf der Hut! Er kann uns nicht seine volle Aufmerksamkeit widmen, weil er sich für sein verabscheuungswürdiges Experiment vorbereitet. Er besitzt jedoch viel Macht — und große Gefahren stehen uns bevor.«

Der Cimmerier holte sein Schwert aus der Lederhülle und hielt es quer über dem Sattel. »Gut«, sagte er.

Ein Wind erhob sich und wehte Sand in Conans Gesicht. Sein Pferd wieherte und wollte seitwärts dem Staub ausweichen; aber der Cimmerier zwang es, den Kurs zu halten.

»Sovartus«, erklärte Vitarius. »Er will unseren Mut auf die Probe stellen.«

Conan nickte. »Eine Brise kann uns nicht aufhalten.«

Plötzlich wurde der Wind stärker. Eine Bö ließ Conan im Sattel schwanken. Er kniff die Augen zusammen und stemmte sich gegen die staubige Windsbraut. Mit der freien Hand versuchte er die Augen des Pferdes so gut wie möglich abzuschirmen.

Da sprach der alte Magier einen Zauberspruch. Jäh legte sich der Wind.

»Luft«, erklärte Vitarius, »aber nicht sehr stark. Mir scheint, er hält uns für relativ harmlos.«

»Ich freue mich schon, diesen Irrtum richtigzustellen«, sagte Conan.

»Hoffentlich ist Euer Optimismus auch berechtigt.«

Djuvula wickelte das Tuch enger ums Gesicht, damit es den Sand von den Augen fernhielt. Sie wollte Sovartus mit ihrer Magie keinen Widerstand leisten. Da sie beide die Schwarze Magie ausübten, hielt sie es für sehr unwahrscheinlich, daß er sie direkt angreifen werde. Vor sterblichen Wachtposten an der Straße durch die Dodligia-Ebene zur Burg Slott hatte sie keine Angst.

Djuvula spürte, wie die Energie des alten Zauberers vor ihr aufflammte und der Wind sich legte. Der Alte hatte mehr Kraft, als sie gedacht hatte. Sie war überrascht, wie stark er tatsächlich war, als er die Weißen Energien kurz zuvor gebündelt hatte, um Sovartus' Nachtwind beiseite zu wischen, wie ein Mensch ein lästiges Insekt vertrieb. Interessant!

Ihre größte Sorge war allerdings, wie der Zauberer diese Energien möglicherweise gegen sie einsetzte, wenn er herausfand, daß sie ihm folgte. Sie mußte wohl warten, bis Conan und der Alte vom Weißen Quadrat so weit auseinander waren, daß sie gegen den Barbaren losschlagen konnte. Die Burg kam näher. Sie mußte sich jetzt auch Gedanken machen, wie sie mit Sovartus ins reine käme. Aber noch lag genug Zeit vor ihr, um ihre ganzen Geschäfte abzuwickeln. Alle Zeit der Welt.

Der Panther bewegte sich im Windschatten des Wagens. So war er teilweise gegen den Wind geschützt, wenn auch nicht ganz. Ab und zu flog ihm Schmutz von der Straße in die Augen. Dann mußte er sie zukneifen. Der Panther schlich sehr vorsichtig, um nicht in den Bereich des magischen Dunkelschleiers zu geraten, der über der Hexe und ihrem Transportmittel ausgebreitet lag. Seiner Meinung nach wußte sie nicht, daß er sie verfolgte. Das sollte sie auch nicht — jedenfalls noch nicht. Sie hatte ihn mit ihrer widerlichen Magie schon einmal erniedrigt. Noch einmal würde er das nicht zulassen.

Als Lemparius so hinter Djuvulas Wagen hertrottete, überlegte er zum hundertsten Mal, wie er Djuvula vernichten könnte. Sie hatte ihn unfähig gemacht, sie direkt anzugreifen; aber es mußte noch einen anderen Weg geben, sich an ihr zu rächen. Irgendwie indirekt. Aber — was und wie?

Einen Augenblick lang gewann das Tier die Oberhand. Lemparius mußte sich gegen das Verlangen wehren zu knurren. Er mußte sich auch zusammennehmen, nicht nach vorn zu springen, die Pferde vor dem Wagen anzufallen und zu zerfleischen, damit er ihr Blut trinken konnte, ehe er Djuvula ansprang und sie vom Leben zum Tod beförderte.

Der Augenblick ging vorüber, und der Verstand des Mannes übernahm wieder das Kommando über die Tiergestalt. Es wäre absolut schwachsinnig, sich von diesen Leidenschaften eines Raubtieres leiten zu lassen. Das wäre eine sinnlose Kraftverschwendung, von Beginn an zum Scheitern verurteilt.

Der Katzenmann schüttelte den Kopf. Er müßte bald etwas unternehmen, noch ehe er seinen menschlichen Verstand verlor und nicht nur der Gestalt nach, sondern auch im Denken völlig zu einem Panther geworden war. Für dieses Ziel blieb ihm nur eine Hoffnung: Wenn Djuvula starb, endete vielleicht damit auch seine Verhexung. Vielleicht würde er dann seine menschliche Gestalt zurückgewinnen. Die Hoffnung war nur schwach, das wußte er, aber sie war die einzige.

Conan allerdings mußte auf alle Fälle sterben. Aber ob der Barbar von einem Panther oder einem Mann getötet wurde, spielte keine Rolle. Hauptsache, er starb. Aber er sollte auf eine Art sterben, daß Djuvula — falls sie dann noch lebte — das Herz nicht für ihr Abbild bekam. Diese Freude würde er ihr vergällen, selbst wenn sie nur um Sekunden überlebte.

Rache war eine Speise, die man langsam genießen sollte, fand Lemparius. Man mußte sie voll auskosten, ehe man zum entscheidenden Schlag ausholte.

Wind und Staub legten sich; aber die feine Nase des Raubtiers schnüffelte in der Nachtluft, daß etwas ihm noch Unangenehmeres bevorstand: Regen, und zwar bald.

Lemparius unterdrückte die Katzenstimme. Fauchen und Knurren gestattete er sich nur in Gedanken, nicht laut.

Der Regenguß kam schräg über die Ebene. Angekündigt hatten ihn Blitze und Donnergrollen. Im grellen Schein der Blitze sah Conan die ersten dicken Tropfen auf den ausgedörrten Boden prasseln und Staubwolken beim Einschlag aufwirbeln. Dann näherte sich die Wasserwand, eine graue Decke wollte sich auf die beiden Reiter werfen.

Trotz der Feuchtigkeit in der Luft stellten sich auf Conans Armen und im Genick die Haare auf, wie es manchmal geschieht, wenn man an einem Wintertag einen schweren wollenen Umhang abnimmt. Sein Pferd bäumte sich auf. Conan hatte Mühe, es zu beruhigen.

Vitarius streckte die Arme mit gespreizten Fingern gen Himmel. Dann schrie er einige Worte.

Ein gezackter Lichtspeer schoß aus dem Himmel, direkt auf die beiden Männer und ihre Pferde zu. Conan sah, wie dieser Speer auf geheimnisvolle Weise mehrere Spannen über ihren Köpfen abgelenkt wurde. Auch der Donner, der dieser Entladung folgte, klang irgendwie gedämpft, so daß man ihn mehr spürte als hörte.

Vitarius war jetzt von einem fahlen Lichtschein umgeben, ähnlich dem Licht, das bei Blitzen entsteht. Der Regen, der sie durchnässen sollte, fiel vor und hinter ihnen und zu beiden Seiten, als sei ein unsichtbares Zelt über Männer und Pferde gespannt. Der Sturm tobte gegen den Schild, Blitze schlugen wild dagegen, Donner trommelte darauf, Hagel, groß wie Conans Faust, prasselte gegen die klare Luft. Der Boden außerhalb von Vitarius' Schutzschild verwandelte sich in einen Morast; dennoch konnte Conan den Staub riechen, den die Hufe seines Pferdes aufwirbelten.

Das Unwetter über ihnen mußte übernatürlichen Ursprungs sein, das wußte Conan. Wäre er diesen Unbillen schutzlos preisgegeben gewesen, hätte er teuer dafür bezahlen müssen, vielleicht sogar mit seinem Leben. Trotz seines Mißtrauens und seiner Abneigung gegen jede Form der Magie war Conan in diesem Augenblick froh, daß er neben Vitarius ritt. Sehr froh sogar!

Die Nässe des herabprasselnden Regens drang durch die Leinwand, die Djuvulas Wagen überdachte, obwohl der Stoff so dick war. Sie wagte nicht, zur Verstärkung des Materials sich ihrer Zauberkünste zu bedienen, da sie Angst hatte, dadurch Vitarius' oder Conans Aufmerksamkeit zu erregen. Sie hatte es gewagt, für die Pferde einen Unterstand aufzustellen. Den Bau hatte sie mit einem Zauberspruch beschleunigt, damit zumindest der Hagel die Tiere nicht bewußtlos schlug. Aber die Hagelkörner donnerten auf ihr Dach nieder, verursachten an einigen Stellen tiefe Einbuchtungen, und wenn das Eis die Holzreifen unter der Plane traf, war der Lärm ohrenbetäubend.

Djuvula lag auf dem Bett neben dem Kasten mit ihrem Prinzen. Sie streichelte das glatte Holz und sprach zu der Gestalt darin, als würde sie leben. »Hab keine Angst, Liebster! Wir werden vielleicht ein bißchen naß; aber nicht lange. Laß dir durch den Lärm deinen Schlaf nicht stören …«

Der Panther war unter den Wagen der Hexe gekrochen und lag dort ganz still. Er atmete nur flach und sehr vorsichtig. Zwar konnte Djuvula ihn bei dem Sturmgebraus wohl kaum hören, aber er mußte trotzdem übervorsichtig sein.

Hätte es einen anderen Unterschlupf gegeben, hätte er ihn aufgesucht; doch auf diesem Bereich der Ebene gab es nicht einmal vor normalem Regen Schutz, ganz zu schweigen vor einem Sturm, der von Zauberei gejagt wurde. Trotz der Fähigkeit des Panthers, normale Gefahren gut zu überstehen, war er gegen Sovartus' Magie kaum gefeit. Hagel, der so schwer war, daß er Löcher in den Boden trieb, würde auch mit Leichtigkeit Schädel einschlagen, selbst seinen Schädel.

Vor der trockenen Stelle unter dem Wagen hatte sich ein kleiner Bach gebildet und wollte hindurchfließen. Lemparius wäre gern ausgewichen; aber in diesem Augenblick hörte der Hagelschauer auf. In der relativen Stille hätte die Hexe leicht seine Bewegungen hören können. Also blieb der Panther liegen, während der kalte Finger des Wassers seinen Bauch erreichte und an ihm weiterfloß.

Die Nasenflügel des Panthers weiteten sich, wütend legte er die Ohren an. Noch eine Erniedrigung, für die Djuvula ihm büßen würde. Er fluchte im Innern; blieb aber nach außen hin wie eine Steinstatue, während das kalte schlammige Wasser ihm das Fell durchweichte.

So plötzlich, wie er angefangen hatte, hörte der Regen wieder auf. Hinter den dahinfliegenden Wolken erschienen die Sterne und die silberne Mondsichel am Firmament. Mit abnehmendem Sturm wurde auch der Schein um Vitarius schwächer. Einen Augenblick lang sah der Magier müde aus. Dann aber holte er tief Luft und richtete sich auf. Er schüttelte die Müdigkeit ab wie ein Hund das Wasser.

»Es ist schon zu lange her, daß ich diese Spielchen betrieben habe«, erklärte Vitarius. »Ich bin aus der Übung.«

Obwohl er Zauberei nicht leiden konnte, mußte Conan zugeben: »Dafür habt Ihr aber ausgezeichnete Arbeit geleistet.«

»Na ja, aber das sind nur kleine Tests. Wenn Sovartus seine Kräfte richtig einsetzt, muß ich mich mehr anstrengen.«

Der Cimmerier nickte.

»Je schneller wir die Burg erreichen, desto schneller können wir diese verfluchte Ebene hinter uns lassen.«

»Ja, Conan. Reiten wir weiter!«

Sie trieben ihre Pferde vorwärts.

Hoch oben in seiner Burg bemerkte Sovartus eine Störung. Irgend etwas stimmte nicht in dem mystischen Gewebe der Kräfte, mit dem er sich umgab. Auf der Dodligia-Ebene gab es einen schwachen Schein antithetischer Kräfte, die dort nicht auftreten sollten, ein Geschwür auf einer sonst gesunden Haut. Na, wenn schon! Er hatte jetzt keine Zeit für solche Dinge. Er schickte einen Wind, um es wegzublasen.

Sovartus widmete sich wieder seinen Vorbereitungen für das Eintreffen des Feuermädchens. Er legte das Gewand aus Jungfrauenhaar an und spürte die Kraft, die es in sich trug. Dann ließ er sich eine Flasche seines ältesten und besten Weines bringen. Während er daran nippte, überlegte er seine neue Stellung in der kosmischen Ordnung der Dinge. O welche Macht er gewänne!

Etwas juckte ihn an der Seite; aber es war ein metaphysischer Juckreiz, kein körperlicher. Er erweiterte sein Bewußtsein und suchte nach dem Ursprung des lästigen Juckens …

Verflucht! Dieser Schein auf der Ebene war trotz seines Besens von Nachtwind immer noch vorhanden. Nun, er konnte noch einen Augenblick von seiner Erwartung künftigen Ruhmes abzweigen und sich darum kümmern. Innerhalb seines Einflußbereichs brauchte Sovartus sich nicht wegen allem an die Drei zu wenden, die er eingesperrt hatte. Er verfügte über eigene Kräfte, besonders so nahe an seinem Horst. Er beschwor einen Sturm herauf und sandte höllische Kraft in den Himmel empor, um den entstandenen Sturm nach seinem Willen zu formen. Dann schickte Sovartus, wie ein kleiner Junge seinen Ball wirft, einen tropischen Hurrikan zu dem lästigen Fleck. Vernichte dieses Insekt!

Sofort wurde das Jucken schlimmer. Nachdem Sovartus sein Erstaunen überwunden hatte, daß dieses Übel immer noch existierte, wurde ihm klar, was es war: Vitarius von den Weißen ging gegen ihn vor!

Wahrlich erstaunlich! Der alte Mann sollte es doch besser wissen! Er hatte sich nicht einmal mit seiner Magie jung erhalten — diese Weißen benutzten ihre Kräfte nur selten zum persönlichen Vorteil. Aber selbst wenn er senil war, mußte er doch wissen, wie schwachsinnig es war, gegen einen der Schwarzen in seinem eigenen Machtquadrat vorzugehen.

Nachdem das Mädchen des Feuers ergriffen worden war, hatte Sovartus keinen Gedanken mehr an Vitarius verschwendet, da dieser nie hoffen konnte, seine schwachen Kräfte mit denen Sovartus' zu messen. Ein Wettkampf wäre glatter Selbstmord — das mußte der Mann doch wissen —, selbst wenn Sovartus nicht das Kraft-Ding beherrschte, was bald geschehen würde. Das Weiße Quadrat konnte sich hier nur auf ganz wenig stützen, wo das Schwarze beinahe allmächtig auf der Ebene konzentriert war. Hogistum hatte sie beide gelehrt, daß Weiß und Schwarz ihre eigenen Orte hatten. Und dieser Ort gehörte Schwarz, so sicher, wie die Nacht dem Tag folgte. Vitarius war der bessere Schüler gewesen. Er *mußte* es wissen!

Es sei denn — es sei denn, Vitarius besaß einen verborgenen Kräftesammelpunkt. Irgendeinen Trick, den er zurückhielt, um sich damit auf einen ahnunglsosen Gegner zu stürzen.

Sovartus rieb sich das Gesicht. Ja! Das mußte es sein! Der alte Mann hatte noch ein geheimes As. Er mußte eins haben! Am besten ich finde es heraus, ehe ich etwas tue, das vielleicht auf mich zurückschlägt, dachte Sovartus. Eine Probe, um zu sehen, wie Vitarius reagiert.

Sovartus lächelte, zufrieden mit seiner Gedankenschärfe. Und er besaß genau das Richtige, um es an seinem alten Mitschüler auszuprobieren. Genau das Richtige ...

Die Morgendämmerung zog herauf; aber noch regierte die Dunkelheit, als Vitarius Conan ein Zeichen zum Anhalten gab. Die beiden Männer waren nicht mehr weit vom Fuß der Bergburg Sovartus' entfernt. Conan hatte gehofft, diese ohne weitere Zwischenfälle zu erreichen. Aber dem war nicht so.

Vitarius sagte: »Unser Feind will uns wieder auf die

Probe stellen. Und diesmal wird es keine Kleinigkeit sein. Ich halte es für besser, wenn wir uns trennen, Conan. Ihr müßt zur Burg reiten und nach den Kindern und Kinna suchen. Währenddessen werde ich mir Mühe geben, Sovartus abzulenken. Mögen die Weißen Euch schützen, Conan aus Cimmerien!«

Conan schlug auf den Griff seines Schwertes. »Ich setze meinen Glauben auf etwas anderes, Alter. Aber ich wünsche Euch Glück. Ich werde mit den Kindern und Kinna so schnell wie möglich zurückkehren.«

Der alte Magier nickte und winkte zustimmend. Dann stieg er vom Pferd und nahm mit gekreuzten Beinen auf der Erde Platz.

Conan warf ihm noch einen letzten Blick zu, ehe er seine Aufmerksamkeit wieder Burg Slott — und seinem Pferd — widmete.

Djuvula spürte ein Prickeln auf der Haut, als sie sich dem alten Zauberer näherte. Die Luft war voll von vorgreifender Strömung, die ein magisches Werk ankündigte. Selbst unter ihrer verhüllenden Decke der Dunkelheit fühlte sie, wie ein Kälteschauer sie überlief.

Sie war schon fast an dem alten Mann vorbei, der mit geschlossenen Augen auf dem Boden saß, als er sie anrief. Djuvula fuhr bei seinen Worten zusammen.

»He, Hexe! Scher dich weg aus dieser Gegend! Es könnte leicht etwas herumspritzen bei meiner Auseinandersetzung mit Sovartus.«

Beinahe hätte Djuvula geantwortet, überlegte es sich aber. Konnte er sie wirklich sehen?

Vitarius beantwortete ihre unausgesprochene Frage. »Allerdings, Hexe. Ich weiß schon seit geraumer Zeit, daß du uns folgst. Ich sehe auch das, was dich beschattet. Was immer dein Ziel ist, es wäre dir dienlicher, wenn du umdrehen würdest und flöhest. Mein Gespür für die Zukunft ist nicht besonders ausgeprägt; aber in diesem Fall sehe ich den Ruin für viele in der Nähe dieser Unternehmung.«

Djuvula starrte den Weißen Magier an. Was meinte er mit ›was dich beschattet‹? Und was bedeutete seine schlimme Prophezeiung? Djuvula wurde noch kälter. Sie blickte um die Ecke ihres Wagens, ob jemand sie verfolgte. Sie sah niemanden.

Der Verhüllungszauber war jetzt wohl sinnlos geworden. Daher erlaubte sie dem Schleier, sich aufzulösen. Sie dachte noch einen Augenblick lang darüber nach, was der alte Mann gesagt hatte, beschloß aber, nicht darauf zu achten. Er würde gleich die Früchte des magischen Zorns von Sovartus ernten. Er war keine Bedrohung für sie. Wichtiger war, daß der Barbar jetzt nicht mehr unter dem Schutz des Weißen stand.

Die Hexe lächelte. Conan war wohl zur Burg weitergeritten. Warum, wußte Djuvula immer noch nicht. Aber da er so nahe war, würde sie ihn finden. Sie ließ die Peitsche knallen.

Der Weiße Magier öffnete die Augen nicht, sprach aber drei Worte, als Djuvula an ihm vorbeifuhr. Drei Worte, die sich wie heiße Brandeisen in ihren Körper einprägten:

»Du warst gewarnt!«

Neunzehn

In den ersten Strahlen des Morgenlichts betrachtete Conan den Eingang zu einer großen Höhle im Fuß des Burgberges. Das Loch war groß genug, um einen Mann zu Pferde hineinreiten zu lassen, eine deutliche Einladung am Ende des Weges ins Heim des Magiers.

Conan grinste. Der Höhleneingang wirkte viel zu einladend und offen. Seine Erfahrungen als Dieb hatten ihn vieles gelehrt, darunter auch, sich vor allem zu hüten, was zu einfach schien. Noch war ihm die Erinnerung an den lockeren Spaziergang ins Haus des Senators Lemparius frisch im Gedächtnis. Nur ein Dummkopf lehnte es ab, aus Fehlern nicht zu lernen. Conan aus Cimmerien würde in keine so offensichtliche Falle laufen.

Aber wie sollte er sonst in den Berg gelangen? Er lächelte und sah zur schroffen Felswand hinauf. Schließlich war er Cimmerier! Die Berge mußten erst noch erschaffen werden, die nicht erklettert werden konnten. Hinzu kam, daß Conan von den harten Menschen aus dem Norden abstammte. Er würde einen Weg finden und hinaufklettern.

Doch vorher erregte noch etwas anderes seine Neugier. Seine scharfen Sinne hatten etwas in einem Wäldchen nicht weit von seinem jetzigen Standort entfernt wahrgenommen. Er hörte die Laute von eingepferchten Tieren. Ihr Geruch hing in der Morgenluft.

Conan glitt aus dem Sattel und beschwerte mit einem großen Stein den Zügel des Pferdes auf dem Boden. Mit katzenhafter Geschmeidigkeit schlich sich der

Riese zu den Bäumen, um herauszufinden, was sich darunter verbarg.

Pferde! Eine ganze Koppel voller Pferde, die dort grasten. Bewacht wurden sie von einem einzigen Mann, der ein langes schwarzes Gewand mit Kapuze trug und einen langen Stab hielt. An einem Ende der Koppel stand ein Stall aus lehmbeworfenem Flechtwerk. Drinnen lagen Haufen mit Heu und Hafer.

Im Schutz eines dichtbelaubten Busches grinste Conan von einem Ohr zum anderen. Hervorragend.

Der Cimmerier verließ die Koppel. Aber mit Sicherheit würde er zurückkehren, nachdem er die Sache mit Sovartus erledigt hatte. Aber darum mußte er sich jetzt vorrangig kümmern.

Conan nahm seinem Pferd Sattel und Zaumzeug ab und ließ das Tier grasen. Er hatte keine Ahnung, wie lange seine Mission dauern würde, deshalb sollte das Tier nicht leiden, während sein Herr weg war. Sorgfältig versteckte er Sattel und Zaumzeug und nahm nur einen Schlauch mit Wein und etwas Dörrfleisch zur Wegzehrung mit. Dann vergewisserte er sich noch, daß sein Schwert und Lemparius' Messer sicher an den richtigen Stellen steckten, ehe er sich dem Berg näherte. Er legte die Sandalen ab und machte sich an den Aufstieg.

Sovartus saß an seinem Talisman-Tisch und widmete sich dem komplizierten Zauber von kosmischem Feuerregen aus dem unheiligen Buch *Zilbermankarikatur.* Dieser Zauber bedeutete fast immer die völlige Zerstörung des Objektes. Und diese mächtige und fluchbeladene Energie konzentrierte sich jetzt auf Vitarius vom Weißen Quadrat. Nur selten versagte dieser Vernichtungsregen!

Mal sehen, ob du auch diesmal entwischst, alter Klassenkamerad!

Einer seiner schwarzen Kapuzenträger trat ein und unterbrach Sovartus' Schadenvorfreude. Der Kuttenträger verbeugte sich tief und deutete wortlos zum Eingang. Sovartus drehte sich um.

Ein Rudel Halbwölfe stand da. Sie schienen sehr nervös zu sein, weil sie sich innerhalb der Burg Slott befanden: Aber wichtiger war, daß sie ein Kind mitführten: das Mädchen! Das Kind des Feuers — endlich sein!

Sovartus war von diesem Anblick so gefangen, daß er die junge Frau neben dem Mädchen erst später sah. Als er sie fragte: »Wer bist du?«, richtete die Frau sich hoch auf und antwortete scharf:

»Ich bin Kinna, die Halbschwester der Kinder, die Ihr gestohlen habt!«

Sovartus lächelte breit, bis seine Zähne zu sehen waren, die so weiß wie ausgebleichte Knochen waren. »Aha«, sagte er, »dann bist du ja auch meine Schwester.«

»O nein, schwarzseeliger Hexenmeister! Das bin ich nicht. Höchstens Stiefschwester, und das nur ungern!«

Sovartus' Blick schweifte über Kinnas hübsche Gestalt. »Ist doch egal«, sagte er. »Ich bin sicher, daß ich für dich gute Verwendung haben werde, meine Liebe. Aber wir können später über unser gemeinsames Vergnügen sprechen; jetzt muß ich mich um anderes kümmern.« Er klatschte in die Hände, worauf noch mehr Kapuzenträger erschienen. Sovartus deutete auf das Mädchen. »Ihr zwei bringt Eldia zu ihren Geschwistern.« Zu Eldia sprach er: »Ich warte auf dich schon seit deiner Geburt, mein Mädchen. Zweifellos wirst du dich freuen, deine Brüder und Schwester nach so langer Zeit wiederzusehen, wenn auch nur für wenige Augenblicke.«

Kinna fragte: »Was hast du vor mit ihnen?«

Sovartus hob die Schultern. »Nachdem ihnen die Essenzen entzogen wurden, die ich benötige, habe ich keine weitere Verwendung für sie, jedenfalls nicht für meine Magie. Ich nehme aber an, daß mir schon irgendein Spaß einfällt, zu dem ich die zarten Dinger gebrauchen kann.«

Er winkte den übrigen Kapuzen. »Sperrt sie irgendwo sicher ein, gebt ihr aber zu essen und zu trinken, damit sie sich wohl fühlt, wenn ich sie später genießen möchte.« Zu den Halbwölfen sprach Sovartus: »Ihr könnt gehen. Und gebt auch den übrigen Wölfen den Rat, daß es gut wäre, wenn sich alle für eine Weile in die untersten Tunnel begeben. Die Oberfläche der Dodligia-Ebene wird in den nächsten Stunden kein sehr gesunder Aufenthaltsort sein.«

Dann lief Sovartus mit wehendem Gewand zum Turm. Endlich! Endlich!

Die Morgensonne schien hell; aber nicht so hell wie die verzehrenden Feuer, die vom Himmel auf die Dodligia-Ebene herniederfielen. Der Panther mußte weiträumig ausweichen, um den Feuern zu entgehen. Wäre die Raubkatze noch von menschlicher Gestalt gewesen, hätte sie geflucht. Das hielt ihn furchtbar auf! Dabei hatte er schon die Dummheit begangen, zum falschen Zeitpunkt einzuschlafen. Dadurch war die Hexe ihm davongefahren. Er hatte einfach nichts tun können. Selbst seine übernatürlichen Pantherfähigkeiten hatten Grenzen, und diese hatte er schon tagelang überstrapaziert, indem er kaum aß und rastete. Jetzt wollte er sich beeilen, um Djuvula einzuholen; aber dieser Zauberangriff auf der leeren Ebene hielt ihn schon wieder auf.

Aber was war das? Die Ebene war nicht leer! Zum Schutz gegen die grellen roten und orangefarbenen Feuergarben kniff der Panther die Augen zusammen. Er sah eine sitzende Gestalt, gegen die Hitze mit einem weißen Schimmer abgeschirmt. Der alte Magier? Er mußte es sein, auch wenn die Katzenaugen in dieser Helligkeit keine Einzelheiten ausmachten.

Während der Panther, der einst ein Mann gewesen war, angestrengt hinschaute, gelang es der sitzenden Gestalt, sich zu erheben. Sie hob einen Arm. Die Hand schien eine kühlere Flamme zu entzünden, die mehr blau als rot leuchtete. Die Flamme wuchs an zu einem Ball von der halben Größe der Gestalt. Dann schoß ein indigoblauer Strahl heraus, ohne vom Feuerregen auch nur im mindesten behindert oder ausgelöscht zu werden. Der glühende Energiestrahl schlug einen Bogen von seinem Erzeuger bis zu dem Burgberg. Wo er einschlug, sprühte eine Fontäne blauer Funken auf.

Der Panther wandte sich ab und sprang davon. Was immer sich hier abspielte — er wollte nicht daran teilhaben! Er hatte seine eigenen Pläne, um die er sich kümmern mußte, und dazu gehörte nicht, sich von einem erbosten Zauberer braten zu lassen.

Djuvula stand vor der Höhle und starrte in die Dunkelheit. Sie war sicher, daß der Eingang bewacht wurde. Ebenso klar war, daß es ihr nicht gelingen würde, an diesen Wachposten ohne Hilfe vorbeizukommen. Hineinzugehen war riskant, denn Sovartus würde seine Privatsphäre sogar vor denen schützen, die wie er auf dem schwarzen Pfad wandelten. Ihre Kraft konnte sich bestimmt nicht mit der eines Sovartus messen, eines Experten der Thaumaturgie. Weibliche List würde ihr bei den Kapuzenträgern, die dem Meister des

Schwarzen Quadrats dienten, nichts helfen, da diese Geschöpfe nicht von einer Frau geboren waren und auch nicht so ausgestattet waren, wie Männer, die Frauen begehrten. Aber einen Weg gab es: Die Kapuzen hatten nur einen schwachen Verstand und ließen sich mittels eines recht einfachen Zaubers beherrschen. Das konnte sie tun, auch wenn Sovartus davon nicht begeistert sein würde. Aber der schnellste und sicherste Weg in die Burg Slott würde mit einer Eskorte der Geschöpfe gelingen, die ihn bewachten. Und eines dieser Geschöpfe stand nicht weit entfernt bei der Pferdekoppel.

Djuvula ging zu ihrem Wagen, um den geeigneten Zauber vorzubereiten.

Conan hing am nackten Felsen; mit Fingern und bloßen Füßen hielt er sich in den winzigsten Spalten fest und klebte dort wie eine menschliche Fliege. Eine Körperlänge über ihm lag ein enger Eingang zu einer anscheinend kleinen Höhle. Genau, wonach ich suche, dachte er.

Der Cimmerier war schon recht hoch geklettert — er befand sich mindestens dreißigmal mannshoch über dem Boden. Ein Sturz aus dieser Höhe wäre mit Sicherheit tödlich verlaufen. Er hatte keine Angst. Noch nie hatte er sich beim Klettern vor dem Fallen gefürchtet. Er hatte mit dem Klettern schon angefangen, als er kaum laufen konnte. Und erwachsene Cimmerier fielen selten von ihren kalten Bergen.

Als Conan aber nach dem nächsten Halt griff, durchlief den Berg plötzlich eine Erschütterung, als hätte ihn die Faust eines Riesen getroffen. Der Cimmerier sah aus dem Augenwinkel, wie etwa ein Dutzend Armspannen über ihm blaues Feuer gegen den Felsen schlug. Dann war er zu beschäftigt damit, seinen gefährlichen Halt nicht zu verlieren. Eine Hand rutschte ab, und die Vibrationen des Berges nahmen den Füßen den Stand. Einen Augenblick lang hing Conan nur an vier Fingerspitzen, und lediglich seine übermäßige Kraft bewahrte ihn vor dem tödlichen Absturz. Er verschwendete keine Energie auf Flüche, sondern preßte die Füße gegen den Fels und suchte verzweifelt nach einem Vorsprung. Es gelang ihm, die Zehen in eine Spalte zu zwängen. Die linke Hand fand einen Vorsprung und klammerte sich daran. Wieder in Sicherheit! Jedenfalls für den Augenblick.

Conan kletterte rasch weiter. Die Müdigkeit von vorhin war abgefallen. Er wußte nicht, was das blaue Licht gewesen war. Es war ihm auch gleichgültig. Jetzt wollte er nur endlich an einen sicheren Platz gelangen. Was geschehen war, konnte sich wiederholen, und beim nächsten Mal wäre das blaue Licht vielleicht näher oder stärker.

Angespornt von diesem Gedanken, erreichte Conan die Felskante vor dem Höhleneingang. Er zog sich hinauf und holte erst mal tief Luft. Dann band er die Sandalen vom Gürtel und zog sie an.

Nun, mal sehen, wohin diese Höhle führt! Er zückte sein Schwert und trat in die Finsternis.

Sovartus zuckte zusammen, als der Boden unter den Füßen plötzlich bebte. Er warf einen Blick auf die vier Kinder, die jeweils unter einem Fenster angekettet waren. Von ihnen floß keine richtige Kraft durch das Turmgemach zu ihm, obwohl das neue Mädchen sich bemühte, ihn mit seinen Gedanken in Asche zu verwandeln. Sein Können schützte ihn dagegen. Außerdem kam die Kraft, die die Burg angriff, von draußen …

Vitarius! Er hatte den Magier vom Weißen Quadrat über der Freude, das Mädchen endlich in der Gewalt zu haben, völlig vergessen. Sovartus schickte seine Wahrnehmung hinaus, um den alten Mann zu suchen.

Ja, es war Vitarius gewesen, der eine Zunge der Weißen Magie gegen Slott geschickt hatte. Er war tatsächlich viel stärker, als es Sovartus vermutet hatte. Das kosmische Feuer fiel auf ihn herab, und trotzdem hatte er genug Kraft, um anzugreifen. Erstaunlich!

Kurz erwog Sovartus seine Antwort. Es wurmte ihn, daß seine Burg angegriffen wurde. Andererseits konnte die Burg viel mehr aushalten, ohne ernstlich Schaden zu nehmen. Und überhaupt hatte er wichtigere Dinge, um die er sich kümmern mußte. Ja, gewiß, er wollte keine Zeit mit Vitarius vertun.

Sollte Vitarius ruhig wider ihn wüten! Bald würde das belanglos sein. Sobald das Kraft-Ding geboren war, könnte das gesamte Weiße Quadrat nichts gegen ihn ausrichten. Den alten Zauberer brauchte er nicht zu beachten. Sobald er sein Vorhaben verwirklicht hätte, würde er Vitarius mit weniger Kraft zerquetschen, als ein Mann für ein Moskito brauchte.

Sovartus schritt zum Talisman-Tisch und legte die Hände darauf. Er sprach den ersten Teil des Zauberspruchs, den er vor einer Dekade schon auswendig gelernt hatte. Der Tisch leuchtete rot.

Als er den zweiten Teil sprach, stöhnten die vier Kinder leise. Auch sie umgab der gleiche höllische Schein. Sovartus lächelte, nur mühsam hielt er ein Lachen zurück.

Wieder spürte Conan, wie der Berg bebte; aber diesmal schien die Kraft schwächer zu sein. Vielleicht kam es daher, weil er sich innen befand.

Nachdem er einen engen dunklen Tunnel hinabgegangen war, wo er sich an den Wänden hatte entlangtasten müssen, kam er zu einem aus dem Fels gehauenen erleuchteten Korridor. Fackeln loderten in ihren Halterungen, alle zwölf Schritte eine. Dieser neue Gang erstreckte sich sehr lang in beide Richtungen. Conan hatte keine Ahnung, welche er einschlagen sollte. Er entschied sich für den Weg nach links, da dieser leicht anstieg und ihn damit schließlich nach oben führen würde, zu seinem erstrebten Ziel.

Er kam an mehreren schmalen Gängen vorbei, die zu beiden Seiten abzweigten. Sie bestärkten ihn im Gefühl, auf dem richtigen Wege zu sein, denn sein Korridor schien eine Hauptverbindung zu sein, viel größer als die anderen.

Ab und zu bebte der Boden wie bei einem leichten Erdbeben; aber das Schwanken war so gering, daß Conan keine Mühe hatte, auf den Beinen zu bleiben.

Nach einiger Zeit erweiterte sich der Tunnel. Der Korridor führte in eine riesige Halle, die aus dem Felsen gehauen worden war. Die Decke war so hoch, daß der Fackelschein sie nicht erreichte. Der Raum war so groß, daß die Fackeln an den Wänden wie kleine Kerzen wirkten.

Der Cimmerier hielt es nicht für ratsam, eine Höhle von diesen Ausmaßen praktisch in der Dunkelheit zu durchqueren. Er ging ein paar Schritte zurück und holte sich eine Fackel von der Wand. Gerade hielt der Cimmerier das glatte Holz in der Hand, da sah er noch eine weitere flackernde Lichtquelle auf dem Korridor, den er gerade entlang gekommen war. Diese Fackel bewegte sich auf ihn zu. Schnell steckte er die Fackel zurück und betrat die Höhle wieder, bis er sich in ihrem tiefen Schatten verbergen konnte. Dort wartete er mit gezücktem Schwert.

Eine Gestalt in schwarzem Gewand, das Gesicht unter einer Kapuze verborgen, kam langsam den Korridor entlang. Ab und zu blieb sie stehen. Conan sah, daß der Mann — wenn es wirklich ein Mann war? — die niedergebrannten Fackeln durch neue ersetzte. Die frischen Hölzer holte er aus einem großen Packen auf seinem Rücken. Er — es? — verharrte nur so lange, bis die frische Fackel brannte, und trottete dann weiter.

Conans erste Reaktion war der starke Wunsch, das Wesen im Kapuzengewand zu enthaupten, denn er war sich jetzt sicher, daß das Geschöpf in diesem schwarzen Gewand kein richtiger Mensch war. Irgend etwas in der Art, wie die Kreatur sich bewegte, fiel den scharfen Augen des Cimmeriers als trügerisch falsch auf. Nun, es war auch nicht erstaunlich, daß die Gehilfen des Schwarzen Magiers üble und bösartige Konstruktionen waren.

Der junge Cimmerier drückte sich noch weiter in die Umarmung der dunklen Höhle. Er konnte die schwarzgewandete Figur erschlagen. Andererseits konnte er sie leben lassen und ihr folgen. Irgendwann mußten ihr ja die Fackeln ausgehen. Dann müßte sie von einem zentralen Vorratslager Nachschub holen, wenn sie nicht bereits auf dem Wege dorthin war. Ja, der Plan, einen Führer zu nehmen, war gut!

In der Dunkelheit ging die schwarze Gestalt an ihm vorbei und bewegte sich langsam durch die riesige Halle. Lautlos wie ein Schatten folgte Conan.

Mühelos folgte Djuvula dem von ihr verhexten Führer durch die langsam ansteigenden Gänge in die Eingeweide der Burg Slott. Aus Angst, von Sovartus entdeckt zu werden, wagte sie es nicht, außer dem Zauber für den Kapuzenträger noch mehr Magie einzusetzen. Diese Kreatur hatte sie vor dem Berg erwischt. Das Teufelszeug hatte sich im Freien und so schnell abgespielt, daß Sovartus es vielleicht übersehen hatte. Wie gern hätte sie das Schwert und die Kleidung, die das Wesen auf dem Rücken trug, für einen Ortungszauber benutzt; aber sie wagte es nicht. Sie wußte nur, daß der Barbar innerhalb der Burg Slott herumlief. Irgendwie würde sie ihn finden.

Der scharfe Geruch der Wesen in schwarzen Gewändern beleidigte die Nase des Panthers, als er sich auf dem felsigen Grund voranpirschte, wobei ihn die Farbe seines Fells und die Schatten vor Entdeckung schützten. Nichtmenschen und übelriechend waren sie, daher wohl auch nicht sehr wachsam. Ein Dutzend dieser schwarzgewandeten Wesen stand am Eingang zur Höhle Wache. Jedes war mit einer doppelschneidigen Pike bewaffnet, wobei die Klingen so lang wie ein Männerarm waren. Zweifellos waren diese Klingen in irgendeinen Zaubertrank getaucht und vermochten auch einen Werpanther zu verletzen. Aber sie konnten nichts verletzen, was sie nicht sahen! Ein Tier mit den Fähigkeiten einer Raubkatze und dem Verstand eines Mannes war ihnen überlegen. Lemparius, der einstige Senator, schlich ungesehen, ungehört und unbemerkt an den Wachen vorbei.

Nachdem sich der Geruch der Kapuzenwesen verzogen hatte, nahm der Panther die Witterung seiner Beute, dieser parfümierten Hexe, wieder auf. Da sie auch den Barbaren verfolgte, mußte dieser ebenfalls im Innern des Berges sein. Bald, dachte der Panther, bald wäre es soweit!

Zwanzig

Das Kapuzenwesen bewegte sich ganz methodisch. Conan war schon bald sicher, daß die Kreatur ihn wahrscheinlich nicht bemerken würde: Das Ding schaute sich nie um.

Conan empfand große Hochachtung vor demjenigen — oder dem Etwas —, der dieses Labyrinth aus Tunneln und Höhlen geschaffen hatte, das sich endlos hinzuziehen schien. Es mußte Hunderte von Jahren erfordert haben — oder mächtige Magie. Über die zweite Möglichkeit dachte Conan lieber nicht nach.

Der Cimmerier folgte dem sich windenden Weg der Fackeln und stellte fest, daß sie höher stiegen. In dem Tunnel, in dem sie gerade gingen, wiesen die Steinplatten im Boden deutlich nach oben. Gut. Er hoffte nur, daß er Kinna und Eldia samt den Geschwistern fände, ehe es zu spät war.

Vor ihm tauchte ein hellerer Lichtschein auf. Conan ließ sich bei seiner Verfolgung des Kapuzenträgers etwas zurückfallen. Er wollte seinen Führer nicht verlieren, war aber noch nicht bereit, sich sehen zu lassen, noch nicht.

Wieder war eine große Kammer aus dem Granitgestein gehauen worden. Diese war von Fackeln an den Wänden und dicken schwarzen Kerzen in mannshohen Bronzekandelabern hell erleuchtet.

Der Fackelträger blieb in der Mitte des Raumes stehen. Neben ihm standen zwei Gestalten, die ebenso aussahen wie er, nur daß sie statt der Fackeln langschneidige Piken trugen. Die drei unterhielten sich anscheinend, obwohl selbst Conans feines Gehör keine Stimmen vernahm.

Jetzt stand er vor einem Problem: Folgte er seinem Leithund, mußte er an den bewaffneten Wachen vorbei. Dabei entstünde mit Sicherheit eine gewisse Unruhe, so daß sein Führer aufmerksam würde.

Conan lugte vorsichtig um die Kante am Eingang und sah sich im Raum um. Links von ihm gab es an der Wand mehrere Türen aus Eisenstäben. Gegenüber führte ein erleuchteter Tunnel hinaus. An der Stirnseite hing ein riesiger Gobelin mit Mäanderverzierung am Rand. Auf dunklem Untergrund sah man eine Höllenszene, in der Dämonen völlig verängstigte Männer und Frauen verfolgten.

Conan packte sein Schwert fester. Er war ein Mann der Tat. Seit seiner Bekanntschaft mit dem alten Zauberer und den Schwestern hatte es für seinen Geschmack zuviel Magie und viel zuwenig ehrlichen Kampf gegeben. Dämonen, Zauberer und Kreaturen mit Kapuzen lagen ihm überhaupt nicht. Er bevorzugte Probleme, die man mit Klinge und Muskeln lösen konnte statt mit dunkler Zauberei.

Etwas Blasses erregte seine Aufmerksamkeit. Ein Gesicht? Bei einer der Gittertüren? Dann mußte dies eine Art Verlies sein — auch etwas, das er ganz und gar nicht liebte, soviel war sicher. Auch wenn der Feind seines Feindes vielleicht nicht Conans Freund war, könnte sich ein solcher Mann doch vielleicht als hilfreich erweisen …

Kinna! Conan erkannte die junge Frau im selben Augenblick, als sie sein Gesicht erblickte. Er bedeutete ihr Stillschweigen; aber es war schon zu spät. Sie stieß einen erstaunten Laut aus.

Die drei Kapuzenwesen drehten sich auf einen

Schlag um und schauten zu der Gefangenen hin. Dann machten sie — wieder wie ein Mann — kehrt, um den Gegenstand ihrer Überraschung zu beäugen. Conan wollte erst außer Sicht springen, entschied sich dann aber anders. Genug mit diesem albernen Schleichen! Er sprang mit gezücktem Schwert in den Raum.

Die drei stoben sofort auseinander, als würden sie von einem einzigen Verstand gesteuert. Die Pikenträger wichen seitwärts aus und senkten die Waffen, so daß sie auf den Eindringling gerichtet waren. Direkt vor ihm holte der Fackelträger zwei frische Leuchten vom Rücken und hielt sie über die bereits brennende Flamme. Die neuen Fackeln flammten auf. Zum ersten Mal sah Conan die Hände und Handgelenke der Kreatur deutlich. Das Fleisch schimmerte grün im Fackellicht. Die Haut war schuppig wie der Bauch einer Schlange.

Der Cimmerier schüttelte den Kopf. Was für ein Mann war das, der sich solche Geschöpfe als Diener hielt? Sovartus war mehr als verabscheuungswürdig! Der Bewaffnete zu Conans Rechter schob sich etwas näher als sein linkes Gegenstück.

Conan tat drei schnelle Schritte nach vorn und schwang sein Schwert mit einer Kraft, die jeden normalen Menschen in der Mitte gespalten hätte. Der Kapuzenträger aber wehrte den Schlag mit der eigenen Klinge ab. Funken stoben auf, als Stahl auf Stahl traf. Die Gewalt des Zusammenpralls spürte Conan durch den Arm bis in die Schulter. Er konnte auch nicht zustoßen, da die Pike dies verhinderte. Dazu hätte es schon eines überstarken Mannes bedurft. Was diese Biester auch sein mochten, Schwächlinge waren sie auf keinen Fall.

»Conan! Hinter dir!«

Der Cimmerier erholte sich gerade noch rechtzeitig

von seiner Überraschung und konnte beiseite springen, als die zweite Pike durch die Luft sauste, auf die Stelle, wo er soeben noch gestanden hatte. Er wirbelte herum und schlug mit dem Schwert nach unten, wie ein Mann, der mit einer Axt Feuerholz spaltet. Seine Klinge traf die ausgestreckte Pike. Trotz der unnatürlichen Kraft des Eidechsenmannes mußte er den Schaft fallen lassen. Unter der Kapuze hörte man ein wütendes Zischen, als das Ding zurücksprang, um Conans Nachsetzer zu entgehen.

Der Eidechsenmann mit der Fackel trat ebenfalls einen Schritt zurück, um aus Conans Reichweite zu gelangen.

Der Cimmerier lächelte. Gut so! Sie hatten versucht, sich mit ihm zu messen, und waren zu dem Schluß gekommen, ihn mit einigem Respekt zu behandeln.

Der erste Eidechsenmann holte mit der Pike aus, um Conan in den Rücken zu stechen. Der Cimmerier erspähte aber die Bewegung aus dem Augenwinkel. Seine Position erlaubte ihm nur eine sichere Bewegung. Er ging in die Knie und sprang — direkt nach oben.

Die Pike sauste unter Conans Füßen hindurch. Als die Kreatur hilflos vornüberkippte, erwischte der Cimmerier den Angreifer direkt an der Schulter. Ehe der Eidechserich aufstehen konnte, hatte Conan ihn in den Hals getroffen. Es sah aus, als wolle er einen Baum fällen. Das Biest schrie gellend auf, und grüner Saft spritzte aus der Wunde auf die Steinplatten.

Conan blieb keine Zeit, seinen Streich lange zu bewundern. Er sprang vom toten Eidechser weg zum zweiten Angreifer, der gerade seine Waffe aufnehmen wollte. Offenbar wurde ihm aber klar, daß weiteres Bemühen um seine Pike den sicheren Tod bedeutete; denn er fiel Conan statt dessen an und packte die

Handgelenke des Cimmeriers mit seinen Schuppenhänden.

Conan spürte die Rauheit des harten Griffs, als er sein Schwert ins Spiel bringen wollte. Er konnte die Waffe nicht schwingen. Seine Hand steckte wie in einem Schraubstock. Der Cimmerier ließ das Schwert los. Es fiel zu Boden, streifte dabei aber den nackten grünen Arm, der aus dem schwarzen Gewand hervorkam. Das Eidechsending zischte. Aasgestank schlug Conan ins Gesicht. Er fühlte eine Bewegung hinter sich, wirbelte herum und riß den Eidechser mit. Da hatte er aber Glück in letzter Sekunde gehabt: Der Fackelträger stieß zwei brennende Leuchten ins Gesicht seines Kameraden anstatt in Conans Gesicht.

Der Cimmerier versetzte der Kreatur mit dem Knie einen kräftigen Stoß zwischen die Beine. Aber sein harter Muskel traf keine edlen Teile. Die Verbindung zwischen den Beinen war weich. So also konnte er das Biest nicht aufhalten.

Conan tanzte mit dem Eidechser herum und wich den Fackeln aus, die das Biest gegen ihn schwang. Lange konnte das nicht gutgehen, das wußte er. Dieser grüne Widerling war mindestens ebenso stark wie er — und er hatte Hilfe.

Genug! Im Cimmerier kochte die Wut über. Er brüllte den Eidechser an. Dann nahm er alle Kraft zusammen und schleuderte das Biest weg von sich und gegen den massiven Bronzekandelaber. Der Ständer knickte, so daß der metallene Kerzenhalter dem Ding auf den Kopf fiel. Das Gewand fing sofort Feuer, so daß es sich im Nu in eine lebende Fackel verwandelte. Das Eidechsenwesen sprang auf und lief vor Schmerz mit voller Wucht gegen die gegenüberliegende Wand, wo es als Feuerleiche zusammenbrach.

Der Fackelträger ließ die Waffen fallen und floh. Er lief zu dem Ausgang, den Conan schon bemerkt hatte. Ohne nachzudenken, ergriff Conan eine der auf dem Boden liegenden Piken und schleuderte sie hinterher. Die vierkantige Spitze drang dem fliehenden Eidechser zwischen die Schulterblätter. Einen Augenblick lang stand er durchbohrt da, dann stürzte er vornüber. Die Pike steckte so tief in ihm, daß sie wie ein kahler Baum aus der Leiche aufragte.

Conan holte sich sein Schwert und eilte zu Kinnas Zellentür. Ein einfacher Riegel verschloß sie, aber so hoch, daß der Gefangene ihn nicht erreichte. Conan schob den Riegel zurück, und Kinna stürzte sich in seine Arme.

»Ach, Conan! Ich dachte schon, ich sehe dich nie wieder!«

Er streichelte die junge Frau.

»Er hält Eldia und die anderen in irgendeinem Turm fest, glaube ich. Was ist mit Vitarius?«

Conan antwortete: »Er bleibt auf der Ebene. Ich glaube, ich spürte vorhin seine Kunst, als der Berg bebte.«

»Wir müssen zu Sovartus, ehe er sein grauenvolles Kraft-Ding losläßt«, sagte Kinna. »Aber ich bin nicht sicher, ob ich den Weg wieder finde.«

Conan zeigte mit der Schwertspitze zum Ausgang. »Dorthin! Das Eidechsenbiest ist dorthin gelaufen, ehe ich es aufhielt. Wenn er glaubte, in dieser Richtung Hilfe zu finden, müssen wir auch da entlang. Es sei denn, du bleibst lieber hier. Dann gehe ich allein.«

Als Antwort löste sich Kinna aus seinen Armen und nahm die andere Pike auf. Ihre Augen blitzten. »Ich werde dich begleiten, Conan. Ich begleite dich oder gehe allein.«

Conan lachte kurz auf. »Du bist einfach nicht aufzuhalten, Kinna. Na schön! Gehen wir und suchen den Hexenmeister. Und dann schicken wir ihn zu seinen Ahnen!«

Djuvulas Eskorte war schweigend und niemals zögernd dahingeschritten, bis sie zu der Halle mit den Zellen kamen. Hier blieb das Eidechsending jäh stehen. Die Hexe schaute überrascht hinter ihrem Reptilienführer hervor, weil sie wissen wollte, was ihn zu dieser Pause veranlaßt hatte.

Drei der Eidechsen lagen tot da. Einen konnte man kaum erkennen, weil er so verbrannt war — immer noch stieg Rauch aus seiner Leiche auf.

Djuvula nickte vor sich hin. Dies mußte das Werk des Barbaren sein. Wie man an dem gerinnenden grünen Blut auf dem Boden sah, konnte er noch nicht weit sein.

Lächelnd stieß Djuvula ihren Führer mit einem ihrer scharfen Fingernägel. Die Kreatur ging weiter, und die Hexe folgte.

Der Panther hätte angehalten, wäre das Fleisch der frisch getöteten Nichtmenschen eßbar gewesen. Aber die fein geschärften Sinnesorgane der Raubkatze sagten ihm das. Für jedes natürliche Wesen war dieses Fleisch Gift; selbst ein Werpanther war nicht dagegen gefeit. Aber es war ihm auch gleichgültig. Der Duft der Hexe lag in der Luft. Sie befand sich nur wenige Schritte vor ihm in diesem Korridor.

Essen konnte er später, wenn nicht ihr Fleisch, dann das des Barbaren — wenn Lemparius dann noch in der Gestalt des Panthers bleiben mußte!

Die Raubkatze lief lautlos über die Steinplatten in den Korridor, seiner Beute hinterher.

Vom höchsten Turm der Burg Slott aus sah Sovartus, wie das Kraft-Ding langsam zum Leben erwachte. Die Energien der Kinder waren jetzt in den Zauber eingebunden, den er kontrollierte. Die Ebene schien zu leben, als heftige Winde über den aufgewühlten Boden heulten. Zu ihnen gesellten sich Wolkenbrüche und Blitze, die von der Erde zum Himmel rasten und wieder zurück. Die Erde barst. Aus dem Spalt züngelten Flammen aus den Eingeweiden der Erde empor, um sich mit den anderen Elementen zu vereinigen.

Die vier Kinder schienen zu schlafen und die Energien weder zu sehen noch zu hören, die draußen auf der Ebene ausbrachen. Aber Sovartus spürte, wie diese magischen Kräfte an seinem eigenen Kern zerrten. Nur sein Können bewahrte ihn davor, daß der Wahnsinn der Elemente da draußen ihn in Stücke riß.

Die Kapuzenträger hatten sich in ihre Gewänder verkrochen und kauerten ängstlich neben der Tür. Sovartus lachte bei diesem Anblick. Jetzt, nach allen diesen Jahren, nach allen diesen Studien und dem langen Warten, jetzt, *jetzt, JETZT!*

Zwillingshurrikane wirbelten über die zuckende Ebene, gigantische schwarze Tornados mit Windgeschwindigkeiten, die man noch nie erlebt hatte. Vor Sovartus' Augen lösten sich diese Trichter von den Stürmen, die sie hervorgebracht hatten, und bewegten sich frei gegen die Winde, welche die Wolken vor sich hertrieben. Die Tornados hielten Seite an Seite an einer Stelle an und fraßen sich wie riesige Bohrer in die Erde und brachten diese nach oben.

Ja, ja! Sovartus zitterte, erfüllt von dieser Kraft.

Die hochgeschleuderten Erdstücke waren so groß wie Häuser und Burgen. Sie fanden über den Tornados zusammen und formten einen Körper, einen Torso, wie man ihn noch nie gesehen hatte.

Wieder lachte Sovartus und reckte die Arme gen Himmel. Ein zweites Wirbelwindpaar, etwas kleiner als das erste, löste sich von den Elterntornados und wurde zu Armen an der Gestalt über der Ebene.

Da erbebte die Burg. Ein blauer Lichtblitz schlug einen Bogen von einem Punkt aus, weit draußen auf der Ebene. Sovartus nickte nur. Zu spät, alter Kumpel!

Der Meister des Schwarzen Quadrats schwenkte die Arme und richtete die Fingerspitzen auf die Regenstürme. Eine einzelne Wolke löste sich aus der zentralen Zusammenballung. Blitze spuckend bewegte sich diese Wolke zu dem Erdriesen, schwebte darüber und ließ sich darauf nieder. Drei Löcher öffneten sich in der Wolke. Sie glichen Augen und einem Mund. Blitze formten gezackte und lodernde Zähne in dem offenstehenden Maul.

Der schwarze Magier lief zum Fenster und beugte sich in den Regen hinaus, um den Boden zu sehen. Unten spuckte die geborstene Erde immer noch Feuer aus, das sich bei dem Regen in weißen Dampf verwandelte, der den Fuß der Burg verhüllte. Sovartus drehte die Handflächen nach oben und hob die Arme. Die Flammen schlugen höher. Zwei Feuerbälle lösten sich aus dem Schlund und stiegen empor. Wie dämonische Leuchtkäfer flogen diese Klumpen aus Materie hinauf, bis sie vor dem Wolkenhaupt des Erdriesen standen, der auf Beinen aus Teufelswinden dastand. Zischend fuhren die Feuerbälle in die leeren Augenhöhlen …

Ja! Ja! *JA!* Sovartus holte tief Luft und schrie das

letzte Wort. Das Schlußwort des mächtigsten Zaubers, den er oder ein anderer Magier je geschaffen hatte.

Der Sturm legte sich. Die Erde verschloß sich wieder und löschte damit das Feuer. Die Ebene war beinahe wieder ruhig, abgesehen von den Lauten, die von dem Gebilde ausgingen, das so hoch wie Burg Slott über ihr emporragte. Das Ding aus den vier Elementen drehte sich um, so daß es Sovartus anschaute. Es blinzelte und verbarg die Augen aus lebendigem Feuer hinter Wolkenlidern, die von der Hitze unberührt blieben. Als es die Lider wieder aufschlug, wußte Sovartus, daß es ihn jetzt tatsächlich erblickte, daß er sein Ziel erreicht hatte. Langsam und feierlich verneigte sich der Riese vor Sovartus.

Das Kraft-Ding lebte.

Und Sovartus war sein Herr.

Einundzwanzig

Kinna führte, da sie sich an den Weg ins Herz des Magierhorstes besser erinnerte, als sie geglaubt hatte. In ganz kurzer Zeit waren sie und Conan schon über die Felsfundamente hinaus in die eigentliche Burg aufgestiegen. Die Steine des gemauerten Teiles schienen ebenso alt wie der Berg zu sein. An den Wänden sah man die Rußspuren vieler Fackeln und Kerzen seit unzähligen Jahren. Auch hier gab es ein Labyrinth aus gewundenen Gängen wie unten im Fels. Doch wurde hier die Dunkelheit von unregelmäßig angeordneten Fenstern unterbrochen, durch die das Licht von draußen mit der Finsternis drinnen kämpfen konnte. Sie kamen gerade an einer solchen Öffnung vorbei, als Conan nach einem Blick hinaus stehenblieb und das Ding anstarrte, das auf der kahlen Ebene Gestalt annahm.

»Was ist los?« fragte Kinna.

Wortlos deutete Conan hinaus.

Die junge Frau kam zurück und folgte mit den Blikken Conans ausgestrecktem Finger. Sie war vor Entsetzen sprachlos.

»Ja«, sagte Conan, »von allen bösen Dingen bei dieser Unternehmung ist das bei weitem das ärgste.« Er starrte weiterhin auf die Tornados, die brodelnde Erde, das Entstehen eines Kopfes aus dem Gewitter und die Augen aus Feuerbällen. Dann blinzelte das Ding und schien Conan direkt in die Augen zu schauen. Dann verbeugte es sich.

Conan wandte sich ab. »Wir müssen uns beeilen«,

sagte er. »Was es auch sein mag, Sovartus besitzt es — nicht vor uns hat es sich verbeugt.«

Sie rannten los. Die beiden liefen die steil nach oben führenden Gänge so schnell, daß sie um ein Haar in ihren sicheren Untergang gelaufen wären. Conans feine Nase fing den Gestank der Eidechsen gerade noch auf. Er packte Kinna am Arm und hielt ihr die Hand über den Mund, damit sie nicht vor Überraschung aufschrie. »Scht! Um die Ecke herum müssen noch mehr von diesen Kapuzenbiestern sein.«

Kinna zog an Conans Hand. Er nahm sie von ihren Lippen. »Woher weißt du das?« flüsterte sie.

»Durch den Gestank. Warte hier!«

Conan ließ Kinna im Schatten zurück, während er den Korridor entlang zur Biegung schlich. Er ging in die Knie und lugte vorsichtig um die Ecke, wobei er das Gesicht an die feuchte Mauer gepreßt hielt.

Der Gang führte in einen Raum, der aber nicht größer als das Schlafgemach eines reichen Mannes war. An den Wänden standen neun Reptile mit Kapuzenumhängen, jedes mit einer Pike bewaffnet, wie Kinna jetzt eine trug. So wie sie aufgestellt waren, sollten sie wohl den Eingangsbogen an der gegenüberliegenden Wand bewachen. Tief aus dem Innern stieg in Conan die Gewißheit auf: Hinter diesem Eingang war Sovartus, und bei ihm Eldia mit ihren Geschwistern!

Conan glitt zurück, ehe man ihn entdeckt hatte. Diesen Raum mußten sie durchqueren! Aber an neun dieser teuflisch schnellen und starken Eidechsenwesen vorbeizukommen, war gefährlich! Leise erzählte er Kinna, was er gesehen hatte.

Djuvula hatte eine Vorahnung und befahl ihrem Führer anzuhalten, ehe er sie um die nächste Biegung des Korridors führte. Sie gebot dem behexten Reptil, stehenzubleiben, und schlich sich vor, um einen Blick darauf zu riskieren, was vor ihr lag.

Im flackernden Licht der Kerzen, die ihre Rauchspiralen an die Decke schickten, stand der Barbar und unterhielt sich mit einer jungen Frau. Endlich! Jetzt würde sie ihn packen! Bei Set!

Djuvula holte aus dem Packen, den sie dem Eidechsenführer aufgeladen hatte, zwei Gegenstände: als ersten ein seltsam geformtes Gefäß mit der magischen Fähigkeit, jedes Organ, das sie dorthinein legte, eine Zeitlang am Leben zu halten. Der zweite Gegenstand war ein dünnwandiger Porzellankolben. Diesen wikkelte Djuvula ganz vorsichtig aus einem Stück dicken Schaffells. Das Gefäß enthielt zu Staub gestoßene Blütenblätter des schwarzen Lotus. Sie hatte einen Zauberspruch einem der Priester von Yun für den tödlichen Staub zum Tausch gegeben, falls sie irgendwann einmal einem atmenden Geschöpf sofortigen Tod zufügen wollte. Wenn man auch nur die kleinste Menge einatmete, bedeutete das den sicheren Tod. Das hatte der gelbschädelige Priester gesagt. Das hatte er auch an einem Hund zu Djuvulas vollster Zufriedenheit bewiesen. Die Hexe nahm den Porzellankolben in die linke Hand und zog einen kleinen scharfen Dolch aus dem Gürtel. Für ihren Prinz hatte sie im Herausschneiden von Herzen aus toten oder sterbenden Männern — alles Fehlschläge — schon einige chirurgische Erfahrung gesammelt. Aber der Barbar durfte nicht entfliehen, ehe der schwarze Lotus sein Werk vollendet hatte.

Djuvula stieß das Kapuzending mit dem Dolch. »Geh!« befahl sie. »Bring mir diesen Mann, den du da vorn siehst!«

Das Reptil setzte sich in Bewegung. Hinter seinem

Rücken lächelte Djuvula bösartig. Es war gleichgültig, ob der Barbar ihren Führer tötete, da sie nur einen kurzen Aufschub brauchte, um ihr Gift in die Nähe des Barbaren zu schleudern. Dann würden alle im Korridor sterben, und zwar blitzschnell ...

Der Verstand des Panthers wechselte dauernd von dem des Raubtiers zu dem des Mannes. Nur mit größter Konzentration konnte Lemparius an seinem Menschsein festhalten — in dieser Gestalt des Werpanthers, in die er verwandelt worden war. Angst trieb ihn bei der Verfolgung der Hexe zu großer Schnelligkeit. Wenn er sie nicht bald erwischte, war er mit Sicherheit verloren und dazu verurteilt, seine Tage als Raubkatze zu beschließen. Das Schlimme dabei war, daß er sich über seinen Zustand nicht einmal klar sein würde, denn sein menschlicher Verstand war dann in dem des wilden Tieres untergegangen. Er wäre dann nicht einmal das Aufflackern eines Fünkchens in einer endlosen stygischen Nacht.

Mit dieser Angst lief der geschmeidige Panther blindlings dahin. Da stand er plötzlich nach einer Biegung im Gang dieser modrigen, rattenverseuchten Burg direkt hinter Djuvula.

Der Mann in ihm wußte, daß ihm eine Sperre eingebaut war, die flammenhaarige Frau anzugreifen; aber das Raubtier gewann die Oberhand über den Katzenkörper. Lemparius, der einstige Senator, der einstige Mann, brüllte vor Wut mit der Stimme eines wahnsinnigen Panthers.

Der Lärm erschreckte die Frau. Sie tat einen Satz und fluchte laut, ehe sie erkannte, daß sie von dieser Katze nichts zu befürchten hatte.

Lemparius' Verstand rang um die Kontrolle, selbst

dann noch, als der Panther sich zum Sprung bereit machte. Beinahe hätte er es geschafft; aber eben nur beinahe!

Der Werpanther sprang die Hexe an.

Conan drehte sich rasch um, als er die Schritte auf den Steinplatten hörte. Und dann nahmen die Dinge ihren Lauf mit dieser besonderen Verlangsamung, die manchmal in Augenblicken größter Gefahr auftritt. Es war, als wäre die Luft zu einem erstarrenden Sirup geworden, in dem die Bewegungen der Mitspieler in diesem Drama einfroren.

Aus der Dunkelheit tauchte eines der Reptilien mit Kapuze auf und rannte auf den Cimmerier zu. Auf den Fersen folgte ihm eine Frau — die Hexe Djuvula —, wie Conan sah. Dann schien eine lohfarbene Gestalt durch die Luft zu schweben — ein Panther, welcher der Frau an die Kehle wollte. Conan glaubte, das Raubtier zu kennen.

Er sah an der Vorderpfote eine Schnittwunde. Da wußte er, daß er sich nicht geirrt hatte. Es war Lemparius! Aber warum griff er die Hexe an? In diesem Moment prallte der Panther an eine unsichtbare Wand, die seine Beute schützte. Noch mehr Zauberei!

Conan wunderte sich nicht lange, wie sie hierher gelangt waren, sondern zückte sein Schwert, als der schwarzgewandete Eidechser auf ihn losging. Das Gebrüll der Raubkatze würde bald andere anlocken. Da war Conan sicher. Und er hatte keinen Plan und auch keine Zeit, sich einen Plan auszudenken. Die Zeit des Denkens war vorbei! Nur die Tat konnte ihm jetzt helfen!

Conan tat einen Schritt zur Seite und brachte seine Klinge nieder, als das Ding mit der Kapuze ihn ansprang. Es war gegen den scharfen Stahl machtlos, als die Klinge in dem schuppigen Rücken stecken blieb. Wie ein gefällter Baum stürzte das Reptil zu Boden und riß Conans Schwert mit sich. Der Barbar fluchte und bückte sich, um die Klinge herauszuziehen.

Da hörte Conan scharrende Tritte. Er drehte sich um und sah, wie der erste Wachtposten um die Ecke bog. Das war ein Fehler; denn Kinna stürzte sich mit gestreckter Pike auf ihn. Sie spießte ihn wie einen Schweinebraten auf.

Der Panther brüllte wieder und prallte erneut gegen den Schutzschild der Hexe, der sie vor seinen Angriffen bewahrte. Knurrend und fauchend, außer sich vor Wut, drehte sich das Raubtier und erblickte Conan. Jetzt stürzte er sich auf den Cimmerier.

Vier oder fünf Eidechsenwesen bogen mit eingelegten Piken um die Ecke. Kinnas Pike war nutzlos, da sie immer noch im Bauch des Erstochenen steckte.

»Kinna! Zu mir!«

Conan sah, wie die Hexe sich an irgendeinem Gegenstand zu schaffen machte. Was immer es war, fiel ihr beinahe aus der Hand. Sie konnte es gerade noch auffangen. Sie fluchte.

Conan mußte sich jetzt dem Panther stellen. Zu spät wurde ihm bewußt, daß sein Schwert gegen den Angriff des Wermannes nichts auszurichten vermochte.

Die Raubkatze tat einen Sprung auf Conans Kehle zu. Der große Cimmerier schlug ohne Überlegung zu. Die Klinge schnitt tief in die Seite des Raubtieres und durchtrennte die Rippen, so daß der Panther auf die Seite fiel. Aber schon ehe er den Boden berührte, hörte das Blut auf zu fließen, und die Wunde schloß sich wieder.

Der Cimmerier warf Kinna sein Schwert zu. »Hier, nimm!« rief er.

Dann riß er Lemparius' geschwungenes Messer aus dem Gürtel, als die Katze ihn wieder ansprang. Conan ging in die Knie und stieß den Stahl nach oben. Die Spitze traf den Panther unter der Kehle. Die Sprunggewalt des Panthers riß ihn über den knienden Conan hinweg, so daß die magische Klinge ihn vom Hals bis zum Hinterteil aufschlitzte. Eingeweide barsten heraus. Der Panther, einst ein Mensch, schlug auf dem Steinboden auf, rollte zur Seite und verendete.

»Conan!« Es war Kinna, die das schwere Schwert des Barbaren wild und ohne viel auszurichten, gegen den Haufen von Eidechsen schwang, die sich gierig auf sie stürzen wollten.

Conan ließ sich das Schwert zuwerfen und stieß einem Reptil die Spitze unter das Kinn. Tödlich verwundet brach es zusammen.

»Jetzt habe ich dich!« rief jemand hinter Conan. Er sprang von den Pikenträgern weg, um einen Blick den Gang hinunter zu riskieren.

Die Hexe Djuvula stand da und hielt ein kleines kugelförmiges Gefäß über dem Kopf. »Deine Zeit ist gekommen, Conan, und für alle, die bei dir sind!«

Die Burg erzitterte, die Wände schimmerten bläulich auf. Vitarius! Er kämpfte weiter gegen Sovartus! Gut, dachte Conan; denn sein und Kinnas Schicksal waren offenbar besiegelt ...

Djuvula schrie auf, als sie auf dem bebenden Boden das Gleichgewicht verlor. Der Porzellankolben entglitt ihren Fingern. Wieder schrie sie: »Nein!«

Das Gefäß schlug auf den Steinplatten auf, als das blaue Licht verschwand. Aus den Scherben des Kolben stieg eine dicke grünlichgelbe Staubwolke auf, die sich schnell im Gang ausbreitete.

Conan wußte sofort, woraus diese Wolke bestand.

Er hatte diesen Staub bei einem Dieb in Nemedien kennengelernt, als sie den Turm der Elefanten in Arenjun erkletterten. Der Dieb war schon lange tot; aber seine Worte waren Conan im Gedächtnis geblieben. Schwarzer Lotusstaub — Einatmen bedeutet sofortigen Tod!

Conan handelte rein instinktiv. Er packte Kinna bei der Hand. »Halt den Atem an, Mädchen! Auf keinen Fall atmen! Und renn um dein Leben!« Dann führte er Kinna in die Wolke des Todes hinein!

Selbst ohne zu atmen, roch Conan das Verderben in dem eklig süßlichen und widerlichen Duft, als sich die dicke Wolke über ihm schloß. Er stolperte über die auf dem Boden liegende Hexe, fiel beinahe, konnte aber weiterlaufen. Kinna zerrte er mit.

Dann hörte Conan die Laute, auf die er gehofft hatte: Schritte! Die Reptilien verfolgten sie.

Der Mann und die Frau hatten die Wolke hinter sich; aber Conan lief weiter, um auch die letzten Staubkörnchen abzuschütteln, die vielleicht hängengeblieben waren. Auch als er stehen blieb, atmete er noch nicht, sondern wischte erst Kinnas und dann seine Kleidung sorgfältig ab. Dann ging er noch ein paar Schritte weiter, ehe er endlich die eingeatmete Luft ausstieß. Vorsichtig atmete er ein; aber vom tödlichen Staub war nichts zu spüren. Er nickte Kinna zu. »Atme!« sagte er.

Kinna keuchte und fragte, als sie wieder sprechen konnte: »Was ist mit den Kapuzenkerlen?«

»Hör hin!« sagte Conan.

An seine Ohren drangen die Geräusche, als schwere Körper auf den Steinplatten aufschlugen.

»Ich höre nichts«, sagte Kinna.

»Warte!« unterbrach er sie.

Nach einiger Zeit senkte sich die Staubwolke und löste sich schließlich ganz auf. Jetzt sah man immer deutlicher die stummen Gestalten der Reptilien auf dem Boden. Unter ihnen lagen auch die Leiche der Hexe Djuvula, die Conans Herz für ihren bösen Zauber gewollt hatte, und ein nackter Mann. Er lag mit aufgeschlitztem Bauch auf dem Rücken.

»Was ...?«

»Gift!« erklärte Conan. »Ich habe seine Wirkung schon einmal gesehen. Vitarius ließ den Berg erbeben, da ließ die Hexe den Kolben fallen und vernichtete sich damit selbst.«

»Und wer ist der Mann?«

»Lemparius. Er war außerdem ein Panther. Jetzt ist er keines von beiden mehr. Komm, wir müssen deine Schwester und ihre Geschwister befreien. Vor allem müssen wir Sovartus Einhalt gebieten, sonst wird dieses Ungeheuer auf der Ebene uns alle beherrschen.«

Zweiundzwanzig

Als der blaue Lichtstrahl die Burg traf, wäre Sovartus beinahe aus dem Fenster gestürzt, als das Bauwerk erbebte. Er hielt sich am Sims fest und stieß sich zurück in das Turmgemach. Der Magier schickte wutentbrannte Blicke zu der unsichtbaren Gestalt auf der Dodligia-Ebene. Sein Gesicht war haßverzerrt. Wäre er nicht so schnell gewesen, hätte er in den sicheren Tod stürzen können! Das wäre in der Tat grausame Ironie gewesen, wenn er durch so eine leichtsinnige Dummheit gestorben wäre, obwohl er etwas so Mächtiges wie das Kraft-Ding kontrollierte.

Sovartus richtete sich zu voller Größe auf und lächelte. Es wurde Zeit, diese Posse mit seinem alten Klassenkameraden zu beenden! Der Meister des Schwarzen Quadrates betrachtete sein Geschöpf, welches aus unbewegten Feueraugen zurückblickte.

»Geh und zerquetsch dieses mir lästige Insekt!« befahl Sovartus mit herrischer Handbewegung.

Das Kraft-Ding, aus den vier Elementen zusammengebaut, wandte sich von Burg Slott ab und eilte schneller davon, als man es für möglich halten konnte. Auf seinen aus Tornados geschaffenen Beinen lief es mit Riesenschritten über die Ebene.

Aus der leeren Ebene schoß ein blauer Strahl auf das Kraft-Ding zu. Auf seinem Erdkörper färbte sich eine kleine Stelle schwarz und rauchte; aber das Ungeheuer wurde nicht langsamer.

Sovartus grinste. Dann schaute er, ob eines der Kinder etwas bemerkt hatte. Nein, die Gefangenen saßen wie erstarrt mit geschlossenen Augen da und atmeten ganz langsam.

Macht nichts, dachte der Magier. Es reicht, wenn *ich* es sehe!

Wieder traf ein sengender blauer Strahl das Kraft-Ding; aber diesmal war er schwächer und lief, ohne Schaden anzurichten, durch einen Arm aus Wirbelsturm.

In wenigen Augenblicken war das Kraft-Ding so klein geworden, daß es nicht größer zu sein schien als ein Mann auf der gegenüberliegenden Seite einer breiten Straße. Eine dritte Flamme schoß vom Boden empor und traf das Ungeheuer, das den Ursprung der Lichtblitze beinahe erreicht hatte.

Sovartus sah, wie das furchteinflößende Kraft-Ding sich bückte und einen Arm hob. Dann fiel der Arm wie ein Hammer. Die Wucht des Schlages erschütterte den Boden und war selbst in der Burg zu spüren. Sovartus fühlte den Schlag durch die Sohlen der Stiefel.

Dieser Schlag bedeutete viel für Sovartus, o ja! Jetzt wußte er, daß es Vitarius, den Schüler von Hogistum, seinen Erzfeind, nicht mehr gab. Er war ausgelöscht worden. Dazu hatte es nicht mehr Anstrengung bedurft, als nötig war, einen Befehl auszusprechen.

Jetzt konnte sich ihm nichts mehr widersetzen. Das wußte Sovartus genau; denn es gab keine Macht, die der Kreatur standhalten konnte, die er geschaffen hatte, deren Meister er war. Keine Macht der Erde. Seit dem Untergang von Atlantis hatte es keine solche Kräfte unter der Herrschaft von Menschen gegeben. Sein Triumph war so gewaltig wie das Kraft-Ding. Es würde so lange leben wie er — und er konnte ewig leben!

Sovartus ließ das Kraft-Ding nicht aus den Augen, als es zu ihm zurück marschierte. Bald würden die Nationen der ganzen Welt sich vor ihm verneigen und ihm jegliche Art von Tribut anbieten. Bald würde er Städte zerstören, ganze Landstriche verwüsten und Armeen dahinschlachten, wenn die Bewohner ihm nicht gaben, was rechtmäßig sein war. Bald würde er über die Welt herrschen, und sie würde jeder Laune von ihm gehorchen müssen — oder sonst stillstehen!

Dieser Gedanke erfüllte Sovartus mit abgrundtief schwarzer Freude.

Der Gang führte in ein Vorzimmer. Conan sah beim Eintreten die Rücken zweier Eidechsenwachtposten. Ihre Aufmerksamkeit war aber von etwas anderem gefesselt. Als Conan an ihnen vorbeischaute, sah er was ihre Blicke bannte. Ein dünner Mann mit schwarzem Haar und Spitzbart, in ein aus Haaren gewebtes Gewand gekleidet, blickte durch ein Fenster.

»Sovartus!« flüsterte Kinna neben Conan.

»Endlich!« sagte Conan und zückte sein Schwert.

Etwas mußte die Eidechser alarmiert haben; denn sie drehten sich gleichzeitig um und starrten Kinna und Conan an. Dann hoben sie die Piken.

»Ich nehme den linken«, erklärte Kinna.

Conan zögerte nicht, sondern stürzte sich kampfbereit auf die Gestalten in den Kapuzengewändern. Sovartus warf einen kurzen Blick auf sie, vertiefte sich dann aber wieder in die Betrachtung dessen, was er durch das Fenster sehen konnte, als hätte er keine Sorgen auf der Welt.

Conan hatte den großen Vorteil, daß er inzwischen die Schnelligkeit und Kraft der Eidechser kannte. Er versuchte daher keinen Fechthieb, sondern wich dem Stoß der Pike aus. Dann fällte ein einziger Schlag mit beiden Händen den Feind, da Conan jetzt wußte, mit welchem Widerstand er zu rechnen hatte. Er warf sich herum und sah, wie Kinna ihre Pike in eine gegnerische Kapuze rammte. Das Reptil zischte feindselig. Conan schwang seine Klinge und versenkte sie im Hals des Eidechsers. Stumm sank dieser zu Boden. Der große Cimmerier sprang in das Turmgemach. Eldia lag in Ketten unter einem Fenster. Die anderen drei auf die gleiche Art gefesselt. Alle Kinder sahen aus, als schliefen sie tief oder als befänden sie sich bereits in den Armen des Todes. Conan knurrte vor Wut und tat zwei Schritte auf Sovartus zu.

Der Magier wandte sich vom Fenster ab und machte eine Handbewegung gegen Conan, wobei er die Finger schnell kreisen ließ.

Plötzlich wurde der Griff von Conans Schwert glühend heiß, zu heiß, um ihn trotz des Lederschutzes halten zu können. Conan nahm die Waffe in die andere Hand; aber die Hitze wurde noch stärker. Das Leder fing an zu rauchen und ging in Flammen auf. Der Cimmerier ließ das Schwert fallen. Die Klinge wurde rot, dann blauweiß und so hell, daß Conan wegschauen mußte. Dann hörte er ein Klirren, dann einen Schlag. Als er wieder hinblickte, war das Schwert verschwunden. Geblieben war nur eine dunkle Stelle auf dem Boden.

Hinter ihm schrie Kinna auf. Wieder folgte ein Klirren, als ihre Pike auf die Steinplatten fiel. Er sah das Aufleuchten, hörte den Knall und wußte, daß diese Waffe auch zerstört war.

Unverzagt zog Conan das geschwungene Messer, das Lemparius getötet hatte, und wollte sich auf Sovartus stürzen. Es barg einen Zauber, vielleicht würde dieser auch gegen Sovartus …

Das Messer löste sich von selbst aus Conans Hand, flog durch die Luft und blieb im Tisch stecken. Teufelswerk!

Conan brüllte vor Wut. Er hatte immer noch seine Hände, bei Crom! Der große Cimmerier sprang vor, um den dünnen Mann mit den hammerartigen Fäusten zu zermalmen.

Ein unsichtbarer Stiefel traf Conan in den Bauch. Seine durchtrainierten harten Bauchmuskeln steckten den Tritt weg; aber er verlor das Gleichgewicht und fiel nach hinten.

Sovartus lächelte boshaft und hob die Hand. Wieder traf Conan ein Tritt, diesmal von der Seite. Er wollte nach dem Gegner greifen, sah aber niemanden. Dann sauste ein dritter Schlag auf seinen Kopf nieder und betäubte ihn.

Kinna versuchte, zu Conan zu gelangen, aber auch sie wurde von Zauberhand zurückgeschlagen, fiel zu Boden und rang nach Atem. Conan kam mühsam wieder auf Hände und Knie, dann auf die Beine.

Sovartus lachte und hob wieder die Hand. »Du Narr! Du kannst dich nicht mit mir messen! Ich bin dein neuer Gott! Verneige dich vor mir, dann werde ich dein Leben schonen, weil du mich als erster angebetet hast!«

»Niemals!« erklärte Conan.

Der unsichtbare Stiefel trat Conan unters Kinn, so daß er wieder auf den Rücken fiel. Unwillkürlich stöhnte er beim Versuch, sich aufzusetzen. Er schüttelte den Kopf und wollte aufstehen.

Offensichtlich amüsiert betrachtete Sovartus ihn.

Hinter Sovartus erwachte Eldia in ihren Ketten. Sie schlug die Augen auf, blinzelte, schaute Conan an, dann Sovartus.

Conan schüttelte den Kopf, diesmal aber als Warnung, damit Eldia still bleibe. Der Cimmerier schaffte es, sich auf ein Knie und einen Fuß zu erheben.

Eldia starrte Sovartus an. Sie hob eine Hand und zeigte damit auf das seltsame Gewand des Magiers. Sovartus mußte etwas gehört haben, denn er wollte sich zu dem Mädchen hin umdrehen.

Conan holte tief Luft und spuckte den Zauberer an. Sofort richtete dieser die Aufmerksamkeit wieder auf den Cimmerier. »Dafür wirst du sterben, du elender Narr!« Er hob schon die Hand …

Da schossen ihm plötzlich hinten aus dem Gewand Flammen. Der Magier warf sich herum. »Was …?« Aber das weite Gewand wehte und fachte damit die Flammen noch stärker an. Sovartus fluchte und riß das Gewand herunter. Jetzt ließ er den hünenhaften Cimmerier aus den Augen.

Conan war wieder aufgestanden. Er sammelte seine ganze Kraft in den Beinen und sprang. Diesmal traf er sein Ziel. Wie Schraubstöcke umklammerten seine Hände Sovartus' Kehle. Die beiden Männer fielen zu Boden und rollten über das brennende Gewand. Sovartus legte die Hände ebenfalls um Conans Hals. Obwohl er so dünn war, verfügte der Zauberer über beträchtliche Körperkraft, außerdem trieb ihn schiere Verzweiflung. Wie Stahlzähne drückten sich seine Finger in Conans Fleisch. Da spannte der Cimmerier die Halsmuskeln und drückte noch kräftiger zu. Dann stieß er einen schrecklichen Wutschrei aus.

Sovartus' Griff erschlaffte. Das Gesicht des Zauberers lief dunkelrot, fast lila an. Die Augen traten aus den Höhlen, Blut floß ihm aus der Nase. Die Lippen wichen von den zu weißen Zähnen zurück.

Sovartus' Hände glitten von Conans Hals, er sank

kraftlos in sich zusammen. Lange hatte sein Leben als Gott nicht gedauert.

In der Burg erhob sich schrecklicher Lärm: ein wortloser Schrei aus Wut und Todesschmerz, der Conan bis ins Mark traf. Er blickte aus dem Fenster.

Auf der Ebene zitterte das Riesenungeheuer und wedelte mit den Armen. Wieder schrie es auf. Ein Erdrutsch ging durch seinen Leib, eine Lawine aus Erde löste sich vom Torso. Das lebendige Feuer in den Augen leuchtete auf. Blitze fuhren ihm aus dem Maul, als es zum drittenmal aufschrie. Das Ungeheuer bewegte sich auf die Burg zu.

Conan nahm eine Pike und stieß die Waffe in die Metallringe, die Eldia an die Wand fesselten. Dann holte er tief Luft und riß die Ketten aus ihrer Verankerung. Er wandte sich an Kinna. »Hilf ihr und weck die anderen auf, wenn du kannst! Das Ungeheuer von der Ebene kommt.«

Schnell brach Conan die Ketten der anderen Kinder aus der Wand und schüttelte die Schlafenden, um sie aufzuwecken. Die drei erlangten zwar das Bewußtsein, waren aber noch halb betäubt.

Der Fußboden bebte, als das Ungeheuer näher kam. Conan wagte noch einen Blick auf die Ebene. Das Ding zitterte und drehte sich im Kreis. Es schien jeden Augenblick zusammenzubrechen. Große Brocken lösten sich aus seinem Körper und rollten davon. Noch flammten die Feueraugen, und die Blitze zuckten; aber die Winde der Arme und Beine schwollen an und flauten ab.

»Aufstehen!« schrie Conan und packte das halbwache Mädchen. »Hinaus! Schnell! Wir wollen nicht mehr hier sein, wenn das Ding ankommt.« Er zeigte zum Ausgang.

Kinna schleppte einen der Knaben. Eldia folgte. Sie war am wachsten. Conan trug die beiden anderen Kinder. Sie rannten, als würde sie ein Geschöpf der Hölle verfolgen. So war es ja auch.

Kurz ehe sie zu der Stelle kamen, wo die Hexe und der Werpanther gestorben waren, blieb Conan stehen. »Langsam«, befahl er, »damit wir den tödlichen Staub nicht aufwirbeln!«

Der Cimmerier übernahm die Führung. Als er über die Leiche eines Reptilwesens stieg, stockte er. Aus dem Packen auf dem Rücken des Eidechsers ragte eine Schwertspitze heraus. Vorsichtig bückte sich Conan und öffnete den Packen. Er fand Kleidung — *seine* Kleidung! — und sein Breitschwert. Da konnte er ein zufriedenes Lächeln nicht unterdrücken. Die Hexe mußte diese Kreatur behext haben, vermutete er. Er nahm Kleidung und Schwert an sich, wobei er sich vor dem Staub hütete.

»Weiter!« befahl Conan.

Die Gruppe folgte ihm durch die Windungen der Korridore. Ab und zu kamen sie an reglosen Reptilien vorbei. Conan nahm an, daß der Tod ihres Meisters auch ihr Schicksal besiegelt hatte.

Der Cimmerier führte Kinna und die Kinder in die Tiefen des Burgberges. Ein heftiger Stoß erschütterte den Fels. Er war so stark, daß die Flüchtigen sich nicht auf den Beinen halten konnten, sondern zu Boden fielen.

»Das Ungeheuer ist da«, sagte Conan. »Meiner Meinung nach will es die Burg mitnehmen, wenn es stirbt.«

Die sechs standen auf und liefen so schnell wie möglich. Die Gänge schienen kein Ende zu nehmen. Mehrmals bebte der Boden so, daß sie keinen festen

Halt mehr fanden. Einmal brach ein riesiges Stück aus der Felsendecke und fiel herab. Um ein Haar hätte es die Gruppe unter sich begraben.

Endlich erreichten sie den Fuß des Berges und den Tunnelausgang. »Hierher!« rief Conan, das Rumoren in der Erde übertönend. »Dort sind Pferde, wenn sie noch leben.«

Das Ungeheuer stand auf der anderen Bergseite und hämmerte gegen die Burg. Die Stürme, die dabei von seinen aus Tornados gefertigten Gliedmaßen entstanden, wirbelten Staub und Laub auf, als Conan zur Koppel lief. Er fand die Pferde hinter dem Wäldchen. Sie waren zwar in Panik, aber nicht ausgebrochen. Unter dem Donnergrollen des wütenden Kraftdings schaffte es Conan, daß Kinna und die Kinder Pferde bestiegen. Dann schwang er sich auch hinauf.

»Jetzt reitet los!« schrie Conan.

Sie ritten — und zwar schnell.

Conan ließ anhalten. Die Gruppe schaute zurück zur Burg auf dem Berg, die sie soeben verlassen hatten. Das Ungeheuer aus den vier Elementen hatte den oberen Teil der Burg schon weggefegt und wütete jetzt gegen die Felsen. Große Granitbrocken flogen durch die Luft. Kleinere Steine sausten sogar bis dahin, wo Conan und seine Schützlinge standen.

»Schau!« rief Kinna.

Das Kraft-Ding bäumte sich auf. Dann ließ es die Arme fallen und stürzte gegen den Felsen. Der größte Teil des Berges zerbarst. Mit ihm ging auch das Ungeheuer dahin und löste sich in einer dichten Wolke aus Steinstaub und Felswind auf.

Eine Zeitlang schwiegen alle. Dann brach Conan das Schweigen. »Es ist vollbracht und vorbei.«

Sie ritten die Dodligische Straße zurück. Da erblickte Conan in der Ferne eine Gestalt, die winkte. Er zückte sein Schwert. Nachdem sie näher herangeritten waren, steckte er es aber lächelnd wieder in die Scheide. Diese vertraute Gestalt war keine Bedrohung.

Eldia erkannte den Mann auch und rief: »Vitarius!«

»Ja, ja, der alte Vitarius«, sagte der Mann, als sie bei ihm waren. »Und keiner hat an ein Pferd für mich gedacht. Hm. Nun, dann muß ich eben mit Eldia zusammen reiten.«

»Wir dachten, du bist vielleicht ...«, fing Kinna an.

»Tot? Ja, das hätte Sovartus gern gesehen. Er schickte sein Kraft-Ding, um mich zu zerquetschen. Ich habe es ein paarmal mit meinen Strahlen getroffen, aber es war ein Kampf wie zwischen Mücke und Ochse. Als es zu nahe kam, zog ich es vor, mich anderswohin zu begeben.«

Conan sah sich auf der kahlen Ebene um. »Das muß doch irgendein Zaubertrick gewesen sein, oder?«

»Ich würde mich ja gern mit diesen Federn schmükken«, antwortete Vitarius, »aber da gibt es nichts zu prahlen. Ich bin in einen der Wolfstunnel gekrochen und habe mich dort so gut wie möglich versteckt. Was das Ding zerquetschte, war nur eine Illusion. Darin bin ich nun mal am besten.«

»An diese deine Worte erinnere ich mich«, bemerkte Conan trocken.

Dreiundzwanzig

»Was ist? Erzählt Ihr mir nun Eure Geschichte oder nicht?« drängte Vitarius.

Conan grinste und berichtete, was sie erlebt hatten, seit sie den alten Zauberer zuletzt gesehen hatten. Vitarius nickte und gab beim Zuhören die entsprechenden Laute von sich. Gelegentlich unterbrach er, um eine Frage zu stellen.

»Aber — was bewirkte, daß Sovartus' Gewand Feuer fing?«

Conan deutete auf Eldia.

»Seltsam! Ich dachte, die Kinder seien durch die Erschaffung des Kraft-Dings aller Kräfte beraubt worden.«

Eldia nickte. »So war es. Ich spürte kein Feuer mehr in mir, sobald Sovartus mich verzaubert hatte. Mein Feuer wurde auf das Ding übertragen. Als ich aber erwachte und sah, daß Conan verwundet war, fühlte ich irgendwie, daß noch ein einziger Funke in mir stecken mußte. Und so schickte ich mein letztes Fünkchen zu Sovartus' Gewand.«

»Und ich bin froh, daß sie es tat«, sagte Conan. Dann öffnete er das Kleiderbündel, das er dem toten Eidechser abgenommen hatte. Als er die Beinkleider aufrollte, fielen plötzlich schimmernde grüne Steine heraus.

»Was ist denn das?« fragte Kinna.

Conan lachte. »Die Smaragde! Lemparius muß sie dort hineingesteckt haben, um sie später zu holen! Ich habe mit einem dieser Prachtexemplare unsere gesamte Ausrüstung bezahlt, und das hier müssen fünfzig sein.«

»Dann bist du jetzt reich«, sagte Kinna.

Conan schüttelte den Kopf. »Nein, *wir* sind reich. Das klingt besser. Wir werden sie unter uns aufteilen. Schließlich haben wir sie gemeinsam verdient.«

Er verteilte die Edelsteine. Am Schluß hatte jeder sieben, und zwei waren übrig. Diese gab er Kinna. »Du hast sicher dafür mehr Verwendung als ich«, sagte er. »Du mußt jetzt drei neue Münder stopfen.«

»Ja«, antwortete sie, »ich werde auf unser Land zurückkehren und uns ein schönes Haus errichten. Wir werden nicht mehr arm sein. Kommst du mit uns, Vitarius?«

Der alte Mann nickte. »Gern. Ein warmes Feuer, um meine alten Knochen zu wärmen, und so nette Gesellschaft behagen mir durchaus. Vielleicht kann ich den Kindern ein paar Zauberkunststücke beibringen — natürlich nur zum Spaß.«

Kinna wandte sich an Conan. »Und was ist mit dir, Conan? Auch du bist in unserem Haus sehr willkommen — und in meinem Bett.«

Conan schüttelte den Kopf. »Mein Weg verläuft anderswo, Kinna. Als ich euch begegnete, war ich auf der Straße nach Nemedien. Und die würde ich gern weiterreiten.«

»Ich verstehe. Als Bauer oder Grundbesitzer kann ich dich auch nicht sehen. Aber ich werde immer an dich denken.«

»Und ich an dich«, sagte er.

Conan blickte der Gruppe nach, als sie fortritt. Dann wendete er sein Pferd nach Westen, nach Numalia. Er besaß ein neues Pferd, dank Sovartus vom Schwarzen

Quadrat, und Smaragde, doppelt soviel wert wie das Gold, das er vor Corinthien verloren hatte. Alles in allem kein schlechtes Geschäft, vor allem da er lebte und beides genießen konnte.

Lächelnd ritt er in die Abendsonne.

NACHWORT

Conan der Furchtlose

von

LYON SPRAGUE DE CAMP

Der größte Held des an Magie reichen Hyborischen Zeitalters war ein Barbar aus dem Norden: Conan der Cimmerier, um dessen Taten sich ein ganzer Legendenkreis rankt. Diese Legenden beruhen zwar hauptsächlich auf bestätigten Tatsachen über Conans Leben, doch gibt es bei einigen Geschichten Abweichungen, die wir so gut wie möglich in Einklang bringen wollen.

In Conans Adern fließt das Blut der Menschen von Atlantis, diesem wunderbaren Stadtstaat, der bereits achttausend Jahre vor Conans Geburt vom Meer verschluckt worden war. Er wurde in einem Clan geboren, der ein Gebiet nordwestlich von Cimmerien sein eigen nannte, an den schattenverhangenen Grenzen von Vanaheim und der piktischen Wildnis. Sein Großvater hatte wegen einer Blutfehde seine Heimat verlassen müssen und bei den Stämmen im Norden Zuflucht gesucht. Conan selbst hatte auf einem Schlachtfeld — während eines Kampfes mit plündernden Vanir — das Licht der Welt erblickt.

Noch ehe Conan fünfzehn Winter gesehen hatte, war der junge Cimmerier für sein Kampfgeschick an den Ratsfeuern berühmt. In jenem Jahr begruben die cimmerischen Stammesbrüder ihren Zwist, um gemeinsam gegen die Gundermänner zu kämpfen, die über die aquilonische Grenze gekommen waren, um den Süden Cimmeriens zu kolonisieren. Dazu errichteten sie das Grenzfort Venarium. Conan war einer aus der heulenden blutdürstigen Horde, die von den Hügeln des Nordens brauste, die Festung mit Feuer und Schwert stürmte und die Aquilonier über ihre frühere Grenze zurücktrieb.

Bei der Plünderung von Venarium war Conan, obwohl noch nicht voll erwachsen, bereits sechs Fuß groß und wog hundertsechzig Pfund. Ihm waren die Wachsamkeit und die Lautlosigkeit des geborenen Waldläufers zu eigen, die eiserne Härte des Mannes der Berge, die herkulische Kraft seines Vaters, eines Schmiedes. Nach der Brandschatzung des aquilonischen Außenpostens kehrte Conan eine Zeitlang zu seinem Stamm zurück.

Doch trieb ihn das Ungestüm der Jugend wieder von dannen. Er schloß sich mehrere Monate lang einer Bande Æsir an, die Vanir und Hyperboräer überfielen. Dabei erfuhr er, daß mehrere hyperboräische Zitadellen von einer Kaste weithin gefürchteter Magier beherrscht wurden, die sich Zaubermänner nannten. Furchtlos nahm er an einem Raubzug gegen Burg Haloga teil. Dort erfuhr er, daß hyperboräische Sklavenhändler Rann gefangengenommen hatten, die Tochter Njals, des Häuptlings der Æsir.

Conan verschaffte sich Zugang zur Burg und befreite Rann Njalsdatter. Doch dann wurde Njals Trupp auf der Flucht aus Hyperborea von einer Schar lebender

Toter überwältigt. Conan und die wenigen Überlebenden der Æsir wurden in die Sklaverei verschleppt.

Doch nicht lange blieb Conan Gefangener. Nachts feilte er so lange an seinen Ketten, bis ein Glied schwach genug war, um zu brechen. Mit der vier Fuß langen Kette kämpfte sich Conan dann in einer Sturmnacht aus dem Sklavenpferch frei und verschwand im strömenden Regen.

Auf einem Tonscherben aus Nippur gibt es aber noch einen anderen Bericht über Conans frühe Jahre. Dieser Überlieferung zufolge wurde Conan als Junge von zehn oder zwölf Jahren von räuberischen Vaniren verschleppt und mußte als Sklave an einer Kornmühle arbeiten. Als er voll ausgewachsen war, kaufte ihn ein Hyrkanier, der mit einer Gladiatorentruppe herumzog und die Vanir und Æsir durch Schaukämpfe belustigte. Hier wurde Conan an den Waffen geschult. Später floh er und schlug sich nach Süden durch, nach Zamora (›Conan der Barbar‹).

Welche der beiden Versionen die richtige ist, wird sich nie mit Sicherheit feststellen lassen. Allerdings ist der Bericht über Conans Versklavung mit sechzehn durch die Hyperboräer auf einem Papyrus im Britischen Museum lesbarer und erscheint schlüssiger zu sein als der auf dem Tonscherben.

Der junge Cimmerier war zwar frei, aber ein halbes feindliches Königreich von seiner Heimat entfernt. Instinktiv suchte er in den Bergen ganz im Süden Hyperboreas Zuflucht. Als ihn ein Rudel Wölfe verfolgte, floh er in eine Höhle. Dort entdeckte er die Mumie eines großen Häuptlings der Urzeit, der dort saß und ein schweres Bronzeschwert auf den Knien hielt. Als Conan das Schwert an sich nahm, erhob sich der Leichnam und griff ihn an.

Auf seinem Weg nach Süden, nach Zamora, kam Conan nach Arenjun, der berüchtigten ›Stadt der Diebe‹. Da der junge Cimmerier, unbeleckt von jeder Zivilisation, nur barbarische Vorstellungen von Ehre und Ritterlichkeit hatte, von Natur aus keine Gesetze anerkannte, machte er sich hier einen Namen als Dieb.

Conan war jung und tollkühn, doch mangelte es ihm an Erfahrung; deshalb machte er nur langsame Fortschritte in seiner Karriere als Dieb. Das änderte sich erst, als er mit Taurus von Nemedien auszog, um den berühmten Edelstein zu erringen, genannt ›Herz des Elefanten‹. Dieses Juwel lag in dem beinahe unbezwingbaren Turm des berüchtigten Zauberers Yara, der das extraterrestrische Wesen Yag-Kosha gefangen hatte.

Nun suchte Conan größere Entfaltungsmöglichkeiten für sein Gewerbe. Er wanderte nach Westen in die Hauptstadt Zamoras, nach dem verruchten Shadizar. Dort war er eine Zeitlang als Dieb recht erfolgreich. Allerdings nahmen die Huren Shadizars ihm seinen Gewinn schnell wieder ab. Bei einer Diebstour wurde er von den Soldaten der Königin Taramis von Shadizar gefangen genommen. Die Königin sandte ihn auf die gefährliche Mission, ein magisches Horn zu beschaffen, mit dem man einen uralten bösen Gott wiederbeleben konnte. Taramis' Plan führte jedoch zu ihrem eigenen Untergang.

Bei Conans nächstem Abenteuer war Tamira beteiligt, ebenfalls eine Diebin. Die arrogante Aristokratin Lady Jondra besaß in Shadizar zwei überaus kostbare Rubine. Baskaran Imalla war ein religiöser Fanatiker und hatte bei den kezankischen Bergstämmen einen Kult gegründet. Auch ihn gelüstete es nach den Juwelen, weil er damit Kontrolle über einen feuerspeienden

Drachen gewinnen wollte, den er seit dem Ausschlüpfen aus dem Ei erzog. Conan und Tamira wollten die Rubine ebenfalls unbedingt haben, deshalb nahm Tamira eine Stellung als Zofe bei Lady Jondra an, um so Gelegenheit zum Diebstahl zu bekommen.

Als leidenschaftliche Jägerin zog Jondra in Begleitung ihrer Zofe und ihrer Bewaffneten aus, um Baskarans Drachen zu erschlagen. Doch Baskaran nahm die beiden Frauen gefangen und wollte sie schon seinem Haustier zum Fraße vorwerfen, als Conan eingriff (›Conan der Prächtige‹).

Kurz darauf wurde der Cimmerier in ein weiteres Abenteuer verwickelt. Er verdingte sich bei einem Fremden, um eine Schatulle mit Edelsteinen zu stehlen, die der König von Zamora dem König von Turan geschenkt hatte. Der Fremde, ein Priester des Schlangengottes Set, brauchte diese Juwelen, weil er sie für einen Zauber gegen seinen Feind benötigte, den abtrünnigen Priester Amanar.

Amanars Sendboten, menschenähnliche Reptilien, hatten die Edelsteine gestohlen. Obwohl Conan jegliche Zauberei höchst zuwider war, machte er sich auf, um die Diebesbeute zurückzustehlen. Er ließ sich mit der Banditin Karela ein, die ›rote Falkin‹ genannt, was ihm aber sehr übel bekam, da diese sich als durch und durch verkommenes Geschöpf erwies. Als Conan sie vor einer Vergewaltigung bewahrte, versuchte sie ihn zu töten. Amanars Leute hatten in die Feste des Abtrünnigen auch ein Tanzmädchen entführt, dem Conan seine Hilfe versprochen hatte (›Conan der Unbesiegbare‹).

Gerüchte über einen Schatz ließen Conan in die nahegelegenen Ruinen des alten Larsha eilen. Vor den Soldaten, die ihn festnehmen sollten, hatte er nur einen knappen Vorsprung. Durch einen von Conan herbeigeführten Unfall kamen alle Soldaten mit Ausnahme ihres Anführers Kapitän Nestor ums Leben. Nestor und Conan verbündeten sich, um den Schatz in ihre Gewalt zu bringen. Aber leider war ihm kein Erfolg beschieden.

Conans letzte Abenteuer hatten ihm eine starke Abneigung gegen Hexer und östliche Zauberkünste eingeflößt. Er floh nach Nordwesten durch Corinthien nach Nemedien, dem zweitmächtigsten hyborischen Königreich. Dort führte er seine Diebstähle so erfolgreich aus, daß Aztrias Pentanius, ein nichtsnutziger Neffe des Gouverneurs, auf ihn aufmerksam wurde. Von Spielschulden bedrückt, heuerte dieser junge Adlige Conan an, ein zamorisches Trinkglas für ihn zu stehlen, das aus einem einzigen Diamanten geschnitten war und im Tempelmuseum eines reichen Sammlers stand.

Conans Eintreffen im Tempelmuseum fiel zeitlich mit dem plötzlichen Dahinscheiden dessen Besitzers zusammen, wodurch der junge Dieb dem Inquisitor der Stadt, Demetrio, unliebsam auffiel. Hier machte Conan zum zweitenmal die unangenehme Bekanntschaft mit der dunklen Magie der Schlangenbruderschaft Sets, die der stygische Zauberer Thoth-Amon heraufbeschwor.

Als Nemedien für Conan ein zu heißes Pflaster geworden war, ging er nach Süden, nach Corinthien, wo er die Tage ebenfalls damit verbrachte, andere um ihr Hab und Gut zu erleichtern. Selbst bei zurückhaltendem Urteil galt der junge Cimmerier schnell als der kühnste Dieb in ganz Corinthien. Da er sich aber immer mit den falschen Frauen einließ, landete er in Ketten, bis eine Wende in der örtlichen Politik ihm Freiheit und neue Zukunftschancen bescherte. Der ehrgeizige Adlige Murilo ließ ihn frei, damit er dem roten Priester Nabonidus, dem Drahtzieher im Machtkampf um den Thron, die Kehle aufschlitze. Dazu versammelte er die größten Schurken des Landes in seinem Haus. Dieses Abenteuer Conans endet mit Verrat und einem Blutbad.

Conan begibt sich zurück nach Arenjun und führt ein beinahe ehrliches Leben, indem er Diebesgut für die rechtmäßigen Besitzer zurückstiehlt. So will er einen magischen Edelstein, das ›Auge von Erlik‹, vom Zauberer Hissar Zul holen und dem Eigentümer, dem Khan von Zamboula, wiederbringen.

An dieser Stelle gibt es einige Probleme mit dem zeitlichen Ablauf in Conans Leben. Eine kürzlich übersetzte Schrifttafel aus der Bibliothek Asshurbanipals berichtet, daß Conan damals etwa siebzehn war. Damit würde dieses Abenteuer direkt dem ›Turm der Elefanten‹ folgen, der in diesem Keilschrifttext auch erwähnt ist. Aufgrund innerer Beweise scheint sich die Sache aber mehrere Jahre später ereignet zu haben. Conan ist einfach zu gerissen, zu reif. Ferner besagt ein aus dem Mittelalter stammendes arabisches Fragment, die Handschrift *Kitab al-Qunn,* daß Conan schon weit über zwanzig war.

Der erste Übersetzer der Asshurbanipal-Tafel, Prof. Dr. Andreas von Fuss von der Münchner Staatsbibliothek liest Conans Alter als ›17‹. In der babylonischen Keilschrift wird 17 durch zwei Kreise ausgedrückt, gefolgt von drei vertikalen Keilen, über denen noch ein horizontaler Keil für ›minus‹ steht — daher ›zwanzig minus drei‹. Das Akademiemitglied Leonid Skram vom Moskauer Archäologischen Institut behauptet dagegen, daß der Eindruck über den vertikalen Keilen lediglich durch die Unachtsamkeit des Schreibers mit dem Griffel entstand und der Zahlenwert richtig als ›23‹ zu lesen ist.

Wie dem auch sei, hörte Conan jedenfalls von dem Auge von Erlik, als sich die Abenteuerin Isparana und ihr Verbündeter darüber unterhielten. Der junge Cimmerier drang in die Burg des Zauberers ein. Doch dieser erwischte ihn und raubte Conan die Seele, indem er diese in einen Spiegel einschloß, wo sie bleiben sollte, bis ein gekröntes Haupt das Glas zerbrach. Hissar Zul zwang damit Conan, Isparana zu folgen und den Talisman zurückzubringen. Doch als der Cimmerier Hissar Zul das Juwel zurückbrachte, wollte der undankbare Zauberer ihn töten (›Conan und der Zauberer‹).

Conans Seele war noch immer im Spiegel eingeschlossen, als er ganz legal die Stelle eines Leibwächters bei Khashtris antrat, einer Khaurani-Adligen. Diese Dame machte sich mit Conan, einem weiteren Wächter, Shubal, und mehreren Dienern auf den Weg nach Khauran.* Dort traf Conan auf einen jungen Adligen, der der verwitweten Königin Ialamis den Hof machte, aber nicht das war, wofür er sich ausgab (›Conan der Söldner‹).

Nachdem Conan seine Seele wiedererlangt hatte, erfuhr er von dem Iranistani Khassek, daß der Khan von Zamboula immer noch auf das Auge von Erlik warte. Der turanische Statthalter in Zamboula, Akter Khan, hatte den Zauberer Zafra angeworben. Dieser Magier behexte Schwerter, daß sie auf Verlangen töteten. Auf

---

* Als die anderen Diener Khashtris ermorden wollten, retteten Conan und Shubal sie und geleiteten sie sicher nach Khauran.

dem Weg dorthin begegnete Conan wieder Isparana. Es entwickelte sich zwischen ihnen eine Haßliebe. Ohne über die magischen Schwerter Bescheid zu wissen, setzte Conan seine Reise nach Zamboula fort und übergab das Amulett. Der ruchlose Zafra hatte aber den Khan inzwischen überzeugt, daß Conan gefährlich und ohne nähere Begründung zu töten sei (›Conan und das Schwert von Skelos‹).

Conan hatte ausreichend in die Intrigen der hyborischen Ära hineingeschmeckt. Ihm war klar geworden, daß im Grunde kein Unterschied bestand zwischen der möglichen Ausbeute in Palästen oder in Rattennestern, abgesehen davon, daß die Beute nach oben hin immer ertragreicher wurde. Nein, er war des elenden, heimlichtuerischen Lebens als Dieb überdrüssig.

Der Barbar wurde aber nicht zum völlig gesetzestreuen Bürger! Wenn er bei niemandem im Dienst stand, genoß er durchaus ein kleines Schmuggelabenteuer. Durch einen Versuch, ihn zu vergiften, gelangte er nach Vendhya, einem Land des Reichtums, des Elends, der Philosophie, des Fanatismus, des Idealismus und des Verrats (›Conan der Siegreiche‹).

Kurz danach tauchte Conan in der turanischen Hafenstadt Aghrapur auf. Hier am Meer befand sich das Hauptquartier des Hexers Jhandar, der einen neuen Kult gegründet hatte, zu welchem er Opfer benötigte, denen er Blut abzapfte und die er später als Diener wiederbelebte. Conan lehnte den Vorschlag eines Kumpans aus seiner Zeit als Dieb ab, eines gewissen Emilio, aus Jhandars Festung ein überaus prächtiges Rubinhalsband zu stehlen. Einem turanischen Hauptmann, Akeba, gelang es, den Barbaren zu überreden, ihm bei der Befreiung seiner Tochter zu helfen, die bei dem Kult verschwand (›Conan der Unbesiegbare‹).

Nach dem Fall Jhandars drängte Akeba den Cimmerier, in die turanische Armee einzutreten. Anfangs behagte Conan die militärische Disziplin gar nicht, da er viel zu eigenwillig und heißblütig war, um sich leicht einordnen zu können. Außerdem hatte man Conan einer Abteilung mit wenig Sold zugeteilt, da er damals ein nur mittelmäßiger Reiter und Bogenschütze war.

Doch bot sich ihm bald die Gelegenheit zu zeigen, was in ihm steckte. König Yildiz führte eine Strafexpedition gegen einen aufrührerischen Satrapen durch. Mit Hilfe von Zauberei vernichtete der Satrap das gegen ihn aufgebotene Heer. Allein der junge Conan überlebte und kam so in die zauberverseuchte Stadt des Satrapan, Yaralet.

Triumphierend kehrte Conan zurück in die schillernde Hauptstadt Aghrapur und erhielt einen Platz in König Yildiz' Ehrenwache. Zuerst mußte er noch den Spott der Kameraden wegen seiner bescheidenen Reitkünste und des häufigen Danebenschießens als Bogenschütze ertragen. Doch blieben die Spöttereien aus, als die anderen Soldaten Conans gewaltige Faustschläge kennenlernten. Außerdem verbesserte sich sein Können täglich.

Zusammen mit einem kushitischen Söldner namens Juma wählte man Conan aus, König Yildiz' Tochter Zosara zu ihrer Hochzeit mit Khan Kujula zu geleiten, dem Häuptling der Kuigar-Nomaden. Im Vorgebirge des Talakma-Massivs wurden sie von einer Schar seltsamer, untersetzter, brauner Reiter in gelackten Kettenpanzern überfallen. Nur Conan, Juma und die Prinzessin überlebten. Man schaffte die drei in das subtropische Tal Meru und in die Hauptstadt Shamballah. Dort wurden Conan und Juma auf der Staatsgaleere ans Ruder gekettet. Das Schiff lief aus.

Bei der Rückkehr der meruvischen Galeere nach Shamballah konnten Conan und Juma fliehen. Sie schlugen sich zur Stadt durch. Als sie den Tempel von Yama erreichten, feierte dort der mißgestaltete kleine Gottkönig von Meru seine Vermählung mit Zosara.

Wieder in Aghrapur, wurde Conan zum Hauptmann befördert. Da er sich immer mehr einen Ruf als verwegener Kämpfer in schwieriger Situation erwarb, schickten die Generäle König Yildiz' ihn auf besonders gefährliche Missionen. So mußte der Cimmerier eine Gesandtschaft zu den räuberischen Stämmen in den Bergen von Khozgari eskortieren. Man hoffte sie durch Bestechung oder Drohungen zu veranlassen, ihre Überfälle auf die Turanier in den Ebenen einzustellen. Die Khozgari aber verstanden nur die Sprache roher Gewalt. Sie überfielen die kleine Abteilung und machten alle bis auf Conan und Jamal nieder.

Als Garantie für einen sicheren Rückzug in die Zivilisation nahmen Conan und Jamal die Tochter des Häuptlings der Khozgari als Geisel. Der Weg führte sie in ein nebelverhangenes Hochland. Jamal und die Pferde wurden getötet. Conan mußte mit einer Horde haarloser Affen kämpfen und die Feste einer uralten sterbenden Rasse erstürmen.

Ein andermal wurde Conan Tausende von Meilen ostwärts in das sagenumwobene Khitai gesandt, um dem König Shu von Kusan einen Brief König Yildiz' zu überbringen, in welchem dieser ein Freundschaftsabkommen und regere Handelsbeziehungen vorschlug. Der weise alte khitaische König schickte seine Besucher mit einem Dankesbrief des Inhalts zurück, daß er gern auf die Vorschläge eingehe. Als Führer teilte ihnen der König aber einen adligen Gecken zu, der ganz andere Ziele hatte.

Conan diente in Turan etwa zwei Jahre lang, machte weite Reisen und lernte viel über organisierte, zivilisierte Kriegskunst. Wie üblich hatte er auch ständig wegen seiner Bettgeschichten Ärger. Bei einem dieser ungestümen Abenteuer war die Frau seines vorgesetzten Offiziers beteiligt. Da desertierte der Cimmerier und machte sich auf den Weg nach Zamora. In Shadizar hörte er, daß der Tempel des Spinnengottes Zath in der zamorischen Stadt Yezud Söldner suche. Er eilte dorthin; aber eine brythunische freie Abteilung hatte schon alle Söldnerstellen besetzt. Da wurde er der Hufschmied der Stadt. Schließlich hatte er dieses Gewerbe als Junge gelernt.

Conan erfuhr von einem Gesandten König Yildiz', Lord Parvez, daß der Hohepriester Feridun Yildiz' Lieblingsfrau Jamilah gefangen hielt. Parvez entsandte Conan, um Jamilah zu entführen. Der junge Cimmerier wollte unbedingt die acht großen Edelsteine haben, die in der riesigen Statue des Spinnengottes die Augen bildeten. Als er die Juwelen herauslösen wollte, kamen Priester, und er mußte in die Krypta des Tempels fliehen. Die Tempeltänzerin Rudabeh, in die Conan sich zum erstenmal in seinem Leben so richtig verliebte, stieg in die Krypta hinunter, um ihn vor dem grauenvollen Schicksal zu warnen, das ihn dort unten erwartete (›Conan und der Spinnengott‹).

Conans nächstes Ziel war Shadizar, wo er einem Gerücht über einen Schatz nachgehen wollte. Er besorgte sich eine Karte, worauf der Standort einer goldenen, mit Rubinen besetzten Götterstatue im Kezankian-Gebirge verzeichnet war. Aber Diebe stahlen ihm diese Karte. Bei der Verfolgung geriet er in einen Kampf mit den kezankischen Bergvölkern und mußte sich mit den Strolchen verbünden, die er verfolgt hatte. Schließlich fand er den Schatz, verlor ihn aber unter sehr mysteriösen Umständen.

Nun wollte Conan wirklich nichts mehr mit Zauberei zu tun haben und ritt zurück in die heimischen Berge Cimmeriens. Eine Zeitlang genoß er das einfache Leben in seinem Heimatdorf; aber dann packte ihn die Lust, mit seinen alten Freunden, den Æsir, einen Raubzug nach Vanaheim zu unternehmen. In einem erbitterten Kampf auf schneebedecktem Feld wurden beide Heere vernichtet — nur Conan überlebte. Sein Weg führte ihn danach zu der seltsamen Begegnung mit Atali, der sagenhaften Tochter des Frostriesen Ymir.

Von Atalis Eisschönheit besessen, ritt Conan wieder nach Süden, wo die goldenen Türme prächtiger Städte mit ihrem Menschengewimmel lockten, obwohl der Cimmerier so oft verächtlich von dieser Zivilisation gesprochen hatte. Im Eiglophianischen Gebirge befreite Conan eine junge Frau aus der Hand von Kannibalen, verlor sie dann aber durch sein allzugroßes Selbstvertrauen an das gefürchtete Ungeheuer, das die Gletscher heimsuchte.

Schließlich kehrte Conan zurück in die hyborischen Länder, zu welchen Aquilonien, Argos, Brythunien, Corinthien, Koth, Nemedien, Ophir und Zingara gehören. Diese Länder waren nach Hyboriern benannt worden, die als Barbaren vor 3000 Jahren das Reich von Acheron erobert und auf seinen Ruinen zivilisierte Königreiche errichtet hatten.

In Belverus, der Hauptstadt Nemediens, schaffte es

der ehrgeizige Lord Albanus, mit Hilfe von Zauberei den Thron König Gurians für sich zu gewinnen. Conan kam nach Belverus, um einen reichen Gönner zu finden, der es ihm ermöglichte, selbst unabhängige Söldner anzuwerben. Albanus gab einem Verbündeten, Lord Melius, ein Zauberschwert. Dieser verlor den Verstand, lief auf die Straßen und griff die Menschen an, bis man ihn tötete. Als Conan das verhexte Schwert an sich nahm, trat Hordo an ihn heran, ein einäugiger Dieb und Schmuggler, den er schon damals als Leutnant bei Karela kennengelernt hatte.

Conan verkaufte das Zauberschwert und konnte vom Erlös eine eigene freie Söldnertruppe auf die Beine stellen. Er brachte seinen Männern die Kunst des Bogenschießens zu Pferd bei. Dann überredete er König Garian, ihn anzuheuern. Aber Albanus hatte einen Mann aus Ton gefertigt, der durch Hexerei genau wie der König aussah. Dann warf er den König ins Verlies, ersetzte ihn durch seinen Golem und klagte Conan fälschlich des Mordes an (›Conan der Verteidiger‹).

Conan führte seine freie Söldnerschar nach Ianthe, der Hauptstadt Ophirs. Hier wollte Lady Synelle, eine Zauberin mit langem Blondhaar, den Dämongott Al'Kirr wieder zum Leben erwecken. Conan kaufte eine Statue dieses Dämonengottes. Alle möglichen Leute wollten sie ihm stehlen. Er trat mit seinen Männern in Lady Synelles Dienst, ohne ihre finsteren Pläne zu kennen.

Es erschien die Banditin Karela und versuchte, wie immer, Conan zu ermorden. Synelle heuerte Karela an, um die Statuette zu stehlen, welche die Hexe für ihren teuflischen Zauber brauchte. Sie plante, Karela danach auch zu opfern (›Conan der Siegreiche‹).

Conan zog weiter nach Argos. Da dieses Königreich

in Frieden lebte, benötigte man dort keine Söldner. Eine falsche Auslegung des Gesetzes zwang Conan, aufs Deck eines Schiffes zu springen, als es gerade an der Pier ablegte. Es war die Handelsgaleere *Argus*, ihre Bestimmung waren die Küsten Kushs.

Jetzt fing in Conans Leben eine ganz neue Epoche an. Die *Argus* wurde von Bêlit gekapert, dem shemitischen weiblichen Kapitän des Piratenschiffes *Tigerin*. Ihre Besatzung, mitleidlose schwarze Korsaren, hatten sie zur Königin der schwarzen Küste gemacht. Conan gewann Bêlit und wurde ein Partner in ihrem blutigen Geschäft.

Vor vielen Jahren war Bêlit, die Tochter eines shemitischen Kaufmannes, samt ihrem Bruder Jehanan von stygischen Sklavenhändlern geraubt worden. Jetzt bat sie ihren Geliebten Conan, den Jungen zu befreien. Der Barbar stahl sich in den stygischen Hafen Khemi, wurde gefangengenommen, konnte aber fliehen. Er schlug sich an das östliche Ende Stygiens durch, bis zur Provinz Taia, wo ein Aufstand gegen die stygische Unterdrückung brodelte (›Conan der Rebell‹).

Conan und Bêlit betätigten sich weiterhin erfolgreich als Piraten, kaperten aber hauptsächlich stygische Schiffe. Doch dann führte sie ein unglücklicher Zufall den schwarzen Zarkheba-Fluß hinauf zur verlorenen Stadt einer uralten geflügelten Rasse.

Als Bêlits brennendes Totenschiff hinaus auf das Meer trieb, wandte ein gebrochener Conan der See den Rücken. Die nächsten Jahre würde er nicht hinausfahren. Statt dessen tauchte er im Landesinneren bei den kriegerischen Bamulas unter, einem schwarzen Stamm, dessen Macht unter seiner Führung schnell wuchs.

Der Häuptling des Nachbarstammes der Bakalahs

plante einen heimtückischen Überfall auf Nachbarn und lud Conan mit seinen Bamulas ein, an der Plünderung und dem Massaker teilzunehmen. Conan nahm an, nachdem er erfahren hatte, daß ein Mädchen aus Ophir, Livia, in Bakalah gefangengehalten wurde. Dem Cimmerier gelang es, die Bakalahs zu täuschen, so daß Livia während eines Massakers fliehen konnte. Sie wanderte in ein geheimnisvolles Tal. Nur Conans rechtzeitiges Eintreffen bewahrte sie davor, einem außerirdischen Wesen geopfert zu werden.

Ehe Conan sein eigenes schwarzes Imperium aufbauen konnte, scheiterte er an einer Reihe von Naturkatastrophen und den ruchlosen Intrigen der Bamulas. Zur Flucht gezwungen, begab er sich in den Norden. Vor hungrigen Löwen in der Steppe brachte er sich in einer geheimnisvollen Burgruine aus prähistorischer Zeit in Sicherheit. Dort mußte er noch gegen stygische Sklavenhändler und ein feindliches übernatürliches Wesen kämpfen.

Conan zog weiter und erreichte das halbzivilisierte Königreich Kush. Dies war das einzige Land, das zu Recht ›Kush‹ hieß, obgleich Conan wie andere aus dem Norden diesen Namen auf mehrere schwarze Länder südlich von Stygien anwendete. In der Hauptstadt Meroë befreite der Cimmerier die Königin von Kush, die arrogante, impulsive, feurige, grausame und ausschweifende Tananda, aus den Händen eines aufgebrachten Mobs.

Dadurch wurde Conan in ein undurchschaubares Intrigenspiel zwischen Tananda und einem ehrgeizigen Adligen verstrickt, der über einen schweineähnlichen Dämon herrschte. Gesteigert wurden Conans Probleme noch durch die Anwesenheit von Diana, einer nemedischen Sklavin, die der Barbar ungeachtet der wahnsinnigen Eifersucht Tanandas sehr niedlich fand. Die Ereignisse gipfelten in einer Nacht des Aufruhrs und des Gemetzels.

Enttäuscht über seine Mißerfolge in den schwarzen Ländern, wanderte Conan in das grasreiche Shem und wurde Soldat in Akkharia, einem Stadtstaat Shems. Er schloß sich einem Trupp Freiwilliger an, die den Nachbarstadtstaat befreien wollten. Doch durch den Verrat Othbaals, des Vetters des wahnsinnigen Königs Akhirom von Pelishtien, wurden die Freiwilligen aufgerieben — als einziger überlebte Conan, der die Schurken nach Asgalun verfolgte, der Hauptstadt der Pelishti. Dort wurde der Barbar in einen Machtkampf verwikkelt, der zwischen dem wahnsinnigen Akhirom, dem Verräter Othbaal, einer stygischen Hexe und einer Abteilung schwarzer Söldner tobte. Im Endkampf mit Hexerei, Stahl und viel Blut griff sich Conan Othbaals rothaarige Geliebte Rufia und galoppierte mit ihr gen Norden.

Zu diesem Zeitpunkt herrscht über die Fahrten des Cimmeriers Unklarheit. Eine Legende, die manchmal in diese Zeit gelegt wird, berichtet von seinem Dienst als Söldner in Zingara. Ein ptolemäischer Papyrus im Britischen Museum überliefert, daß in der Hauptstadt Kordava ein Hauptmann der regulären Armee mit einem gewissen Conan Streit suchte. Als Conan seinen Herausforderer tötete, wurde er zum Tod durch Erhängen verurteilt. Ein ebenfalls zum Tode verurteilter Zellengenosse, Santiddio, gehörte der Partisanenorganisation ›Weiße Rose‹ an, die König Rimanendo stürzen wollte. Schon sind Conan und Santiddio am Galgen, als Briganten der ›Weißen Rose‹ ein Chaos herbeiführen. Conan und Santiddio entkommen.

Mordermi, Anführer von Briganten, die sich mit der ›Weißen Rose‹ zusammengetan hatten, warb Conan für seine Zwecke. Die Verschwörer trafen sich in der ›Grube‹, die aus einem Labyrinth unterirdischer Tunnel bestand. Als der König mit Bewaffneten die Grube ausräuchern wollte, rettete der stygische Zauberer Callidos die Verschwörer. König Rimanendo wurde erschlagen, und Mordermi wurde König. Als er sich als ebenso feige und heimtückisch wie sein Vorgänger erwies, zettelte Conan einen erfolgreichen Aufruhr mit tapferen Kämpfern an. Der Cimmerier lehnte die Königskrone für sich ab und zog davon (›Conan und die Straße der Könige‹).

Diese Episode wirft viele Fragen auf. Ist sie authentisch, so müßte sie in Conans frühere Söldnerzeit gehören, also etwa zu ›Conan der Verteidiger‹. Andererseits gibt es in anderen Erzählungen keinerlei Hinweise, daß Conan je Zingara besuchte, ehe er Ende Dreißig war, zu Zeiten von ›Conan der Freibeuter‹. Außerdem taucht keiner der Herrschernamen von Zingara des Papyrus auf der Königsliste für Zingara in dem byzantischen Manuskript *Hoi Anaktes tes Tzingeras* auf. Daher wird in der Wissenschaft die Meinung vertreten, daß der Papyrus eine Fälschung ist oder daß Conan mit einem anderen Helden verwechselt wurde. Zieht man alles in Betracht, was über Conan bekannt ist, kann man nur zu dem Schluß kommen, daß er mit beiden Händen die Königskrone in Zingara ergriffen hätte, wäre diese ihm tatsächlich angetragen worden.

Als nächstes taucht Conan auf, nachdem er in die Dienste Amalrics von Nemedien getreten war, dem General der Regentin Yasmela im kleinen Grenzreich Khoraja. Während Yasmelas Bruder, König Khossus, in Ophir gefangen war, griffen die Truppen des angeblichen Zauberers Natokh (in Wirklichkeit der seit dreitausend Jahren tote Thugra Khotan aus der zerstörten Stadt Kuthchemes) die Landesgrenzen an.

Yasmela gehorchte einem Orakel Mitras, des obersten hyborischen Gottes, und machte Conan zum Oberbefehlshaber der Armee in Khoraja. Er schlug Natokhs Heerscharen und befreite so die Regentin von dem teuflischen Zauber des untoten Hexers. Der Cimmerier gewann mit diesem Sieg auch die Königin.

Conan war nun Ende zwanzig und Oberbefehlshaber der Truppen in Khoraja, nicht aber der Geliebte der Königin, was er sich ebenfalls erhofft hatte. Aber diese war zu sehr mit Staatsgeschäften beschäftigt, um Zeit für Lustbarkeiten zu haben. Der Cimmerier machte ihr sogar einen Heiratsantrag, aber sie erklärte ihm, daß eine solche Verbindung gegen Khorajisches Gesetz und Sitte verstieß. Falls aber Conan ihren Bruder irgendwie befreie, werde sie ihn zu überreden versuchen, das Gesetz zu ändern.

Conan machte sich also auf mit Rhazes, einem Astrologen, und Fronto, einem Dieb, welcher einen Geheimgang zu dem Verlies kannte, in dem Khossos schmachtete. Sie befreiten den König, gerieten aber in einen Hinterhalt kothischer Soldaten, da Strabonus von Koth seine eigenen Gründe hatte, Khossos in seiner Gewalt zu haben.

Nachdem auch diese Gefahren überstanden waren, mußte Conan feststellen, daß Khossos ein junger und arroganter Geck war, der nie und nimmer seine Einwilligung zu einer Heirat zwischen seiner Schwester und einem fremden Barbaren geben würde. Er wollte Yasmela einem reichen Aristokraten zur Frau geben, und Conan sollte sich mit einer Durchschnittsbraut begnügen. Conan sagte nichts, sprang aber in Argos beim Ablegen des Schiffes von Bord und nahm den Großteil von Khossos' Gold mit. Spöttisch winkte er dem König zum Abschied zu.

Inzwischen fast dreißig geworden, machte Conan sich auf, seine cimmerische Heimat zu besuchen und sich an den Hyperboräern zu rächen. Seine Blutsbrüder bei den Cimmeriern und Æsir hatten Frauen genommen und besaßen schon Söhne, die beinahe so alt und stark waren wie Conan bei der Plünderung von Venarium. Aber die vielen Jahre des Blutvergießens und des Kämpfens hatten in ihm einen zu starken Wunsch nach Beute wachsen lassen, als daß er ihrem Beispiel folgen konnte. Als Händler von neuen Kriegen berichteten, ritt Conan stracks in die hyborischen Länder.

Dort wollte der rebellische Prinz von Koth sich des Throns von Strabonus bemächtigen, dem geizigen Herrscher dieser weitausgedehnten Nation. Im Gefolge des Prinzen stieß der Cimmerier auf alte Kumpane. Dann schloß der Rebell aber mit dem König Frieden. Wieder ohne Herrn, versammelte Conan Briganten um sich, die Freie Kompanie. Mit dieser Truppe zog er in die Steppen westlich des Vilayet-Meeres, wo er sich mit einer Schlägerbande vereinigte, die man *Kozaki* nannte.

Conan wurde Anführer dieser Bande Gesetzloser und verwüstete die westlichen Grenzen des turanischen Reiches, bis sein früherer Dienstherr, König Yildiz, eine Heerschar unter Shah Amurath aussandte. Dieser lockte die *Kozaki* tief ins Landesinnere von Turan und machte sie nieder.

Doch Conan tötete Amurath, nahm sich Prinzessin Olivia von Ophir, eine Gefangene der Turanier, und ruderte in einem kleinen Boot hinaus aufs Vilayet-Meer. Die beiden fanden Zuflucht auf einer kleinen Insel. Dort stand die zerstörte Grünsteinstadt mit seltsamen Eisenstatuen. Die Schatten, die das Mondlicht warf, erwiesen sich als ebenso gefährlich wie der riesige fleischfressende Affe, der sich auf der Insel herumtrieb, oder die Piraten, die sich dort auszuruhen pflegten.

Conan übernahm das Kommando über die Piraten, die das Vilayet-Meer heimsuchten. Als Anführer der Roten Bruderschaft, einem Haufen Schurken, war Conan mehr als je zuvor König Yildiz ein Dorn im Auge. Dieser Monarch war so milde, daß er seinen Bruder Teyaspa nicht, wie es in Turan üblich war, erwürgte, sondern ihn in einer Burg in den Colchian-Bergen gefangenhielt. Yildiz schickte seinen General Artaban aus, das Piratennest an der Mündung des Flusses Zaporoska auszuräuchern. Doch statt des Jägers wurde der General zum Gejagten. Als Artaban sich ins Landesinnere zurückzog, geriet er zufällig zum Aufenthaltsort Teyaspas. Am Endkampf nahmen außer Conans Banditen und Artabans Turaniern auch eine Schar Vampire teil.

Von den Seeräubern im Stich gelassen, besorgte Conan sich einen Hengst und ritt zurück in die Steppen. Inzwischen saß Yezdigerd auf dem Thron Turans. Er war ein bei weitem listigerer und energischerer Herrscher als sein Vorgänger. Er wollte sich ein großes Reich erobern.

Conan aber begab sich in das kleine Königreich Khauran, wo er das Kommando über die Leibgarde der Königin Taramis gewann. Die Königin hatte eine Zwillingsschwester, Salome, als Hexe geboren und von den gelben Zauberern aus Khitai erzogen. Sie verbündete sich mit dem Abenteurer Constantius aus Koth und plante, die Königin ins Gefängnis zu werfen, um an ihrer Stelle zu regieren. Als Conan den Betrug entdeckte, lockte man ihn in eine Falle und kreuzigte ihn. Häuptling Olgerd Vladislav schnitt den Cimmerier herunter und brachte ihn in ein Zuagir-Lager in der Wüste. Dort ließ Conan seine Wunden verheilen und wurde aufgrund seiner Kühnheit und Rücksichtslosigkeit Olgerds Leutnant.

Als Salome und Constantius in Khauran ihre Schrekkensherrschaft angetreten hatten, führte Conan seine Zuagir gegen die khauranische Hauptstadt. Bald hing Constantius an dem Kreuz, an das er Conan hatte nageln lassen. Zufrieden lächelnd ritt Conan fort, um mit seinen Zuagir Raubzüge gegen die Turaner zu unternehmen.

Mit dreißig, auf dem Gipfel seiner Manneskraft, verbrachte Conan beinahe zwei Jahre mit den Shemiten der Wüste, zuerst als Olgerds Leutnant und dann als alleiniger Führer, nachdem er Olgerd entmachtet hatte. Welche Umstände zu seinem Abschied von den Zuagirs führten, wurden kürzlich auf einer tibetischen Seidenrolle entdeckt, die ein Flüchtling aus Tibet mitbrachte. Dieses Dokument befindet sich nun im Orientalischen Institut in Chicago.

Der energische König Yezdigerd schickte Soldaten aus, um Conan und seinen Leuten eine Falle zu stellen. Wegen eines zamorischen Verräters in Conans Reihen wäre der Hinterhalt beinahe gelungen. Conan verfolgte den Verräter. Als seine Männer desertiert waren, gab der Cimmerier nicht auf, sondern schleppte sich allein weiter. Vor dem sicheren Tode rettete ihn Enosh, ein Häuptling der Oasenstadt Akhlat.

Akhlat litt unter der Herrschaft eines Dämons, der

die Gestalt einer Frau angenommen hatte, die sich von der Lebenskraft lebender Wesen ernährte. Wie Enosh Conan mitteilte, war der Cimmerier der ihnen prophezeite Befreier. Nachdem das geschafft war, lud man Conan ein, sich in Akhlat niederzulassen. Da der Barbar aber seine Unfähigkeit kannte, ein eintöniges Leben in Achtbarkeit zu führen, ritt er mit Pferd und Geld von Vardanes dem Zamorier nach Südwesten, nach Zamboula.

Mit einer gigantischen Orgie verpraßte Conan das Vermögen, das er nach Zamboula, einen turanischen Außenposten, gebracht hatte. Hier lauerte der böse Priester aus Hanuman, Totrasmek, der hinter einem berühmten Edelstein her war, dem ›Stern von Khorala‹. Die Königin von Ophir soll für dieses erlesene Juwel einen Raum voll Gold geboten haben. In der allgemeinen Verwirrung brachte Conan den Stern von Khorala an sich und ritt westwärts.

Das mittelalterliche Manuskript *De sidere choralae,* das man aus den Ruinen des Klosters Monte Cassino barg, enthält die Fortsetzung dieses Abenteuers. Conan erreichte die Hauptstadt Ophirs. Dort hielt der weibische Moranthes II. seine Gemahlin Marala hinter Schloß und Riegel, während er ganz unter dem Einfluß des bösen Grafen Rigello stand. Conan kletterte über die Mauer von Moranthes' Burg und befreite Marala. Rigello verfolgte die beiden Flüchtigen fast bis zur aquilonischen Grenze, als der ›Stern von Khorala‹ in ganz unerwarteter Weise seine Macht offenbarte.

Als Conan zu Ohren kam, daß die *Kozaki* wieder erstarkt seien, verlegte er sich mit Roß und Schwert wieder darauf, Turan zu plündern. Obwohl der inzwischen berühmt gewordene Held aus dem Norden eigentlich mit leeren Händen kam, stellten sich mehrere

Abteilungen der *Kozaki* und die Vilayet-Piraten sogleich unter seinen Oberbefehl.

Yezdigerd schickte Jehungir Agha aus, um den Barbaren auf der Insel Xapur zu überraschen. Doch Conan kam früher als erwartet zum Ort des Hinterhalts und fand die uralte Feste der Insel, Dagon, durch Zauberei wiederaufgebaut. Drinnen herrschte der übelsinnende Gott der Stadt in Form eines Riesen aus lebendem Eisen.

Nach seiner Flucht von Xapur baute Conan seine *Kozakis* und Piraten zu einer schrecklich bedrohlichen Horde aus, so daß König Yezdigerd alle seine Kräfte zu ihrer Vernichtung aufbot. Nach der totalen Niederlage zerstreuten sich die restlichen *Kozaki* in alle Winde. Conan floh nach Süden und nahm Dienst in der leichten Kavallerie des Königs von Iranistan, Kobad Shah.

Doch fiel der Cimmerier bald bei Kobad Shah in Ungnade und mußte in die Berge fliehen. In der Festungsstadt der Verborgenen, in Yanaidar, kam er einer Verschwörung auf die Schliche. Die Söhne Yezms wollten einen uralten Kult wiederbeleben und die noch lebenden Anhänger der alten Götter vereinigen, um über die Welt zu herrschen. Dieses Abenteuer endete mit der Aufreibung aller beteiligten Heere durch die grauen Ghuls von Yanaidar, worauf Conan nach Osten ritt.

Conan tauchte wieder im Himelia-Gebirge auf, an der nordwestlichen Grenze von Vendhya. Er war Kriegsführer der wilden Afghuli-Stämme. Der kriegerische Barbar war jetzt Anfang Dreißig und in der gesamten Welt der hyborischen Ära berüchtigt und gefürchtet.

Yezdigerd war absolut nicht zimperlich und bediente sich der Zauberkunst des Hexers Khemsa, eines

Adepten des gefürchteten Schwarzen Kreises, um den König Vendhyas aus dem Weg zu räumen. Die Schwester des toten Königs, die Devi Yasmina, zog aus, um ihn zu rächen, wurde aber von Conan gefangengenommen. Der Cimmerier verfolgte gemeinsam mit ihr den Zauberer Khemsa. Dieser aber wurde vor ihren Augen durch die Magie des Sehers von Yimsha getötet, der auch Yasmina entführt hatte.

Als Conans Pläne, die Bergstämme zu einen, fehlschlugen und er von Kriegen im Westen hörte, ritt er dorthin. Almuric, ein Prinz aus Koth, hatte sich gegen den verhaßten Strabonus erhoben. Während Conan sich in Almurics stolzes Heer einreihte, erhielt Strabonus Hilfe von befreundeten Königen. Der buntgewürfelte Haufen Almurics wird nach Süden getrieben und schließlich von den vereinigten stygischen und kushitischen Truppen vernichtet.

Conan und die Marketenderin Natala flohen in die Wüste, wo sie ins alte Xuthal kamen, eine Phantomstadt mit lebenden Toten und ihrem schaurigen Schattengott Thog. Die Stygerin Thalis, die tatsächliche Herrscherin in Xuthal, legte Conan einmal zu oft aufs Kreuz.

Conan schlug sich durch, zurück in die hyborischen Länder. Da er Arbeit brauchte, trat er ins Söldnerheer ein, das ein Zingarier, Prinz Zapayo de Kova, für Argos aufstellte. Geplant war, daß Koth von Norden aus in Stygien einfallen sollte, während die Argosser sich dem Reich von Süden, vom Meer aus, nähern sollten. Aber Koth schloß einen Separatfrieden mit Stygien, wodurch Conans Söldner in den Wüsten Stygiens in der Falle saßen.

Conan floh mit dem jungen aquilonischen Soldaten Amalric. Kurz darauf wurde der Cimmerier von Nomaden gefangengenommen, während Amalric fliehen konnte. Als Amalric und Conan sich wiedertrafen, hatte Amalric das Mädchen Lissa bei sich, das er vor dem Menschenfressergott ihrer Heimatstadt errettet hatte. Inzwischen war Conan Kommandant der Kavallerie der Stadt Tombalku geworden. Zwei Könige herrschten in Tombalku: der Neger Sakumbe und der Mischling Zehbeh. Als Zehbeh mit seinen Anhängern vertrieben war, machte Sakumbe Conan zum Mitkönig. Aber dann tötete der Zauberer Askia Sakumbe mit seiner Magie. Nachdem Conan seinen schwarzen Freund gerächt hatte, floh er mit Amalric und Lissa.

Jetzt schlug Conan sich zur Küste durch, wo er sich den barachanischen Piraten anschloß. Inzwischen war er etwa fünfunddreißig. Als zweiter Maat der *Hawk* landete er auf der Insel des stygischen Zauberers Siptah. Dieser besaß angeblich einen magischen Edelstein mit sagenhaften Eigenschaften.

Siptah hauste in einem zylindrischen Turm ohne Türen oder Fenster. Ihm diente ein geflügelter Dämon. Conan räucherte das Fabelwesen aus, wurde aber von seinen Klauen auf die Spitze des Turmes verschleppt. Dort stellte er fest, daß Siptah schon lange tot war. Beim Kampf gegen den Dämon erwies sich der magische Edelstein als unerwartete Hilfe.

Laut Tontafeln mit Keilschrift aus der präsumerischen Zeit blieb Conan zwei Jahre bei den Barachaniern. Er war an die straffe Organisation in den Armeen der hyborischen Königreiche gewöhnt. Da fand er die sehr lockeren anarchistischen Horden der Barachanier für eine Stellung als Anführer ungeeignet. In Tortage gelang es ihm gerade noch, bei einem Treffen der Piraten zu entkommen. Allerdings war die Alternative zu einer durchschnittenen Kehle nur die, mit einem lecken Schiff dem westlichen Ozean zu trotzen. Als die *Wastrel,* das Schiff des Freibeuters Zaporavo, in Sicht kam, kletterte der Cimmerier an Bord.

Schon bald gewann Conan den Respekt der Mannschaft und zog sich die Feindschaft des Kapitäns zu, dessen kordavische Geliebte, die aalglatte Sancha, den Hünen mit der schwarzen Mähne mit allzu freundlichen Augen betrachtete. Zaporavo fuhr westwärts zu einer nicht auf Seekarten verzeichneten Insel. Dort forderte Conan den Kapitän zum Zweikampf und tötete ihn. Sancha wurde von seltsamen schwarzen Wesen zu einem lebenden Teich entführt, den diese Wesen anbeteten.

Conan überredete die Obrigkeit Kordovas, Zaporavos Freibeuterpatent auf ihn zu übertragen. Danach verbrachte er etwa zwei Jahre als ordentlich bestallter Freibeuter. Wie üblich wurden immer wieder Ränke gegen die zingarische Monarchie geschmiedet. König Ferdrugo war alt, und seine Kräfte schwanden. Für die Nachfolge auf dem Thron gab es nur Chabela, seine im heiratsfähigen Alter stehende Tochter. Herzog Villagro gewann den stygischen Supermagier Thoth-Amon, den Hohenpriester Sets, für seinen finsteren Plan, Chabela zu heiraten. Die mißtrauische Prinzessin fuhr jedoch mit der königlichen Jacht die Küste hinunter, um ihren Onkel um Rat zu fragen. Ein mit Villagro verbündeter Pirat kaperte die Jacht und entführte Chabela. Sie konnte jedoch entfliehen und traf Conan, der die magische Kobra-Krone in seinen Besitz brachte, hinter welcher Thoth-Amon ebenfalls her war.

Ein Sturm trieb Conans Schiff an die Küste von Kush, wo er auf schwarze Krieger stieß, die von seinem alten Waffenbruder Juma befehligt wurden. Während der Häuptling die Piraten willkommen hieß, stahl einer aus dem Stamm die Kobra-Krone. Der Cimmerier machte sich an die Verfolgung. Prinzessin Chabela folgte ihm. Beide wurden von Sklavenhändlern gefangen und an die schwarze Königin der Amazonen verkauft. Die Königin machte Chabela zur Sklavin und Conan zu ihrem Beschützer. Doch dann wurde sie auf Chabela eifersüchtig, ließ das Mädchen auspeitschen und Conan einkerkern. Beide wurden verurteilt, von einem fleischfressenden Baum verzehrt zu werden (›Conan der Freibeuter‹).

Nachdem Conan die zingarische Prinzessin befreit hatte, entrann er ihren Heiratswünschen, indem er sein Leben als Pirat wieder aufnahm. Aber andere — eifersüchtige — Zingarier kaperten sein Schiff vor der Küste von Shem. Conan gelang es, ins Landesinnere zu fliehen. Dort schloß er sich der freien Kompanie an, die aus Söldnern bestand. Statt auf reiche Beutezüge zu gehen, mußte der Cimmerier an der schwarzen Grenze Stygiens langweiligen Wachdienst abreißen. Und hier war der Wein sauer und kaum etwas zu holen.

Conans Langeweile wurde durch das Auftauchen der Piratin Valeria von der Roten Bruderschaft beendet. Als sie das Lager verließ, folgte er ihr nach Süden. Die beiden fanden in einer Stadt Zuflucht, die von den sich befehdenden Clans der Xotalanc und Tecuhltli besetzt war. Das Paar aus dem Norden schlug sich auf die Seite der letzteren, bekam aber bald mit der Anführerin Ärger, der alterslosen Hexe Tascela.

Conans Liebesbeziehung mit Valeria hatte zwar heiß begonnen, war aber nicht von langer Dauer. Valeria kehrte zum Meer zurück, Conan versuchte nochmals sein Glück in den schwarzen Königreichen. Er hörte von den ›Zähnen von Gwahlur‹, einer Schatuelle voller kostbarer Edelsteine, die in Keshan verborgen sein sollte. Sogleich bot er seine Dienste als Ausbilder der keshanischen Armee dem jähzornigen König an.

Aber auch Thutmekri, der stygische Gesandte der Doppelkönige von Zembabwei, wollte die Juwelen haben. Aufgrund dieser Intrigen mußte der Cimmerier aus der Stadt fliehen. Er gelangte ins Tal, wo die Ruinen Alkmeenons samt Schatz verborgen waren. In einem wilden Abenteuer mit der keineswegs toten Göttin Yelaya, der Corinthierin Muriela, den schwarzen Priestern unter der Führung Gorulgas und den grimmigen grauen Dienern des längst verstorbenen Bit-Yakin gelang es Conan zwar, den Kopf zu retten, doch er verlor seine Beute.

Conan machte sich mit Muriela auf den Weg nach Punt. Er hatte den Plan ausgeheckt, die Anbeter einer Elfenbeingöttin um ihr Gold zu erleichtern. Als der Cimmerier aber erfuhr, daß Thutmekri ihm zuvorgekommen war und den Sinn des Königs Lalibeha gegen ihn vergiftet hatte, suchte er mit seiner Gefährtin im Tempel der Göttin Nebethet Zuflucht.

Als der König, Thutmekri und der Hohepriester Zaramba am Tempel eintrafen, wollte Conan sie erschrecken, indem er Muriela mit der Stimme der Göttin sprechen ließ. Das Ergebnis verblüffte alle, Conan eingeschlossen.

In Zimbabwei, der Stadt der Doppelkönige, schloß Conan sich einer Handelskarawane an, die er an den Rändern der Wüste sicher nach Norden führte, nach Shem. Jetzt war der Barbar schon Ende Dreißig, aber immer noch ruhelos. Da hörte er, daß die Aquilonier sich nach Westen in die piktische Wildnis ausbreiteten. Sofort eilte er dorthin, um seinem Schwert wieder Arbeit zu geben. In Fort Tuscelan wogte gerade ein heftiger Kampf mit den Pikten. Dort wurde der Cimmerier Kundschafter.

In den Wäldern jenseits des Flusses sammelte der Zauberer Zogar Sag seine Sumpfdämonen, um den Pikten beizustehen. Conan gelang es zwar nicht, die Zerstörung von Fort Tuscelan zu verhüten, konnte aber die Siedler um Velitrium warnen und den Tod Zogar Sags herbeiführen.

In aquilonischen Diensten machte der Cimmerier eine steile Karriere. Als er noch Hauptmann war, wurde seine Kompanie durch die üblen, verräterischen Machenschaften eines Vorgesetzten geschlagen. Conan fand heraus, daß dieser Verräter sein Vorgesetzter Viscount Lucian war und daß dieser die Provinz an die Pikten verraten wollte. Conan entlarvte den Verräter und schlug die Pikten vernichtend.

Als General schlug Conan die Pikten in einer großen Schlacht bei Velitrium. Danach rief man ihn in die Hauptstadt Tarantia, um die Ehrungen der Nation zu empfangen. Doch der verruchte, engstirnige König Numedides hegte Mißtrauen gegen ihn. Conan wurde unter Drogen gesetzt, im Eisernen Turm in Ketten gelegt und zum Tode verurteilt.

Aber der Barbar hatte nicht nur Feinde, sondern auch Freunde. Bald hatte man ihn befreit und mit Schwert und Roß fortgeschickt. Er wollte sich durch die unheimlichen Wälder der Pikten zum fernen Meer durchschlagen. Im Wald kam Conan an eine Höhle, in dem die Leiche des Piraten Tranicos samt dessen von Dämonen bewachter Schatz lagen. Vom Westen her, jagten ein zingarischer Graf und zwei Seeräuberbanden ebenfalls nach dem Schatz. Auch der stygische Zauberer Thout-Amon hatte die Hand im Spiel.

Eine aquilonische Galeere befreite Conan und man

bat ihn, die Revolte gegen Numedides zu führen. Während die Revolution voll im Gange war, tobte an der piktischen Grenze der Bürgerkrieg. Lord Valerian, ein Parteigänger Numedides', plante, die Pikten zur Stadt Schohira zu bringen. Ein Kundschafter, Gault Hagars Sohn, vereitelte diesen Plan, indem er den piktischen Zauberer tötete.

Conan, nun Anfang Vierzig, erstürmte die Hauptstadt und tötete Numedides auf den Stufen seines Thrones. Ohne Zögern beanspruchte der Cimmerier den Thron für sich und war damit einer der größten Herrscher der hyborischen Nation (›Conan der Befreier‹).

Aber auch ein König liegt nicht nur auf Rosen gebettet. Innerhalb eines Jahres hatte ein verbannter Graf eine Schar Verschwörer gesammelt, um den Barbaren vom Thron zu jagen. Conan hätte Krone und Leben verloren, wenn nicht der lang verstorbene Weise Epimitreus rechtzeitig eingegriffen hätte.

Kaum hatte Conan diese Revolte niedergeschlagen, wurde er mittels Verrat von den Königen der Länder Ophir und Koth gefangen und in den Turm des Zauberers Tsothalanti in der Hauptstadt Koths geworfen. Aus der Gefangenschaft entrinnen konnte Conan mit der Hilfe seines Mitgefangenen Pelias, der Tsothalantis Erzrivale in der Zauberkunst war. Pilia versetzte mit seiner Magie Conan gerade noch rechtzeitig nach Tarantia, um einen Thronprätendenten zu erschlagen und eine Armee gegen seine verräterischen Mitkönige zu führen.

Beinahe zwei Jahre lang wuchs und gedieh Aquilonien unter Conans fester, aber toleranter Herrschaft. Der gesetzlose, hartgesottene Abenteurer der frühen Jahre war unter dem Zwang der Ereignisse zu einem fähigen und verantwortungsbewußten Staatsmann gereift. Doch im benachbarten Nemedien hegte man noch Groll aus früheren Tagen gegen den König von Aquilonien und wollte ihn mittels Zauberei vernichten.

Mit etwa fünfundvierzig sah man Conan das Alter nicht an, abgesehen von den vielen Narben auf dem kräftigen Körper und dem etwas vorsichtigeren Umgang mit Wein, Weibern und Blutvergießen. Er hielt sich einen Harem der köstlichsten Konkubinen, hatte aber nie eine offizielle Königin an seiner Seite. Daher hatte er auch keinen legitimen Thronerben. Aus dieser Tatsache versuchten seine Feinde Gewinn zu schlagen.

Die Verschwörer ließen Xaltotun wieder auferstehen, den größten Magier des alten Reiches Acheron, das vor dreitausend Jahren den wilden Hyboriern weichen mußte. Durch Xaltotuns Magie wurde der König von Nemedien getötet und durch seinen Bruder Tarascus ersetzt. Schwarze Magie besiegte Conans Armee. Der Cimmerier wurde in Ketten gelegt. Der Verbannte Valerius bemächtigte sich des Thrones.

Mit Hilfe des Haremmädchens Zenobia entkam Conan aus dem Verlies und kehrte nach Aquilonien zurück, um die ihm ergebenen Truppen gegen Valerius zu sammeln. Von den Priestern von Asura erfuhr er, daß Xaltotuns Macht nur mittels eines seltsamen Juwels gebrochen werden könne, dem ›Herz von Ahriman‹. Die Suche nach diesem Edelstein führte zu einer Pyramide in der stygischen Wüste vor der Stadt Khemi. Nachdem Conan das ›Herz von Ahriman‹ gewonnen hatte, kehrte er zurück, um mit seinen Feinden abzurechnen (›Conan der Eroberer‹ ursprünglich veröffentlicht als ›Die Stunde des Drachen‹).

Nachdem Conan sein Königreich zurückgewonnen hatte, machte er Zenobia zur Königin. Doch auf dem

Ball zu Ehren ihrer Erhebung wurde die Königin von einem Dämon davongetragen, den der khitaische Zauberer Yah Chieng geschickt hatte. Conans Suche nach seiner Braut führte ihn durch die gesamte bekannte Welt. Er traf auf alte Freunde und Feinde. Im purpurtürmigen Paikang konnte er mit Hilfe eines Zauberrings Zenobia befreien und den Zauberer töten (›Conan der Rächer‹).

Wieder daheim, verlief alles glatter. Zenobia schenkte ihm Erben: einen Sohn Conan, meist Conn genannt, und einen weiteren Sohn Taurus, dazu noch eine Tochter. Als Conn zwölf war, nahm der Vater ihn mit auf einen Jagdausflug nach Gunderland. Conan war jetzt Ende fünfzig. Sein Schwertarm war ein wenig langsamer als in seiner Jugend, und die schwarze Mähne und der wilde Schnurrbart der letzten Jahre zeigten schon graue Strähnen. Dennoch war er stärker als zwei normale Männer.

Als Conn von den Hexenmännern Hyperboreas weggelockt war, verlangten diese, daß Conan allein zu ihrem Bollwerk komme. Das tat er. Er fand Louhi, die Hohepriesterin der Hexenmänner, in einer Besprechung mit drei anderen führenden Magiern der Welt: Thoth-Amon aus Stygien, der Gottkönig von Kambuja und der schwarze Herr von Zimbabwei. In dem folgenden Gemetzel starben Louhi und der Kambujaner, während Thoth-Amon und der andere Zauberer auf magische Weise verschwanden.

Der alte König Ferdrugo von Zingara war gestorben, und sein Thron stand leer, da die Adligen sich über die Nachfolge nicht einigen konnten. Herzog Pantho von Guarralid fiel in Poitain ein, dem südlichen Aquilonien. Conan vermutete Zauberei und vernichtete die Eindringlinge. Als er herausfand, daß Thoth-Amon hinter Panthos Wahnsinnstat stand, rückte er mit seinem Heer aus, um den Stygier zur Rechenschaft zu ziehen. Der Cimmerier verfolgte den Feind bis zu Thoth-Amons Festung in Stygien, nach Zembabwei und bis ins letzte Reich des Schlangenvolks in den tiefsten Süden.

Danach regierte Conan mehrere Jahre in Frieden. Doch die Zeit schaffte, was kein Feind fertiggebracht hatte: Die Haut des Cimmeriers wurde runzlig, das Haar grau. Die alten Wunden schmerzten bei feuchtem Wetter. Conans geliebte Zenobia starb bei der Geburt der zweiten Tochter.

Da brach plötzlich eine Katastrophe über den leicht mürrisch gestimmten und irgendwie unzufriedenen Conan herein. Übernatürliche Wesen, die Roten Schatten, entführten Untertanen aus seinem Reich. Conan war verwirrt, bis er im Traum wieder den Weisen Epimitreus aufsuchte. Dieser sagte ihm, er sollte zugunsten seines Sohnes Conn abdanken und über den westlichen Ozean segeln.

Conan fand heraus, daß die Roten Schatten von den Geisterpriestern der Antillien gesandt worden waren, einer Inselkette im westlichen Meer, wohin die Überlebenden von Atlantis vor achttausend Jahren geflüchtet waren. Diese Priester brachten ihrem Teufelsgott Xotli Menschenopfer in solchen Mengen dar, daß ihre eigene Bevölkerung vor dem Aussterben stand.

In Antillien wurde Conans Schiff beschlagnahmt, aber er konnte in die Stadt Ptahuacan fliehen. Nach Kämpfen mit riesigen Ratten und Drachen tauchte er oben auf einer Opferpyramide auf, gerade als seine Mannschaft geopfert werden sollte. Übernatürliche Kräfte, Revolution und Erdbebenkatastrophen folgten. Am Schluß segelte Conan davon, um die Kontinente im Westen zu erforschen (›Conan von den Inseln‹).

Ob er dort gestorben ist oder ob die Überlieferung recht hat, wonach er den Westen verließ und seinem Sohn im Endkampf gegen Aquiloniens Feinde zur Seite zu stehen, wird nur der wissen, der — wie Kull von Valusien einst — in die mystischen Spiegel von Tuzun Thune schaut.